故乡的云

[加]张翎 张执任 等 著

目 录

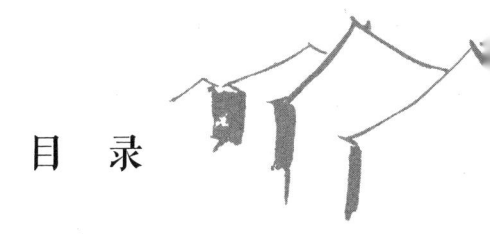

001　隋堤唐花柳色新　　王晔/瑞典

006　山丹丹的中国之夜　　张执任/匈牙利

012　当归路何远，内关到涌泉　　刘秀平/美国

017　杂忆洗澡　　张翎/加拿大

021　北纬40度线穿起的兄弟　　刘真/美国

025　祖国与父亲　　杨平/法国

029　苏州与丝绸之路　　宇秀/加拿大

035　塞纳河畔作"龙吟"　　叶星球/法国

040　行走在精神故乡　　朵拉/马来西亚

045　魂牵梦萦的海上花园　　原志/加拿大

049　由南音入选"世遗"想起旧时往事　　弘二/美国

054　时空穿越的记忆拾贝　　王威/美国

059　南京芭蕉汉堡竹　　谭绿屏/德国

062　超重的煎饼　　黄冠杰/法国

066　把根留住　　温晓云/泰国

072　开了两季的槐花　梁依/德国

077　父亲的布脚衣　林素玲/菲律宾

080　市长家的午宴　高世军/法国

087　北京，北京　文章/加拿大

092　乡愁的珠链　江岚/加拿大

097　回　家　李丛/德国

101　全科医生的"中国结"　姜波/澳大利亚

105　小闻子的故事　北奥/美国

110　遇见"雪拉同"　阙维杭/美国

114　本邦菜里的上海情怀　朱琳/奥地利

117　我的乡愁我的梦　李裕清/加拿大

121　中国是我法国记者生涯的后盾　陈艺华/法国

125　三代人的异国他乡　张敏芝/美国

130　蓝之远梦　赵燕冬/美国

134　七十年惊人的飞跃　袁霓/印度尼西亚

137　铁轨边的风　张欣/美国

141　难忘的城市：聂耳终焉之地　华纯/日本

145　让世界听到驼铃声　孙宽/新加坡

149　异乡"大地"　薛燕平/匈牙利

152　细嗅蔷薇　唐文琼/美国

157	"盛唐"归来	陈瑞琳/美国
162	久违的感动	秋尘/美国
165	我和小爱	孟庆华/日本
170	风　筝	孙博/加拿大
173	割不断的那份故乡情	梁源法/法国
177	这份挚爱，与生俱来	蔚小建/加拿大
181	幼儿园里看中国	范秀洁/加拿大
185	家乡的春节	王雪妍/德国
189	相思雨	暮荣司徒/加拿大
193	温情山柿子	西风/加拿大
197	祖国啊，游子的心灵家园	冯玉/加拿大
201	我的骄傲	穆紫荆/德国
204	归去来兮，田园将兴胡不归	周善铸/加拿大
208	印　象	胡刚刚/美国
213	萌娃在加学中文	张云涛/加拿大
216	爱在深秋	谭雨铃/加拿大
219	海二代的别样中国行	海伦/美国
223	古镇新韵	汤蔚/美国
227	东方巨人，我的祖国	陆蔚青/加拿大
230	告　别	安静/奥地利

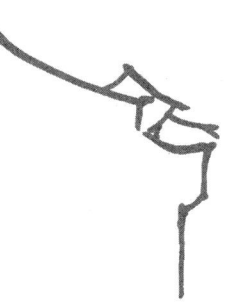

236　海外中文育儿记　洋美/日本

240　心，随祖国母亲一起跳动　阿心/匈牙利

244　寻找家乡　张奥列/澳大利亚

249　中国的铁路，我为你骄傲　高关中/德国

253　凤凰浴火必重生　依一/美国

257　回故乡　黄宗之/美国

263　黄河的支流　竹心/美国

266　苏南苏北：我看中国新农村　孟悟/美国

270　轩辕城亲情园记　张晓至/美国

272　故乡·母亲　老木/捷克

274　思乡雨滴心　杨坚华/德国

277　远方的端午　饶蕾/美国

278　西　塘　厉雄/西班牙

281　梦里的村庄（组诗）　张书明/美国

285　花　雕　方青/美国

287　菩提明镜　洞庭月/美国

290　故乡的海　陈灿富/美国

293　三月杭州（组诗）　王晓露/西班牙

296　泉水吟　庄雨/澳大利亚

299　挺直脊梁　张月琴/澳大利亚

隋堤唐花柳色新

王晔 / 瑞典

暖春。复活节刚过,马尔默市中心我常散步的国王公园里,柳树早已新叶婆娑。它们就站在水边,正如我小时候默写过许多遍的那句诗,"春风杨柳万千条"。

杨柳算得上我生命里的一个关键词。当年隋炀帝开辟南北贯通的大运河,在堤岸遍植柳树。交通枢纽的地位促进了扬州的鼎盛,遂有那唐朝的十里春风。"绿杨城郭是扬州","两堤花柳全依水,一路楼台直到山",扬州的杨柳催生了多少文人墨客的情怀。对于这一些,扬州人又有谁不知呢?

看着国王公园的柳树,我有一种接近着故乡的激动。不过,眼前的杨柳到底不是扬州的,颜色并非翠绿而往往是金黄。和它抽芽未久无关,主要是因品种不同:这一种叫金垂柳。尤其是,它们姿态丰腴,不似瘦西湖垂杨柳的清秀和袅娜。扬州不可复制,不可迁移。好在,扬州的影像,一帧一帧,叠加着,时间和场景跳跃着——无论是茶色旧照还是彩色新影,轻易就闪现在我眼前,根本用不着去想。

"昔我往矣,杨柳依依",说的是记忆中离别家乡的景象。我不曾在杨柳抽绿的时节告别故园,不过,在往昔,有无数次,我和家人、亲眷一起去北郊瘦西湖一带踏春。先跨大虹桥(旧名大红桥),稍稍领略烟波的荡漾。继而走长堤,看堤边间隔着红桃种植的一棵棵绿柳,就如同走在一部序曲里,走在一个朝拜春天的通过仪式里,"长堤垂柳最依依,才过虹桥便入迷"。这一个走过,是不着急的,半路有亭翼然,供人小憩,品赏湖色,感受垂杨面面风。"长堤春柳"亭的匾额,是清举人、书法家陈重庆所书。对这一切,每一次体验,我都觉得如同初见,都可以毫不厌倦,一再端详,有一种城市与我如此熟稔的一体感——这是我们的堤、我们的亭、我们的匾、我们的湖、我们的柳。

除了瘦西湖的柳色,不远处的平山堂下也有一种春色,开在郊区大姑娘、小媳妇的自行车后座上。她们的脸颊上留有冬日残红。后座篮子里椭圆形的萝卜,皮儿以青绿为主,尾部泛白,整个如同白瓷青釉;切开,心儿玫红似西瓜瓤。这萝卜唤作"西瓜红",咬一口甜润而微辣,母亲和姨母们少不得凑过去挑上几只。

虽然故乡的图像鲜明不可磨灭,这些年,提起故乡,我却有一份不断增长的焦虑:自己对故乡的了解实在太少。我在16岁去上海读书,对古老的积淀缺乏足够的理解;其后,故乡一年一个样儿,那大片的新区域和新风景,对我来说全是陌生的。

扬州还是变了。

很可能,我曾下意识地希望它一如既往,如此好留住记忆和日子。在相当长的时间里,我对它的新貌抱着怀疑态度。新城区和我关系不大,偶尔回乡,我也固执地只在老城区打转。

有一天,老同学们求证一幅老照片。照片上当年上学时必经的马路,看起来竟是那么小那么破,而当年是浑然不觉的。这倒给我一个提醒:记忆的偏差远远大过我们的认知。扬州籍诗人路易士,也就是后来以台湾名诗人身份重返大陆的纪弦先生,当年从日本返归扬州后,写过一些以家居生活为背景的诗。1936年2月25日记于扬州的《二月之雪》里,就有这么几句:"二月之雪又霏霏了/寂寞的是黯色的古城天/古城之梦是迢迢的/春寒亦复料峭。"纪弦诗歌里的芜城,是历经战乱重创后的古城,更像我儿时的扬州:是没有太多光亮的,只一两条大马路；是风韵犹存，惜徐娘半老的。如今却大不同了。虽然古城个别路段的改造因偏于商业化而毁誉参半，但从整体上看，新的并不都值得怀疑。

记得我第一次到江南，还是在六圩乘摆渡船。母亲把我抱在手臂里，站在甲板上，让疲惫的五岁的我在凌晨的江风中看远处水天相接处，教我一个名词"地平线"。我还没醒透，诧异扬州郊外是有个江都县，怎又冒出个"地平县"！几年后，出扬州不走六圩，改经瓜洲了。但不管怎样改，在北和南之间，长江都是一条天堑。

20世纪80年代末，我读大学期间，放假都是乘火车从上海到镇江，再奔汽渡。总有几个"愣头青"在镇江火车站门口一声紧过一声、一声高过一声地吆喝："就走了，就走了！上扬州，上扬州！"刚下夜行列车（那时往往是夜车，早晨抵镇江）的我便不由自主地跟着那叫唤的节奏，心急火燎起来，拖着行李，跟跟跄跄地冲过去。

虽说一早就到了江边，若遇大风浪，也还是看得见对岸，到不得江东。我的父亲和母亲恋爱时，曾于一个周末去镇江游金焦二山，玩得欢快，谁承想返回时风云突变：封江了！两个年轻人傻了眼，怕当夜不能回家——那可就要出大事，说不清了。好在是虚惊一场，我的父亲母亲脚踩扬州地盘之后，还是后怕——这事儿可让他们说了大半辈子了！

1997年冬，突刮风雪，江自然又给封上了。才十七岁的妹妹放寒假从上海抵镇江，和众多旅客一起滞留码头。她转念搭上奔南京的汽车，又从那里挤车，连夜过南京长江大桥——没有手机的年月，着实让家人担惊受怕了大半夜。

其实在90年代末，我表哥就已经知道："到上海坐依维柯最好！"依维柯是那时扬州至上海路段长途车的常用车型。往返上海，扬州人不一定要到镇江坐火车了，改走公路，上江阴大桥，一下子消解了封江之忧。后来，又有润扬大桥，更是上了双保险。而且，扬州有火车了，甚至，从扬州还可以直飞韩国和泰国等地。今年1月中旬，家乡的旧友给

我消息，五峰山长江大桥已完成最大节段钢梁吊装，那是世界桥梁史上迄今最重的大节段钢梁。扬州就要通高铁了，从扬州出发，一小时可到上海！

除了与国内外的交通有了巨变，扬州市内的变化也很大。让我高兴的是，这变化契合扬州的气质，比如说，园林化。如今回到扬州也不是非逛瘦西湖不可的了，因为到处都有大大小小的瘦西湖。就连我父母新居院墙外，也是小桥流水、竹轩花榭，在春天里桃红柳绿的。

屈指算来，我父母家这几十年搬迁过好几次。1969年始居东关街逸圃，那是座园林建筑，雅得很，但得挑井水、刷马桶；约在1979年，住进史可法路附近的三层楼新公房；千禧年搬入漕河桥凤凰街道多层公寓楼复式房；去年春节住进竹西路设计周到的花园小区电梯房。本来，我特别担心，感觉是家越搬越远了！怎奈父母坚持。实地看了，小住，明白问题确实不大。门口有多路公交车开往各个方向，立等可乘，到市中心不足二十分钟。其他，如购物、医疗、娱乐等设施都是优而全。

然而，父母新居这一带，是我小时候不曾步行过的。如今，不经意间和那些旧诗古文里的地名相遇，不由得赞：到底是在扬州。

比如说，竹西路，当然可吟一句"谁知竹西路，歌吹是扬州"，或是"淮左名都，竹西佳处，解鞍少驻初程"。去年春天，我沿父母家附近的运河散步，又见柳叶飘荡。童年的记忆是个无论好歹都无法不相认、无法一把推开的老相识。我总觉得柳树特别，水边的垂杨柳更饱蘸着讯息，旧的和新的，感伤的和喜悦的，教我一时难以消解。扬州小调震荡着，有些吵，又奇怪地吸引着我。循声而去，见河边有回廊，那里坐着五六个老人，差不多男女对半。唱戏的，敲板鼓的，拉二胡的，很齐全了。他们演唱着："茉莉花儿白如霜，采下几朵送情郎。你可闻一闻香，它的性儿好温凉。此花最怕那风寒冷，恩爱丛中分外香。"——这便是江苏民歌《茉莉花》的前身了。父亲熟悉扬剧和清曲，每每陶醉地哼唱几句。但对于这些，我先前并不喜欢，究其原因还是虚荣心作怪——嫌那道白土气。如今的我，对外在的比较不介意了，是添了自信吧——对自己、对故乡都是，生活里长出的方言土语，我爱咀嚼。乡音勾魂，扬州小调在乡音的延长线上。回廊边是大王庙，主祀春秋吴王夫差，配祀西汉吴王刘濞。有今人所书对联曰："曾以恩盛遗德泽，不因成败论英雄。"

人无法选择家乡，我有扬州这个家乡，我觉得是前世的造化。

街垂千步柳，霞映两重城——说的是扬州。如今，我在马尔默的柳色中想家。

山丹丹的中国之夜

张执任 / 匈牙利

在匈牙利首都布达佩斯以北十八公里，有个很出名的小镇叫Szentendre。

这个地名在地图册上被译成中文叫圣安德烈，可在匈的中国人却依其读音，把她叫作山丹丹。山丹丹好哇，陕北民歌《山丹丹开花红艳艳》中国人谁都会唱，一个山丹丹，既好记好念，还红红火火喜感十足！山丹丹于是就这么叫开了。

山丹丹依山傍水，东边是缓缓流淌的多瑙河，西边有郁郁葱葱的皮利什山，在旅游书上被列为游客必去之地。这里没有大城市的繁华喧嚣，有的是世外桃源般的宁静闲适。蜿蜒曲折的石头小路，保留着塞尔维亚风格的彩色房屋，还有那些独具个性的画廊和风情万种的咖啡馆，古老的历史与现代艺术气息在此交集融汇，温馨浪漫，令人陶醉。

不过，对于众多的布达佩斯人来说，山丹丹不仅是旅游胜地，还是他们心目中的宜居之地，尤其是山丹丹的西部，那些被称为皮利什山余脉的山丘。记得还是刚来匈牙利的时候，就不止一次地有人指着山腰、山顶上那些掩映在绿荫中的红瓦屋顶告诉我：这儿是匈牙利文人喜欢居住的地方，好多作家、音乐家、导演、名记者、名演员都选择把家安在这里。这句话后来在作家克拉斯诺霍尔卡伊·拉斯洛那里得到了证实。他就住在山上。对于为什么会选择住在山上，他给出的理由是：空气质量好,比布达佩斯安静,比布达佩斯安全,等等等等。

克拉斯诺霍尔卡伊·拉斯洛在匈牙利是家喻户晓的作家,写过很多书,其中最出名的是《撒旦探戈》,曾被大导演贝拉·塔尔拍成很长很长的电影,知道这个"很长"是多长吗?七个半小时!称得上是世界上最长的电影之一了。与克拉斯诺霍尔卡伊·拉斯洛认识,那是好多年前的事,起因是一天他请我的一个朋友带来他的邀请,说想请我喝咖啡。我问朋友,为什么请喝咖啡?朋友说,他要去中国四川采访,想请你介绍些人给他。哦,是帮忙的事,我答应了。

约会地点定在布达一家教堂边的咖啡馆。那天的克拉斯诺霍尔卡伊·拉斯洛给我的印象是特有个性。他个子高,比我还高,清清瘦瘦的,留着齐颈棕发,戴一顶尖尖的呢帽,这些都还算说得过去,关键是他的下巴上留了一小绺山羊胡子,有十来厘米长,却细得像条小尾巴,看上去很滑稽。相互握手时,他说:"我的姓太长太拗口,你就叫我'好丘'吧,我的中国名字。"好丘?我在肚子里乐了,本想说这个名字有点怪,想了想,改口道:"你还有中国名字?"他点头说,是一位汉学家给起的,又解释说,他的家族姓氏"克拉斯诺霍尔卡伊"其实是祖上老家一座山的名字,叫"好丘"意思还是一个不是?

抿着咖啡,切入正题。我问好丘:去中国采访,是要写什么题材?好丘道:"李白诗歌对当今中国人的影响。"我"啊"了一声,差点没把嘴里的咖啡喷出去,这个好丘,也太搞笑了吧,还大作家呢,不知他是怎么想的,居然会想出这么个题目!老外,真是太老外了!不错,当今的中国人,哪怕是寻常百姓,谁都知道李白是诗仙,而且也会时常背背"床前明月光",吟吟"日照香炉生紫烟",可是细究起来,有谁能够说得出那"月光"那"紫烟"影响过他们什么,与他们的柴米油盐生活又有什么关联?作为一个来自中国的"知情人",我把这些意思用婉转的语言说了一遍,意在让好丘改变主意,免得做无用功。但好丘主意已决,没听劝,说他这个写作计划已在心中酝酿了几年,不想因别人的质

疑与劝说而放弃。

既然如此,那就听他的吧。我给远在四川的好友、作家雁宁挂了国际长途,托他代我接待与安排好丘在四川的活动。雁宁相当给力,又找了几位作家朋友与他一起,一路接力,陪伴好丘去了李白故里江油以及成都四周好些地方。

好丘的这趟采访走了大约一个月,除了四川,还到了别的省份。一个多月后的一天,他再次向我发出邀请,说他已从中国归来,为感谢我的帮助,请我周末去山丹丹,到他家用晚餐,问我有没有空。我忙说有空有空,心说即使有事也要放下不管先去他家啦,因为很想知道他的中国之行究竟怎样。

其实第二天就是周末。怕我驾车不认上山的路,好丘傍晚时亲自开车到布达佩斯接我,在我前头为我领路。他的家在半山腰上,是个独门独院,房子不大也不豪华,却难得有一个可以俯视多瑙河的小山坪作为院子。在院子一角,砌有一个烧木柴的大炉子,我们进来时,房子的女主人正满头大汗地在那里炖一锅鹿肉,漂亮的脸蛋被火烤得通红。

与女主人打过招呼之后,好丘就迫不及待地拉我进屋,说是让我看看他从中国带回来的物件。对此,我并不以为意,也不想想我是从中国来的,那儿的什么好物件没见过?可当我跨进客厅的那一刻,便被屋子里的装扮感动了。嘿,这么多的中国元素,这么浓的中国味啊!墙壁四周,凡是可以挂画的地方,全都被挂得满满的,有仿旧的紫禁城、老北京、老西安地图,有中国结、中国宫灯、中国画、中国书法与康熙、乾隆画像;桌柜上,则摆满了景泰蓝、苏绣屏、布老虎、毛绒熊猫和天坛模型之类的手工艺品,当然更多的是唐诗宋词及《诗经》《易经》之类与中国有关的书籍,俨然是一次小型的中国文化展览啊。

没等我开口夸奖,好丘又挑了一张碟片放进音响,一按开关,京剧名角的燕语莺声便在屋子里飘了起来。我问好丘,这些都是你这次背回来的?他说,大部分是,也有一些是五年前带回来的。我这才知道,原来他五年前就去过一次中国，而且从此改用筷子吃饭，出门吃中餐，在家听京剧，到处搜集与中国有关的书籍，留心与中国有关的消息，不管跟谁，开口闭口都离不开中国。

当晚的聚会起先是在院子里进行的，就着红酒吃炖鹿肉，天黑之后又移师客厅，继续喝茶喝酒聊天。本来，限于场地，好丘只请了四五位也住在皮利什山的朋友前来作陪，谁知晚餐快结束时又有人摸黑开车上山加入。好丘向我一一介绍了他们，这位是诗人，这位是教授，这位是导演，这位是画家，还有那两位，媒体人、名记者，也去过中国……呵，都是文化人，匈牙利的文化人。

这还不算，到九点多钟时，院子外的汽车声一会儿一响，一会儿一响，不断又有人来。他们有的是先来的人打电话约来的，有的是听到消息自己过来的。目的也不一样，有来看好丘的，也有听说来了中国朋友，过来凑热闹的。他们并不是都住在附近，好几位还是从布达佩斯那儿开车赶来的。

一下子来了二十来位客人，好丘家的凳子马上显得紧张了。除了客厅里的沙发椅子，把其他房间里能坐人的都拿过来还不够。没有办法，后来的只好站着，或者干脆席地而坐。每来一位朋友，好丘都会向我介绍一次，依然是：文化人，文化人，文化人……

大概是由于好丘刚从中国回来，也由于有我这么个中国人在场，还由于客厅环境所散发的中国气息，这天晚上的话题始终离不开两个字——中国。有人说起诗人李白，说李白斗酒诗百篇的典故，说他戏弄高力士的段子，还聊到关于李白出生地的考证。在匈牙利有不少人喜欢李白，我是听说过的，可他们知道得如此之多，甚至连李白可能出生于碎叶，而碎叶曾是丝绸之路经过的地方这样的事都门儿清，就不能不让我感叹了。从李白生发开来，有人聊起了他所知道的大唐盛世、古城长安。再一路延续下去，话题就更多了，也转换得很快，有故宫、长城、兵马俑，也有孔子、华佗、《红楼梦》……无论是聊的还是听的，兴致

故乡的云

都非常高,屋子里的气氛像炒豆子似的,热烈得不行。

一个多小时的海阔天空之后,聊天的内容终于从古代回归,降落到现今中国的改革开放。因为在座的朋友们都想听好丘说说,他的这一趟都看到了、遇到了、感受到了什么。

"第一个感受,人太多了!"好丘打趣道,他扭头看了看我,"你们中国,哪儿都是人!"我说,是呀,十三亿多哪。他说:"所以嘛,像这么一个大国,我觉得也只有以你们现在的制度、现在的道路才能搞好,假如照搬我们欧洲那一套,非乱不可。"

从一个外国作家口中听到这样的话,我有些惊讶,也很感慨,赞道:你看得比我们好多中国人还深透呢,看来是不虚此行了。

"确实有大收获,"好丘指着桌子上的一摞录音磁带说,"采访录音就有十几盒,够写一本厚厚的书了。"又说,"你不是觉得李白诗歌对现今中国人没有影响吗,我这一个多月走下来,倒是觉得李白一千多年一直没离开过你们呢,他已经进入你们的血液了。"

"什么意思?我没明白。"

"当然,你们血液里还有杜甫白居易,还有孔子孟子老子,所以,你们现在比我们有生机,有底气。"

我恍然大悟:"你说的是我们的文化、我们的文明,对吧?"

好丘一笑:"差不多吧。"说着,话锋一转,又回头与大家聊起了在中国的见闻。说的是两次中国行他所感受到的那些变化。他说得很实在,当然也很生动,都是些小小的例子,而且是亲眼所见的人与事。这些人与事对于我们中国人来说都是司空见惯的,没有什么,可在好丘的这些个朋友听来却新鲜得不得了,震撼得不得了,纷纷说:你什么时候再去中国,我们也跟你去。好丘点头说:"是应该找个机会去一次,到时候你们的体会一定比我更深!"据说后来好多人真的都去"看"了中国,并在回来后发表了很棒的文章——当然,这是后话。

当晚的聚会结束已是半夜,山丹丹的山上、山下都已是万籁俱寂,唯有星光闪烁。握别好丘时，我说了一句：我会记住这个夜晚的。

这是心里话。

在那以后，好多年过去了，我真的一直没忘记那个"中国之夜"。这些年，发生的事很多，其中有两件我认为是应该在此说说的：一是好丘——克拉斯诺霍尔卡伊·拉斯洛获得了2015年的曼布克国际文学奖，这个奖被认为是当代英语小说界的最高奖项；二是匈牙利在2015年率先与中国签署备忘录，成为欧洲首个确认加入中国"一带一路"倡议的国家。

有人觉得奇怪，欧洲有那么多国家，为什么第一个走上"一带一路"的竟是匈牙利？我却一点也不奇怪。一个国家的正确决策，一定与该国国民的意愿和眼光有关。多年前的那个美好夜晚早已让我知道——在现在这件大事上，匈牙利人为什么会成为先行者。

当归路何远，内关到涌泉

刘秀平 / 美国

我一出生就注定与中药脱不了干系，我乳名小草，大号远志，是父亲从《本草纲目》中搬下来给母亲安神补心用的。所以我认字的时候是从"桑叶菊花女贞子，合谷内关足三里"开始的。

小时候，父亲在外地工作，母亲身体不太好，又要照顾我们兄妹六人，每晚做鞋缝衣服到很晚，所以经常会生病。那时的我，虽上有四个姐姐和哥哥，但并不因年幼而无忧，一颗小小的心总是随着母亲的健康状况上下翻滚，胆战心惊。母亲不生病的日子，便阳光灿烂、风和日丽。而这样的日子甚少，甚至珍稀。那时的我，很害怕母亲会突然病逝。那种年幼无知的恐惧，把我童年里的无忧无虑生生地给掳去。

特羡慕邻居小伙伴们的母亲，她们面色红润，大乳丰臀，虽然有时候河东狮吼，但那健硕的体魄令我神往。我的母亲体态轻盈，总是踩着三寸金莲徐行，永远低声细语，且多半时间伴有头晕心悸。

有风有雨的日子里，在学校的我便不能专心学习，总是担心母亲会被风吹倒在泥水里。那时的我，还不知道用"玉屏风散"去保护她，只是勇敢地幻想着去化作一株"益母草"或一枝"孩儿参"，把自己熬作浓汤，献给多病待补的母亲。

记得我小学一年级的时候，一天放学回家，母亲没有像往常一样出现在我们面前，大家立即惊恐起来。我飞奔到厨房，发现母亲正躺在柴草堆中，面色惨白，但好在神志清醒，细声告诉我们不要怕，她只是心慌头晕的老毛病又犯了，现在不能起来行走，躺一会儿就会好的。

那时18岁的大姐已出外工作，15岁的大哥是家里的支撑，他把母亲抱到床上照顾着。12岁的二哥骑着自行车去找医生，9岁的二姐生火做晚饭，6岁的我照看着3岁的妹妹。

不一会儿，村里的医生来了。他是本地有名的中医，是我父亲在私塾读书时的玩伴，花生煮酒的知己，所以总是会骑着遍体鳞伤的自行车第一时间赶到我家。

平时医生给母亲看病时，由父亲陪着，大哥去修理医生的破车子，其他小孩子则一律回避。那天父亲不在家，妹妹又睡着了，我就一直静悄悄地站在医生宽大的粗布长衫的影子里，当他给母亲把完脉坐到桌边时，才发现一个眼泪汪汪又神情忧郁的小女孩站在后边。他用大手轻轻拍拍我的头，告诉我说，母亲是因劳累过度和营养不良而引起气虚血亏，导致心悸头晕，扎完针再吃几服中药就没事了。当时，我那在眼眶里转了半天的眼泪顿时被他拍了下去，一直掉进母亲给我做的绣花鞋里。

那天医生特别和蔼，在充满艾灸香气的屋中，他就着煤油灯光边运针边和我谈话。他兴奋地告诉我，他已经答应我父亲的请求，将来收我做他的第一个女弟子，不只因我的中药名字，而且因为我是方圆几公里内的小才女。虽然我资质平平，可为了讨父母欢喜，我就把哥哥姐姐书本上的诗词散文全背下来，父亲见我孺子可教，便到处收集可读可背的诗词杂文小册子放在我床头的小柜子上，然后，我再把它们塞进我的脑洞。在没书可背的日子里，就背中医的汤头歌诀。那时我才五六岁，还没有读到张爱玲关于出名要趁早的名言，便已想出名了。

那天我还斗胆向医生问了几个问题。我问他，治疗心慌、头晕，你为什么每次都会在手脖子上扎针？那里离头和心都远得很呢！

他吃惊地看着我，耐心地解释手脖上的这个穴位叫内关，可以治心

痛、失眠、胸闷和心悸。

我又问,常见你在耳朵上压豆给母亲治疗失眠,那么,能不能在妈妈内关穴位上压一颗大一点的豆子帮她止住心慌呢?

这些"高大上"的问题,让他顿时预言我将会是一名造福乡里的好中医。

当晚,我还用自己采制的桑叶菊花给他泡了茶。我在医生面前的表现,得到了母亲的赞许,这是我所盼望的。

晚饭后,二姐给母亲煎药,我则在一边等着收药渣,然后装进小篮子,送到离家较远处的马路上去。因为邻居老奶奶说过,要把药渣倒在大路上,让南来北往的车辆和行人把药渣碾碎带走,这样,就一并把疾病也给带走了。我的哥哥姐姐都为我感到痛心,因为我小小年纪居然迷信。那时,无知的我固执地以为,把药渣放在马路上,与服用"天王补心丹"一样,会对母亲的病有治疗作用。

当晚,我还要特别地帮二姐写作文,她才答应把药渣交给我,且不告诉哥哥们。因为在街坊邻居中,只有我母亲常吃中药,如果哥哥们在家附近的马路上发现药渣,他们会感到难堪,并因此斥责我。如果你是我儿时的邻居,一定会时常看到一个瘦弱的小女孩,提着一篮药渣,在清冷的月光下,急急地向远处走去。过一阵子,她则把篮子扣在头上,手舞足蹈地奔回家里。

我童年最大的喜乐,莫过于此。

我们虽然兄妹很多,但从不争吵打架。每人分工合作,干好家务,做母亲喜爱的小小"香砂六君子"。每次母亲生病后,我们都会一起开会检讨,看是否有人在什么地方做得不够好而惹母亲生气。比如,因为疏忽大意,让黄鼠狼偷走了鸡或者兔子,我们都会痛悔不已,尽管母亲说没关系。

高考时,为了母亲,我藏起了自己的文学梦,去考了中医学院;妹妹则收起了她的舞蹈鞋,去学了护士。好在母亲的身体在更年期后越来越健康，每次放假回家面见母亲，对她就是"十全大补""安神补心"。

　　放假在家的每天晚上，最开心的就是帮母亲洗脚。母亲裹着小脚，所以她每天要行走在自己那早已经匍倒而且弯向脚心的脚趾上。被压扁的脚趾上布满老茧，所以要用热水泡软了后，再用粗针挑去。在这等待的过程中，我会给母亲讲大学生活，讲一些中医与针灸的常识。母亲泡完脚，我会扎她的足三里，再按摩涌泉穴帮她安眠。因为她的涌泉穴被脚趾遮住了，所以这涌泉穴按摩变成很复杂的操作，对于我而言，这又是很幸福的过程。

　　再后来，我出国学习。母亲寄来的包裹就是"远志汤"，就是"当归饮"。电话那端慈母的叮咛，就是我们立足海外的"藿香正气丹"，也是我们需要的"健脑补肾丸"。

　　最后一次见到母亲时，她已经90多岁了，住在城里的哥哥家中。一天晚上，坐在床前的月光里，母亲压低声告诉我说，她很想回老家去住，她思念院子里的梧桐树和树上喜鹊的叫声，她还想要回去养几只鸡，吃井里的水，用柴草做饭，晚上坐在月光下乘凉。可是，哥哥们孝顺，都不让她回去，她也就不敢再提，怕给儿女们添麻烦。母亲很无奈地长叹一口气。

　　在我的记忆中，母亲从来都是一无所求的。我握着她的手说，别急，您好好保重身体，等我尽早退休，咱们一起回老家去。

　　母亲显得特别高兴和期盼，可是又担心我这么年轻退休，浪费了我的学问。

　　我就安慰她说，咱们可以把后院的房子修好，开个中药店，我当坐堂医生，给乡亲们免费治病呀。

　　母亲露出了久违的笑容，她真心地相信了我的许诺，答应等我回去开药房时，要帮着收拾中药。

　　如今，我还没有如约退休，可母亲却已乘鹤归去。

　　母亲啊，我收集的这一袋子"十大功劳（叶子）"给您寄到哪

故乡的云

里去?

很愿意相信量子纠缠原理,四维时空中,您在那里,我在这里,但仍然能感知您。

很惭愧,说好的"父母在,不远游","冬虫夏草"般地守着您,可我,却一飞就是离家万里。

母爱,似海如山,而我只是一小小涌泉。

"知母"啊,请问一下"当归",哪里可知我母亲的消息?

"穿心莲"却微信我:"过内关,下涌泉,再寻足三里。"

杂忆洗澡

张翎 / 加拿大

我的故乡在浙江南部的一个小城。小城在偌大的一片神州版图里细若粉尘，几乎可以忽略不计。却因了湿暖的四季和常年柔软的轻风，生出了一些花红柳绿洁净安恬的街景。蓬头垢面的外乡人走进这样的街景，忍不住感叹小城人头脸的光鲜整洁。外乡人当然不知道这片光鲜整洁背后的曲折故事。凡在这样的江南小城里住过的人，大概都不会忘记从前洗头洗身的窘迫情景。

那时的旧城区都还没有卫生设施。所谓的卫生设施，当然是指抽水马桶和淋浴设备。我家住在老城区的一条小巷里，不通自来水。洗菜洗衣洗头洗澡，用的都是巷底那口百年老井的水。井很深，四壁长着幽暗的青苔。井沿凿了一行隶书，被岁月销蚀得只剩了残缺不全的"永嘉"二字。井口有几个大小不一的圆孔——据说是弹洞。那口水井周遭，春夏秋三季，便成了男人们的天然浴场。晚饭之后，女人们自觉退回屋里，由着男人们脱得只剩一条裤衩，一根一根棍子似的戳在井边洗澡。说是洗澡，其实只是将一桶水从头顶淋到脚心，再拿毛巾在胸前背后斜搓几遍而已。男人们对这种透明度极高的洗澡方式早就无师自通，运用自如，毛巾进入裤衩里面的动作极为敏捷迅速。偶尔有人在那个地段停留过久，便会引来一阵善意的讪笑。在裸裎相见的那一刻，一切等级界线突然含混不清起来。传达室的小跑腿也敢和市委办公室主任开一个介

于粉红和黄色之间的无伤大雅的玩笑。笑完了，散开去的时候，身和心便都有了浴后的清凉。

女人则远没有男人那样幸运，长长的夏天里洗澡成了她们烦心的事。首先她们要找到屋里最隐秘的一个角落来放置洗澡用的木盆。其次要闩好门窗，爬上凳子仔细地检查过窗帘有无漏缝。然后她们会在事先预备的凉水中掺上热水，调好水温，再在木盆中间摆一只小板凳。等到一切准备就绪，关了灯，才敢小心翼翼地褪下衣服，坐在板凳上擦洗身子。摸摸索索地洗过了，沉沉地把一盆漂着肥皂花子的脏水端出门去泼了，拿拖把将溢在地上的水擦干了，坐下来，又已是一头一脸的汗。

这样的日子过了二十多年。我在小城出生长大，对小城衣食住行的一切习俗细节非常熟稔，从来没有想过世上还存在着一些其他的生活方式，自然也不知道世上还有别的洗澡方法。只是后来世事发生了一些意想不到的变迁。有些一直在台上的人突然下台去了，又有些一直在台下的人突然上台来了。当北方的来风带着一些让人兴奋的信息一次又一次地拂过小城的街面时，小城的人才渐渐明白太平世道已经到来。

在这样一个多事的岁月里，我考上了大学，先离乡，后去国，在外边的世界漂流了很久。我先后居住过五个城市，搬过数十次家。离家的日子里，我尝过了诸多没有金钱没有爱情也没有友情的日子，遇到过诸多苦苦寻求又苦苦失落的人。常常一觉醒来，看见窗外那一片狭小的星空，不知身在何处。夜里入梦的，竟是家门前那条铺着青石板的小路，和巷底那口记载了诸多人世沧桑的老井。

90年代初，在去国五载之后，我第一次回到小城。惊奇地发现街坊临街的房子，大都已装饰一新地做了店面。老屋陷落在一片灯红酒绿的店铺中间，犹如一个嫁了多年，被岁月风干了骨血韵致的妇人，无语地憔悴着。出租车在家门前停下，母亲迎出门来，未语，已是两行老泪。伴我走过少年岁月的老猫已经去世，却新添了一只两个月大的幼猫。见生人，就羞答答地凑过来，咻咻地闻我的裤角。哥哥说是嗅洋味，众人便笑。

放下行李，母亲带我去邻人新开的发廊做头发。老板是个年轻俊俏的女人，一边麻利地动着剪子，一边向我打听着外边的世界。当她知道我是个学生，便锲而不舍地问我奖学金的数目。说了，她就咻咻地笑："我以为呢。街里街坊，今天算我请客，不收你的钱。"那天的头发做得短短俏俏的很像回事，只是心情似乎没了。

带着一颈碎发回家，母亲张罗着让我洗个澡。从前用过的那个木澡盆，早已散成一堆碎木片，不知所终。母亲从床底下抽出一个崭新的钢精大澡盆，又拉着父亲帮忙支起一个一人高的尼龙布篷。见我疑惑，便解释，这是今年流行的浴篷，保暖，干净，不占地方。果真，数分钟后，母亲倒在盆里的水，便在篷里升腾起氤氲的热气。我钻进去，肌肉瞬间瘫软在水和雾的重围之中。虽然手脚蜷曲，弓腰驼背，却毕竟暖暖地洗去了一身隔洋的尘土。钻出浴篷，看见小猫正卧在母亲为我预备的换洗衣服上，长长地伸着懒腰。穿上温热的新衣，便知道我真是回家了。

第二次回家，又隔了五年。母亲告诉我，老屋正好落在市政改建区内，很快将要拆迁。拆的计划很是确定，迁的计划却有很多传言。有人说新房会建在原址，也有人说会在城郊的新区。有人说新房是一幢三十层的纯公寓楼，也有人说新房是商用民用混合式的，底下三层是店铺办公楼，三层以上才是住宅区。母亲相信每一种传言，于是，关于新屋装修的设计方案，就在各种传言的夹缝里一次又一次地诞生，也一次又一次地销殒。

巷子里的那口井还在，似乎更老了一些，也久已无人问津。井壁上的青苔，渐渐爬满了水面。丢一块石子下去，竟久久听不见一声回响。老街坊们如今家家户户都修起了装有抽水马桶和淋浴器的卫生间。晚饭后各自关起门来冲凉，便再也听不见井边人声和水声交织出来的喧哗了。我们家装的淋浴器是进口的，白色的金属箱上印着带有小蝌蚪的德

故乡的云

国字。卫生间的墙壁和地板上铺的都是白底夹豆绿花纹的大块瓷砖。里边虽然狭窄得容不下一个最小号的浴亭，却足够让人在莲蓬头底下站直身子了。母亲踮着脚尖试过水温，又拎着拖鞋跟在父亲身后一遍一遍地叮嘱着："地滑，小心摔了。"父亲大概是怕费热水，只匆匆地淋了几下便出来了，偏凉的水激得身上微微地起了几片鸡皮疙瘩。母亲连忙递过用文火炖就的冰糖莲子汤。两人坐在落地电风扇前喝着汤，一边半心半意地听着录音机里袁雪芬咿咿呀呀地唱着《十八相送》，一边热烈地抱怨着电费水费的昂贵，灰白的头发在风里飞得抖抖的。

我猜想，小城的日子，大约真是好过起来了。

又过去了一些时日，关于拆迁的传闻，终于尘埃落定，旧居在地图上消失，新居在原址上建成。经过两三年的等候，父母终于迁入新居。新居的卫生间很宽敞，装了一个大号浴亭。在这个尺寸的浴亭里，即使是一个人高马大的青壮男人，也可以自如地伸开四肢，在莲蓬头底下痛痛快快地冲去身上每个角落的泥垢。浴亭顶部的天花板上，安了四个取暖的红外线灯，全开的时候，亮得可以照出天使皮肤上的毛孔。浴亭底部的地面上，铺了一层防滑的塑料贴膜，墙边钉着一只磨了花的金属扶手。至此，老人洗澡所需的设施，一应俱全。

在一条巷子里住了几十年的老邻居们，搬迁回来后依旧住在同一幢楼里，只是分在了不同的楼层。电梯里或是楼底下的绿化带里相遇时，他们通常的对话是关于儿孙和菜价的，而洗澡和卫生间，却不再是话题。只有我，那个家里走得最远的人，依旧会时不时地梦见那口早已消失了的百年老井，还有井边那群口无遮拦打打闹闹的人。

每当这时，我就知道，我又想家了。

北纬40度线穿起的兄弟

刘真 / 美国

遍数美国五十州，你最爱伊利诺伊。如果不是疲于糊口，你想在那里度过余生。

去伊利诺伊，最好在五月，趁春意正浓，携二三好友，于酒酣耳热之际，去时光深处拜访它。沿74号州际公路迤逦前行，薰衣草庄园劈面惊艳，紫色的花海波粼粼芳蔼蔼，离离蔚蔚，郁郁菲菲，在目力所及的尽头，花海与蓝天模糊了界线，花在天上灿烂，云在海中漂浮，大美不似人间。如果正好有风吹过，你有福了，薰衣草的香气袭人，浸染你的眉间发梢、衣裳鞋袜，花香虽不浓烈，幽幽淡淡，若有若无，却余韵绵长，三日不绝。

越过薰衣草海洋，与纳楚萨草原迎面相逢。性急的大须芒草已齐膝深，仍在可劲儿地拔高。且屏住呼吸听吧，你能听见生命抽芽的声音，蓬蓬勃勃，劲道十足，春风所到之处，分蘖新叶密生，枯老叶鞘并存。大须芒草也许是世界上最优等牧草，叶量大，柔软，鲜甜多汁，可放牧，可刈割，可制成干草也可青贮。所以纳楚萨草原上牛羊遍地，牧马成群，燕雁无心，随云飞远，岁月如此祥和而安好。

伊利诺伊州在北纬40度线上，如果你有足够的力量，翻过高山，跨越重洋，那么，沿着这条线一直向东方行走，就能到达内蒙古草原，你的故乡。

故乡的云

北纬40度线,是多么奇妙的存在,它穿过万里长城、丝绸之路,穿过黄河流域,也穿过伊利诺伊和内蒙古——这两个丰饶的草原之乡。

虽然相隔万里,道阻且长,海洋外仍是海洋,关山外还有关山,伊利诺伊草原和内蒙古草原却有许多相通之处:同样的原始泉河、原始山川、原始植被、原始风情;同样的黄毯绿坪、古原秋雁,悠悠牧笛在牛背上回响,嗒嗒马蹄踏碎了夕阳;同样的四季分明、气候适宜,寒冷干燥的冬,温暖湿润的夏,造就同样的昊昊高天、茫茫草原。

除此之外呢,它们的名字也异曲同工。内蒙古最辽阔的科尔沁草原得名于蒙古语,意为"神箭手""射雕英雄",而伊利诺伊之名则来自印第安语,意为"武士""英勇无畏的战士"。

如果西方和东方联姻多好,让这两个有缘分的草原之乡结缡百年——你这样由着性子瞎想,可它俩都是铁骨铮铮的硬汉,这念头没法实现。而一个是金发碧眼的高加索人种,一个是黑发黑睛的蒙古人种,也做不成亲骨肉。但是被北纬40度线一肩挑着,肩膀齐为弟兄,所以内蒙古和伊利诺伊至少可以义结金兰吧,做一对相互仰慕、彼此扶持、襟怀坦荡的异姓兄弟。

伊利诺伊草原上没有马头琴,这是唯一的美中不足。伊利诺伊人喜欢萨克斯、爵士乐,即兴演奏,率性发挥,节奏的分割没有规矩,旋律随感觉飘荡,风格愉悦、自由、不羁。管乐器的音色通常单纯,而萨克斯音色多变,像雨后草原上的彩虹,色彩纷呈,深深浅浅,层层叠叠,既不知所起,亦不知所终。

或许是少年的记忆过于顽固,你始终认为,马头琴才是草原的良配。蒙古长调,必须要由马头琴来伴奏才圆润低回、意境悠远。当常年经受风吹雨打的牧人用粗粝有力的手指拾起琴弓,转轴拨弦,那广袤的草原、奔腾的骏马、高亢的牧歌、多情的姑娘,就跃然于耳畔了。琴声如春风拂面、雁叫长空,如草原儿女的旧时好梦,让人不禁饮醇醪,思故乡。

在草原上行走，最容易激发思乡情怀，所以萨克斯的浪漫婉约和马头琴的温暖忧伤，都适合表达乡愁。不管是德沃夏克的《念故乡》也好，还是马思聪的《思乡曲》也好，在缓板、快板、变奏、和弦等种种音乐元素之外，娓娓诉说的，不外是去国怀乡的疏离与彷徨。

每个游子心中都有故乡的花树，只是草原儿女心中的花树更加根深叶茂。游牧民族的日常是北风割面、烈酒快马，而他们的内心世界却细腻丰富，充满柔情。这柔情在琴弦上倾泻而出，汩汩流淌，沁人心怀，它无关男女私情，却饱含对父母、草场、天空、故乡的深情和思念。所以不觉铿锵，只有感伤；不觉愤怒，只有倾诉；不觉狭隘，只有旷达。

可是你到底意难平。在伊利诺伊，你是外国游客，被贴心地问喝不喝得惯黑咖啡；而在内蒙古草原，你同样是海外客人，享受礼遇和热情的款待。可是，凭什么呢？那个给你献上洁白哈达的蒙古族少女，一定不知道，早在她出生前，你就在这片土地上生活了。三十年前的青草的香气，还萦绕在你的鼻翼；三十年前劲吹的北风，还在你耳边呼呼作响；三十年前你的同桌，是她现在的嘎查长。

可你找不回做主人的感觉，这让你委屈，甚至偷偷泪湿了双眼。因为追梦而离开，因为思念而归来，才发现三十年的疏离，故乡已不记得你，思乡情切，近乡情更怯，你漂泊的心灵无处安放。

你甚至在故乡迷了路，说起来让人难堪。其实到底也无妨，如果注定要迷路呢，最好在内蒙古草原，你有的是向导，有的是清水、食物、马奶酒，你可以随便敲开一座帐房歇歇脚。三十年，物换星移，人事已非，故乡的面貌模糊而迷惘，好在它的精髓还在，风骨未改，情怀依旧。

尽管它不是你身体的故乡，却仍然是灵魂的归宿。

你回到纽约，向生计妥协。是巧合吧，也许是宿命，纽约也在北纬40度线上。往西，是钟爱的伊利诺伊；往东，是念兹在兹的故乡。你

 故乡的云

注定今生在北纬40度线上行走,这是一条神奇的纬线,地气和暖,万物化生,凡是它穿过的,城市则民安物阜,河流则源远流长,草原则丰腴肥美,碧野千里。你盼望这一线穿起的皆是兄弟,而远方不再遥远。

祖国与父亲

杨平 / 法国

我的爸爸是共和国的同龄人。按照我们当地习俗,男人的整数生日做"进",也就是提前一年做大寿宴。2018年的秋天,我们全家人特地回国给爸爸庆祝七十大寿。很巧的是,生日当天我们都不约而同地穿了红色衣服,喜气洋洋,其乐融融。

年轻的时候,爸爸被同事们亲切地称为"杨满叫鸡",这是长沙话,爸爸在家里是"满仔"(最小的儿子),"叫鸡"的意思就是有点骄傲的公鸡。今天听起来似乎有点滑稽,但那是对他的真实写照。80年代正是我读小学的时候,印象中那个时候的爸爸头发稍微有点卷,也不清楚是不是烫过,常常穿一条蓝色喇叭牛仔裤,上面再配件时髦的拉链外套。有一天,几个第一次来我家的女同学看到爸爸,她们不知道那是谁,问是不是我叔叔。可见年轻时候的爸爸挺帅气。爸爸虽然看起来比较"洋气",却在很小的时候就体会到了人生的不易。昨天,我刚刚跟爸爸通了近一个小时的越洋电话。从小到大,我主要是从长辈那里听到爸爸的零碎故事,如今终于在爸爸或沉重叹息、或轻松快乐的语调里完整地了解了爸爸的经历。

爸爸出生在长沙湘江边郝家湾的一户极其普通的家庭。我的爷爷作为他亲叔叔的继子,继承了一点家产,却也因为有众多贫苦亲戚需要接济,一家人没过几年好日子就难以为继,最后不得不把近郊的店铺卖

故乡的云

掉,举家迁到市内,投靠奶奶的兄弟姐妹。在1936年躲日本兵时,我的二伯父出生在长沙县的一个祠堂里。爸爸比二伯父幸运。奶奶怀着他时,正好碰到长沙和平解放。爷爷觉得与其在城里辛辛苦苦当搬运工,还不如享受共产党的好政策,分到田地做个自给自足的农民。于是一家人又转而投靠爷爷自己的外婆家,来到郊区的郝家湾。新中国成立一个多月,爸爸就出生了。

爷爷和奶奶都曾经是小生意人,没有什么务农经验,加上爷爷眼睛有大碍,日子之贫苦可以想见。爸爸上小学时成绩还算不错,但临近小学毕业时根本无心读书了,因为饥饿。三年困难时期,他每天上午说是去上学,其实是去阿弥岭给运输工人推板车。把板车推上去一次,报酬是一毛钱。有时候一上午的工作可以换到几个糠饼,之后他就跑到四公里外的长沙市第十六中学。为什么?当时在那里当中学老师的大伯父为了弟弟的生长发育,把中午在食堂打的米饭和菜省下来给他吃,自己就拿着糠饼对付。熬过这段时期后,爸爸不得不终止学习,不到十四岁就自力更生。

首先是"牵瞎子",也就是专门给一个算命的盲人领路,每天的收入是八毛钱和四个法饼(长沙土特产,用面粉制作)。牵了一年之后,十五岁左右重操旧业,继续推板车。后来他在货运火车站找到一份正式的搬运工作,每天有固定的工作时间,负责把火车车皮里的原煤卸下来堆成堆,又干了一年多。之后回到郊区的家里,在生产队出工,务农半年多。直到1963年本地建立了一个农业机械厂,爸爸十六岁半左右被招进去做了学徒,当翻砂工人(模具工)。第一年每个月的学徒工资是十八块,之后每年月工资增加两块。

命运终于有了转变。在这个国营小工厂里,爸爸一路走来,做了很多岗位:翻砂工、油漆工、电焊工、修理工、车间主任、业务员、采购主管等等。勤奋好学的他样样拿手。妈妈就是在当他的油漆工学徒时与他相识、相恋的。我们家里还保存有一张父母两人1974年去姨妈家,在北京颐和园的合影。那张照片应该是爸爸这辈子的第一张照片吧，总之在家里我从来没发现过他们之前的任何留影。后来因为工作原因，爸爸在各处风景名胜的留影逐渐多了起来。不少虽是黑白相片，却掩不住他的风华正茂。

作为孩子，这些照片以及父亲绘声绘色的描述，俨然为我们打开了一扇门，这扇门外是色彩缤纷、充满诱惑、令人向往的精彩世界。现在回想起来，我大学毕业后放弃舒适稳定的工作，毫不犹豫地离开长沙前往深圳，后来又放弃在深圳拼搏到的一切来到巴黎，我对世界的这份好奇心大概就是在那时候爸爸声情并茂的"演说"中开始萌芽的。而今也算"女承父业"，我也在从事销售和采购工作。或许冥冥中，命运之手以这种方式在编织着我们的父女缘。

父亲工作的农业机械厂在80年代初转行做自行车。80年代中期，赶上改革开放的大潮，他们厂的自行车因为质优价廉，最后都出口了，爸爸还多次去参加了广交会。90年代中后期，工厂遇上了国营企业改革的浪潮。为了寻找出路，工厂转型生产了几年电暖器，令人宽慰地缓解了一些问题。父母与绝大多数同事一样，并没有被困难吓倒，用勤奋苦干撑起了厂里、家里的一片天。与爸爸同龄的同事很多，他们的经历当时在全国也是很有代表性的。现在回想，不禁为父辈们的坚韧与勤奋而感动。他们面对时代的变革，没有畏难退缩，没有轻言放弃，而是伸展臂膀，奋力一搏。

我刚刚参加工作时遇到各种问题，面对激烈的竞争，有过不少迷茫和泄气的时候。每每想到父亲只有小学文化却一直在努力奋斗，便不由得心生希望，似乎拥有无尽的力量。哪怕是今天，我从事国际贸易及项目融资，虽然这些工作看起来似乎比制造自行车要"高大上"，我却深深地认为父辈们从一无所有到闯出一片天的经历才是真正值得钦佩的。而走出国门的我们，也仅仅是站在前人的肩膀上而已。

爸爸正式办理退休以后，还几次被单位邀请前往老客户那里结算。

那些老合作伙伴最信任他,只同意把款项交给"老杨"。这份信任,可能早在当年爸爸被叫作"杨满叫鸡"的时候就一路跟随,而且越来越重。就是这样一位极其平凡的父亲,在日积月累的工作和生活中建立了他的口碑,令人敬爱。

爸爸妈妈退休后几次来欧洲游玩,在凯旋门、诺曼底、大西洋海边、阿尔卑斯山、多瑙河和西西里岛等名胜古迹留下诸多"倩影"。我问爸爸,哪里风景最美?他毫不犹豫地说是法国和东欧,尤其是巴黎和匈牙利的首都布达佩斯。在整理他们旅游的照片时,我觉得爸爸的姿态完全像个"潮人",丝毫不见老态。虽然皱纹多了,那戴着墨镜的酷样却可与他在七八十年代展现的"洋气"媲美。如今照片的背景大不相同,头发也有点花白了,但那颗坚强善良的心没有变。我问他,在欧洲最不喜欢的是什么?"当然是吃的。我是中国人,只喜欢吃中餐。"谁说胃不连着心?我虽然早已习惯吃西餐,也喜欢西餐中很多菜式点心,可每次回法国前总不忘带一瓶爸爸亲手做的剁辣椒。同爸爸一样,中餐里有我的中国心。

作为普通老百姓,我的父亲只是共和国大江大河中的一朵浪花。无论潮起还是潮落,他都勇敢坚毅,不畏付出。七十年的普通人生,又何尝不是新中国七十年的一个缩影?太阳每天从东海上升起,我纵然从天山上下来,也要迎着这希望的光辉,一路朝东,奔流而去。

苏州与丝绸之路

宇秀 / 加拿大

20世纪60年代末，苏州阊门外跨鸭蛋桥浜的永福桥边上有条同名弄堂叫永福里。永福里闹中取静，兜底的六号王家有孙儿孙女，常常聚了一群孩子嬉闹。

四月以后，天井里的桑树开始长出绿叶，到了初夏，一片片绿油油似铜钱般挂满枝头。客堂间里，几个小孩子的脑袋挤作一团围着圆竹匾聚精会神地看蚕宝宝吃桑叶，一片桑叶眨眼就被三只蚕宝宝剿了。小女孩及时添上几片叶子，小男孩忍不住要用手去拨弄蚕宝宝，被小女孩喝住。主人家的好婆叫道，该回家了，蚕宝宝要困觉了！众小童便作鸟兽散，只剩下那个小女孩看着蚕宝宝出神。

她摸了摸自己发辫上扎的丝绸蝴蝶结，想着不久将要作茧自缚的蚕宝宝，它们吐出来的丝会变成她发辫上的蝴蝶结，会变成好婆身上柔软光滑的衣裤，这太不可思议了！更让她不可思议的是，若干年后的历史课上老师讲到丝绸之路，她想象不出那些小小的胖嘟嘟的蚕宝宝吐出的丝，竟然成为古代中国通往"西天"路上的主角！柔软、细腻、光滑的丝绸被驮在马匹、骆驼身上，穿越沙漠，从长安（今西安）出发，途经西域、中亚，通往西亚，向西抵达地中海沿岸，直至罗马……那些遥远得仿佛是《一千零一夜》故事里的名字，令姑苏城小河边的女孩的想象难以抵达。

故乡的云

　　自古以来苏州百姓是不大在意外面世界的风起云涌的，也不关注朝廷里王上王下，只是关紧门过日子。虽吴越春秋从吴王阖闾到夫差，战火频仍，狼烟四起，但当年的霸主也都是北方中原外来的冒险家。尽管古代的苏州也曾是雄霸天下的国都，但苏州人却并不沾染王气，吃足了战争苦头的苏州百姓，更是珍惜太平，一代代承继桑蚕织帛的手艺，静静地织着江南的一片湖光山色。在他们的天地里，有鱼米的丰饶，有丝绸的柔滑，没有江湖厮杀，没有官样文章。说他们小市民也好，说他们狭隘无远见也罢，他们都不怎么理会。这里的长辈们不给男孩灌输建功立业的鸿鹄之志，更是教导女孩乖巧温顺、安分守己。不过话说回来，桑蚕丝织若没有这样一份安心宁静，又如何把湖光山色、春华秋实、凤飞蝶舞等等大自然与人世间的风物情趣变成绸缎上的风华？

　　"蚕宝宝要困觉了！"好阿婆随口一句话，就与外面世界的风云拉开了距离。

　　好婆是典型的苏州老辈人，她常道"上有天堂，下有苏杭"，我伲已经是在天堂里了，还有哪里好去？难怪苏州城自吴国建城至今两千五百多年，城市位置基本没有挪移，所以有历史和考古学家认为苏州是真正现存最古老的城市。

　　古代凡到过吴地的文人墨客无不留下吟咏苏州的诗篇，一向人称淡泊的韦应物时任刺史到苏州，目睹繁华秀丽、风调雨顺的景色也禁不住写下《登重玄寺阁》，并由此想到自己的职责，要好好鼓励农桑。"于兹省氓俗，一用劝农桑。"也在苏州担任过刺史的白居易回老家多年，还念念不忘苏州："为念旧游终一去，扁舟直拟到沧浪。"闻名中外的马可·波罗在他的游记里也写到苏州人民"产丝甚饶，以织金锦及其他织物"。

　　好婆不知道白居易、韦应物，更不知马可·波罗，她不是因哪些名人说了苏州的好话就人云亦云，她说自己住在天堂是彻心彻肺的真情话。唯一不如愿的偏偏是自己的独生子去上海学中医，竟远走高飞落脚到历史上兵家必争之地的河南；而更让好婆不如愿的是从小绕在膝下的孙女长大后竟也"逐鹿中原"去了。暑假孙女回苏州，好婆急急地问北方大学里有没有青鱼河虾膏蟹吃。听到孙女说早上喝"黄糊涂"（玉米粥），好婆就抹着眼泪说：作孽啊，谁让你跑那么远！在好婆想象中，孙女和儿子住的地方简直就如非洲，她无限想象着那里的"荒蛮"。而更让好婆无法想到的是她的孙女后来竟然跑得更远，去了地球的另一端。只是好婆再也不能为漂洋过海的孙女担忧了，她早已是苏州横山上的一块石碑了。

这石碑下的亡灵便是我的祖母。
那个当年看着蚕宝宝出神的小女孩，如今正端坐在太平洋东海岸温哥华的家里，翻开历史上那段"丝绸之路"，温故知新。

据西方史书记载，古罗马恺撒大帝有一次在剧场看戏，穿了件中国丝袍，在场的王公大臣面对那光彩华丽的丝绸，一时竟无心看戏，把目光都集中在皇服上，称羡不已，认为是神话中"天堂"里才有的东西。直到张骞出使西域，丝绸才更多地进入西方，但也只是上流社会人士才得以上身。就是今天，在我居住的加拿大温哥华，当地人在节日或生日，若收到一份真正的中国丝绸礼物，也是喜出望外的。

一位画家朋友，曾画了一幅我的大型油画肖像，装裱好作为圣诞礼物送我。在他70岁生日时我和我先生一起为他祝寿，并在宴席上送了他一件重磅手绘真丝睡袍。扎着丝带的盒子正面透明处露出睡袍的衣领前身部分，宝蓝色水一样柔滑闪亮，衣襟上有绘画。他瞪大眼问道："你确定我可以打开它吗？"他的手颤抖地拆开了包装丝带后，说不忍心把衣裳抖开弄乱了。"这太华贵了！我要变成国王了！"他说。而那件睡袍背后真是绘着一条龙呢。他问我："它是来自苏州的吗？"这个被他的葡萄牙母亲生在上海的"老外"，也知道苏州和"丝绸之路"。

事实上,"丝绸之路"的命名,就是19世纪70年代一个德国地理学家——费迪南·冯·李希霍芬提出的,虽然历史上往返于丝绸之路上的商品并不局限于丝绸,但西方人以丝绸命名之,可见丝绸在西方人心目中的地位。这个温婉柔和的名字也成为中国对外交流的一种象征。

对于丝绸的历史作用,以及当今在国家战略中所担当的角色,苏州人似乎并不太关注,也不争功邀赏。外界一直认为苏州人沉湎于温柔之乡不能高瞻远瞩,在苏州前面加个"小"字,称为"小苏州",多少有点小觑。殊不知,苏州的内在却是柔软无疆。且看苏州两星期生产的绸缎,即可从古丝绸之路的起点长安,铺到其亚洲终点君士坦丁堡;近十年生产的绸缎,就可绕地球四十五圈。丝绸之于苏州,就如香水之于法国,钟表之于瑞士。对此,英国王室心知肚明。

历史上第一件正式婚纱出现在1840年维多利亚女王的婚礼上,当时女王穿着用中国绸缎制成的一件白色拖尾长达18英尺(约5.5米)的婚纱,那绸缎是否来自苏州,我没有考证,但现代英王室婚礼都离不开苏州丝绸。2011年4月29日英国威廉王子大婚,新娘凯特王妃身上的婚纱所采用的是苏州丝绸中的高端面料——重磅罗纹纱。一流的质地令英国王室青睐有加。而当年举世瞩目的黛安娜王妃与查尔斯王子的世纪婚礼,戴妃身上那款经典长拖尾婚纱所采用的面料也是苏州丝绸。2014年亚太经合组织(APEC)峰会上各国领导人穿着的唐装所用的面料,则是苏州丝绸中的宋锦。当报纸电视出现各国领袖身穿色彩各异的丝绸唐装,一字排开笑容可掬的画面时,那真是一道当今世界各国头号人物集体展示中国丝绸的风景线,而苏州悄然撑起了那道风景线。

苏州作为中国丝绸故乡的历史可以追溯到六千年前的草鞋山(今苏州工业园区内)和四千年前的吴江梅堰,汉代刘向《说苑》就记载了吴王僚执政时吴人迎宾队伍里已有华贵的锦绣服饰。《史记·吴太伯世家》

中"争桑之战",记载吴楚两国妇女因争采桑叶发生纠纷,而引发国家之间兵戎相见,如同今天因石油而引起国际争端。

想起苏州人怜爱的西施,传说是浙江诸暨苎萝村的浣纱女,被越王勾践用作报复吴国的棋子送给吴王,终使吴王沉溺于美色而误国。可苏州人并未痛恨这"红颜祸水",他们怜惜美人的悲剧命运,正像余秋雨在《白发苏州》里说的那样心肠软,不计较,"真真假假地留着她的大量遗迹来纪念"。看着蚕宝宝吐丝,看着它们作茧自缚把自己困在茧壳里,这心肠就很难硬得起来,也霸气不了。尽管那丝脉早已通到天涯,丝绸的版图也破疆跨界,但质地的柔软却是永远的,那是一种无以言说的魅力。

再说回到苏州丝绸历史。三国东吴时,丝帛之饶,衣覆天下,苏州丝绸成为"赡军足国"的重要物资。唐宋以降,北方黄河流域的丝织中心地位完全被江浙所取代,苏州更是成为全国丝绸织造的重镇。明代苏州居民大半"以丝织为业,机声轧轧,子夜不休",吴江盛泽镇"俱以蚕桑为业。男女勤谨,络纬机杼之声,通宵彻夜"。清代苏州"在东城比户皆织,不啻万家"……这些记载今日读来,依然可见当年盛况。

记得20世纪永福里的女人们多在门口摆开自己的手工摊头,有的缝制丝绒或缎面绣花拖鞋,有的在丝绸衬衫上面绣花、锁扣眼等。她们都是为出口商品做加工的。那时我很喜欢蹲在一旁看她们穿针引线,久了,耐不住手痒,五岁时竟帮邻居阿姨缝了两双绣花拖鞋,虽不合格,阿姨还是买了包五香豆奖励我。

现在想来没有大抱负、不喜欢离开自己家门的苏州人,一直以他们巧夺天工的丝绸锦绣、霓裳羽衣为中国在世界上争得脸面。我在现代世界文明之光里分明看到了丝绸的光泽,温婉玉润,华丽而含蓄,如同唐诗宋词令人百读不厌、意味无穷;而这丝绸背后的淡泊、清雅,与世无争的性格,在这个日益纷争、巧取豪夺的世界上,是多么难能可

故乡的云

贵啊!

想起小时候最喜欢去游玩的虎丘山,据古老传说,虎丘山原本就是从海中涌出的一个岛屿,原名"海涌山"。幼年就不明白为何虎丘山石碑上嵌有"海涌峰"字样,山门前照壁上还有"海涌流辉"四个大字。又据《苏州府志》记载,过去山上曾建有"望海楼",意思是登楼即可眺望海景。而虎丘山上有个著名的憨憨泉,游人都喜欢在那里拍照留影。这个憨憨泉也有"井底泉眼潜通海"的传说,故又名"海涌泉"。

哦,一直以为苏州就是小桥流水人家,大气不足,却原来骨子里还是与大海相通着呢。所以这样想来,丝绸之路无论陆路上的还是海上的,与苏州的关系也就理所当然了。

写到此,特别想念横山上的阿婆。我想秋天回中国一定要去看看阿婆,并把丝脉天涯的种种见闻告诉她。阿婆是最喜欢听苏州好话的。

塞纳河畔作"龙吟"

叶星球 / 法国

在今天的地球上,六千多万华人旅居在中国以外的世界各地(国侨办2016年数据)。这些漂泊在世界各地的中华儿女,就像故乡的云,随着大气环流,飘散到地球的各个角落,化作时雨,滋润当地的土壤。他们不论事业成功与否,都不会忘记自己文化的根。

诗词曲赋是中华文化的精髓,中国历来被称为诗的国度,从《诗经》到《楚辞》,从汉魏乐府到唐诗宋词元曲等,无不彰显中华文化的博大精深,至今仍被国人视为传统文化的精粹!诗词文化让一颗颗漂泊的心灵相偎相依,聚合为光彩夺目的中华文化星座。在法国,就有这样一个星座——龙吟诗社。

1990年1月14日,以倾吐心声、联络乡情、弘扬中华传统优秀文化为宗旨的巴黎龙吟诗社诞生,梁源法任第一届社长,巴黎第八大学教授熊秉明为名誉社长。在梁源法、陈湃、刘锦权等二十多位同仁的共同努力下,诗社开始在塞纳河边默默耕耘,深情吟唱。如今,二十九年过去,往事历历在目。忆当年,诗社诞生,各方瞩目,不少诗坛巨子、词苑名家发来贺诗贺词,为这个"中国的"诗的星座诞生喝彩。艾青题词"遥祝巴黎诞生诗的星座",并亲笔题写"龙吟诗社"祝贺。臧克家题诗:

故乡的云

> 萍踪万里身，一片故园心；
> 海阔诗思壮，举头作龙吟。

李瑛题词：

> 弘扬民族精神，激励爱国热忱，谱写时代篇章，抒发美好声音。

谢冕题词：

> 巴黎的龙吟令我倾心。我猜想，而且我祈愿，那必定是现代巴黎撞击古老中国的琴键所发出的铿尔的乐音。

《华夏诗报》主编野曼在《缪斯，没有国境》诗中写道：

> 缪斯，没有国境，绚丽的心领取永恒的护照，欣然地走遍国际。

《黄河诗报》主编桑恒昌的贺词是：

> 华文新诗当是东方诗美与西方诗美的混血儿。愿当今世界和未来的时间，都听到龙的歌吟。

还有美国洛杉矶晚芳诗社和著名作家姚学礼等寄来贺诗。这些著名诗人和诗社的热切祝愿，激励着诗社同仁一路走来。

法国是欧洲华人最多的国家，华文在这里的发展，是在1975年之后。当时，由于东南亚战乱，法国接收了十几万华人，他们的祖籍以广东为主。1978年，中国改革开放后，大批浙江籍的华人，在法国的亲友帮助下来到法兰西国土。华人的数量开始大量增加，华人创业、贸易迅速拓展，逐渐形成了有一定的规模的"唐人街"，以联络乡情为主要目的的华人社团也应运而生。同时开启了华文教育，为华文的传播拉开了序幕。

1981年巴黎《龙报》创刊，随后《欧洲日报》《欧洲时报》相继问世，由此，华文诗歌有了发表平台。1990年，龙吟诗社诞生，诗友们由此通过华文报纸切磋诗艺，弘扬中华传统文化，沟通国际诗坛，谱写中法友谊之歌。《欧洲时报》为诗社定期推出《龙吟诗页》专栏，至今已出版322期，成为诗社成员的精神园地和华文诗歌的大舞台。

诗社里来自东南亚的华裔诗人，他们以写古体诗为主，有的诗龄已逾半世纪，称得上是世界华文诗坛的老前辈，比如薛理茂、罗郁生、赖良、李文郁、郭启彪等。他们的诗，怀乡爱国之情是永恒的主题："今朝一雪病夫恨，洗却中华积弱羞"（罗郁生）；"皇天假我期颐寿，尽瘁骚坛辅幼苗"（薛理茂）；"字字珠玑传乐府，篇篇韵律出唐家。多姿多彩心声壮，为国为侨志气嘉"（方义）；"东亚病夫去不返，亚运今上展雄风"（何琼玮）等。这些诗句诗风沉郁，积淀深厚，体现出华人的家国情怀，感动了几代华人同胞。

诗社里还有不少年轻人，大多数以创作新诗为主，像桔子、肖良、凌子、阎纯德、何子铨等。他们人生境遇各异，思想活跃，思路开阔，为诗社注入了更多新鲜血液。"漂泊，是流进心田的委曲；深深的相思，不知向谁诉说"（桔子，原姓方，现名杨咏桔）；"多少次啊，在梦中，回到故乡的怀抱；笑声中醒来了，耳边仍响着东海的浪涛"（肖良，本名梁源法）；"一叶扁舟，一群人影，黑夜里摇出一片黎明"（阎纯德）；"我是寂寞的漂泊者 / 我是灵魂的寻求者 / 留下我的足印在记忆里 / 写下我的情怀在诗行里……"（凌子，本名张如凌）；"深情地瞥一眼花都，龙的诗人如星斗"（何子铨）。

故乡的云

他们在塞纳河边深沉地歌唱,用绚丽多姿的笔,描绘出各自不同的人生感悟。我曾任诗社第八、第九届社长,作为诗社的一员,我也时常写下在他乡的思索:"巴黎/岂但繁华/雨蒙蒙/织成一幅/惹梦的轻纱/雕塑/永恒的思索/喷泉/思想的浪花。"

华文诗歌纯美、曲折、醇厚,我和诗友们流连其中,我们希望把诗社推介给更多人,抚慰更多"流浪"的心。受梁源法、阎纯德先生的委托,我为诗社设计了社徽。我以爱国主义诗人屈原为主要形象,采用几何块面简洁的表现手法,表现屈原站立在水纹之上,昂首凝视远方,配以四个篆体字"龙吟诗社"和法文字母的"巴黎",寓意从东方走向西方,从远古走到现代。他们在巴黎街头,在塞纳河边,在埃菲尔铁塔下,深情地歌唱。我们多次出版了诗社诗集,集中展现成员的优秀诗作;2016年10月,我们创办了《龙吟》杂志(现在由我担任主编),这为诗社发展增添了新的活力。

诗社作品源源不断,通过报刊、图书流传广布,影响力扩大。西班牙、英国、德国等国家的华文诗人先后加入诗社,更多风格各异、题材多样、思想深邃的诗歌作品呈现出来。1997年,巴黎龙吟诗社更名为"欧洲龙吟诗社"。诗社的诗歌创作和文艺活动搞得有声有色,得到了法国华侨界人士的赞赏和支持。每次诗社出版诗集,都得到中国驻法大使的题词和鼓励。在各方的关心支持下,在诗社成员的悉心耕耘下,龙吟诗社至今走过了二十九年时光,成为法兰西文化璀璨星空中一个闪烁着东方之光的诗歌星座。

二十九年,将近"而立","龙吟诗座"的星光凝聚了当年创社诗友的开拓精神,有的前辈已经过世,但我们永久地怀念他们;"龙吟诗座"的星光海纳了欧洲广阔土地上的华文诗歌种子,英国、意大利、法国、西班牙、德国诗友集聚,青年诗友思维敏捷、思想创新;"龙吟诗座"的星光慰藉了一颗颗远行的心,照亮了海外华人的精神归途。

2019年,是新中国成立70周年,也是中法建交55周年和留法勤工俭学运动100周年，对法国华人来说，这是多么有意义的一年呀。龙吟诗社的诗友们，为纪念这重大的节庆吟诗作赋、畅抒胸怀。6月中旬，诗社与法国华侨华人会在巴黎举办了盛大的诗书画印作品展览，不仅集中展示了中华传统文化，更为爱好中华文化的法国民众与华人艺术家提供了交流的平台。

很明显，中国文化艺术的国际影响在扩大，这是以强大的国力做后盾的，龙吟诗社与国际诗坛的交流也随之愈加频繁，促进国际诗歌流派的全面发展与交融，谱写新时代的中法、中欧友谊之歌。最后，我引龙吟诗社顾问李寿平先生的一首诗作为本文的结尾，共祝诗社美好前景：

赞"欧洲龙吟诗社"

故园东望意深沉，天际云飘赤子心。

诗社清音连塞纳，骚坛雅韵数龙吟。

哲贤指引文添彩，俊彦交流句烁金。

佳日每逢花锦绣，黄钟大吕倚天琴！

行走在精神故乡

朵拉 / 马来西亚

华文写作至今，我结集出版了52本书，在中国举办过9次个人南洋风水墨画展，接受不同媒体，包括报纸、杂志和电视、电台访问时，记者最好奇的一个问题是："住在南洋的你，是受了谁的影响而以华文写作和水墨绘画作为艺术表现手法？"

我的回答是："华文文学和水墨世界是我的精神故乡。"

马来西亚的国语是马来语，英语为通用语言，华语使用广泛。1957年马来亚独立以前为英国殖民地，懂英语可进入政府机关工作，成为公务员，并与英国人打交道，走进上流社会，获得更大的经济利益等各种好处，受英语教育者因此看不起读华文书的人。当我的邻居都是英校生的时候，我爸坚持送我进入华文小学，更好地接受中华文化的熏陶。

我成为一条街上我的童年玩伴之中唯一的华校生。

今天有人说我的华文好，我得感谢我老爸。每次呈上成绩册给他签名，他根本不管我其他科目成绩有多好，仅看重华文一科，华文分数高，不管考第几名，就叫成绩好。为了让老爸高兴，也为了让自己不挨骂，努力读华文，成为我求学生涯第一要事。

一年三学期，每学期考试后就派成绩册。老爸要看的第二科目是书法。这一科没算在成绩册的总分里，但老师规定每个星期需要交一页大楷和一页小楷，如此频密交功课，惨过给老爸一年看三次成绩册。每个星期拿回来的大楷和小楷功课，过得了老师的眼，过不了老爸的挑剔。老爸是搞建筑工程的，这和书法距离有点远吧？况且根据祖母口述历史："你老爸一岁的时候，是我抱着他搭船来的。"所以很难说他是自小受了中华文化的深刻熏陶。但中华文化却根植在他的血脉里，他特别爱华文爱书法，本来老爸热爱是他自己的事，但那一代的父母，却带有一种传承的心态，他之所爱是中华民族的精神命脉，儿女也必须追随跟从祖先文化。

小时候，别人家尚未把阅报当成一回事，整条街只有我们一户订报。左邻右居每天差遣家里的小孩到我们家借报纸，看完再由小孩送回来。父母亲都喜欢阅读，叔叔姑姑也一样。现在回头看，我们家还真是"书香世家"，除了报纸，家里居然订了《武侠小说》和《南国电影》，每个月都有杂志阅读，现在才晓得那些属于非纯文学月刊，但在上世纪60年代，在海外找一本华文书的难度犹如登天，哪还区分纯文学或通俗读物？

我受到父母亲每日阅读华文书籍的耳濡目染，播下了超爱阅读的兴趣的种子，这一种子长大后像热带雨林的大树，有雨水和阳光就疯狂地生长。阅读华文书籍尚嫌不足，同时订阅英文和马来文杂志，有个时期，每个月定期到家的杂志有10多本，包括英文的《读者文摘》和马来文的《文学月刊》《语文月刊》。还试过翻译英文和马来文小说，后来没有继续，是因为遇到中国改革开放，进口的中文书愈来愈多，有大量的中文书可看，而且习惯中文之后，阅读中文不必在头脑里搞翻译，比阅读英文和马来文更快速便捷。

我接受的纯粹的华文教育水平只有小学六年级，中学的教学媒介以英文为主，每年只要求读一本华文书。然而日积月累的课外华文阅读，使根的文化逐渐深植心里，我开始尝试写作。写作这项活动，只要一支笔、一张纸，会写字便可进行。在多元文化的国家出生长大，本来占有多元的选择优势，却因一心一意爱上中文书而放弃其他语文读物。文学创作时亦采用华文书写，初始并没强烈意识到这一点，后来听爸爸说："在华人为少数的海外国家，倘若华人群体不加以重视，最后忘掉中华文化的，正是华人自己。"恍然醒悟，这和爸爸当年送我到华校读书一样，我后来以华文写作是潜意识中的一种文化选择。

明知马华文学并非国家主流文学，仍坚持至今。华文情结令我不自觉地寻觅文化原乡。

曾经是英国殖民地的槟城，英国人走了，而他们的艺术创作媒介水彩留下来了，成为此地流行的画种。走在老城区，街头巷尾可时时遇见在街边写生的水彩画家，要不就是油画家。我爱画油画，可以一边作画一边修改，厚重强烈的质感是油画讨喜的地方，然而，80年代末，收到朋友寄来的用电脑写的信，读着打印得整整齐齐的字，心里想的是："从此以后，毛笔的方向要往哪里去呢？"毛笔在南洋不如中国盛行，没有谁以毛笔写信，除了一两个罕有的书画家。有时出席书画展开幕式，画廊刻意安排黑墨和毛笔要来宾签名，大家战战兢兢问：有没有钢笔？或圆珠笔也可以。众人并非对毛笔心存恐惧，是对自己本人的毛笔字没信心。真正练过书法的人太少。至于水墨绘画，那是更加陌生和遥远的技艺了。

在文房四宝罕见的地方，我下定决心，尝试用水墨绘画。初始找不到水墨画老师，千辛万苦探听找到，老师答应教课的条件是至少十个学生，于是，我开始四处招生。一些朋友，不管之前认不认识，只要遇到都不放过，一有机会便给他们说明学习水墨画的好处。好些朋友听都没听过：什么水墨画？费一番唇舌解释，如何如何用毛笔蘸墨在宣纸上画人物山水花鸟。完全不提砚，还有印章。一下子讲太多，怕出现反效果。看到他们的为难脸色，便晓得单只笔墨宣纸已经足够叫他们打退堂鼓了，因为生活中真的不晓得文房用品要到哪儿购买。宣传好久，才拉到五六个人，最后索性替两个女儿报名，连女儿也成了妈妈的同学。好不容易凑足十人，开始我的水墨画学习之路，女儿也从此对中华文化多了一点认识。

水墨画班学生越来越少,老师后来不来教课也可理解。没有老师的我只能凭恃个人能力,像佛教弟子中的在家居士一样,在家里修行。当年在马来西亚,要找一本水墨画册也不容易,偶尔看见从中国台湾来的日历册页,印着中国水墨画,便大喜若狂,收藏起来当宝,不准外借,翻看时小心翼翼,一有时间就对着日历册页拼命临摹。365天过去,那年的日历再无用途,但因水墨画,变成珍爱的收藏品。

那个年代,要看画家现场挥毫,好比中彩票一样难。交通不方便,网络亦未盛行,华文报纸一年一次元旦特刊,有数版当年生肖的水墨画,还有些诗词对联,那些报纸也收藏到泛黄还舍不得丢掉。搬家当然会丢东西——那些不重要的和不需要的,可是水墨画册和旧报纸,搬了十几次屋子,至今犹在手中。

在水墨画家稀有、水墨画册罕见、纸笔墨砚难买的环境下,我却和水墨画结缘数十年。能够解释这份痴迷的只有一个"爱"字。

老爸爱华文爱书法,在他的心里,中国是祖国。到了我们这一代,马来西亚是我的祖国,中国是我的祖籍国,对于祖籍国文化的爱,却不是体现在表象,而是深深融汇在我的血液里。

年轻时觉得祖籍国距离很远,手上捧着华文书阅读的时候,感觉心中的梦只是一份无法实现的憧憬,以为这一生永远不可能踏上中国的土地,只能以坚持华文写作和水墨绘画的方式,最终到达自己心目中的远方。

因为祖辈的血汗付出,中华文化传承在马来西亚至今不曾间断。父亲送我学华文,不是学习"会说华语",而是更好地了解中华文化,了解中华文化的博大精深和源远流长。轮到我,我同样送我的孩子学华文和水墨画,不让宝贵的精神财富在我的手上消失。

这是有文化醒觉的海外华人永远不会放弃的。

人在海外,因为有华文文学和中国水墨画相伴,得以长年在精神故

故乡的云

乡行走。有了文学滋润和水墨慰藉,心灵备感幸福。

至今每天都在写作和绘画,因为每一次提笔,就是又一次对中华文化的深情礼赞。

魂牵梦萦的海上花园

原志 / 加拿大

已故著名诗人艾青在《我爱这土地》的诗歌里说：为什么我的眼里常含泪水？因为我对这土地爱得深沉……

在我的生命中，也有一片令我爱得深沉的土地，这片土地上有一座每当我一想起她，眼里就会饱含热泪的城市。这座城市不是我的故乡，却胜似故乡，因为我把自己生命中最宝贵的青春年华全都留在了她的怀抱中。她就是著名的"海上花园"——厦门。

我从小就对厦门怀有一种特别的向往和热爱，也许是因为看了高云览的小说《小城春秋》的缘故，也许是因为厦门本来就是闽南最有名的城市，总而言之，在一个乡下女孩的眼中，厦门是一座远比北京上海更有吸引力的城市，以至于在填大学志愿时，我毫不犹豫地就报了厦门大学。接到录取通知书的那一刻，我觉得我是世界上最幸福的人，不仅因为我终于靠着自己的艰苦奋斗跳出了农村，而且还因为可以如愿以偿地在这座从小无限向往的城市里居住和学习。从学生到教师，我在厦门幸福地学习、生活、工作了十几年，直到被出国大潮卷到太平洋彼岸的枫叶国。

这些年来，经常看到国内媒体给著名城市排名次，或根据每座城市的特点冠上一个"最"字。厦门就曾经荣获"最温馨的城市"桂冠。这是对热情善良的厦门人的肯定，更是对有着浓浓的人情味的闽南人的褒

故乡的云

奖。走在大街小巷，你可以随便向任何一个遇到的厦门人问路，他们一定热情洋溢地指点，绝不会摆出一副傲慢姿态，哪怕是个摆摊的老大妈，也会暂时放下手上的生意，最多是指点后打趣一句"这个北仔"，或"内地仔"，绝大多数情况下那并不带任何恶意。对于厦门人来说，凡是福建以北的人都是北方人，都叫"北仔"，而凡是不会讲原汁原味厦门话的福建人都叫"内地仔"。也许就是因为这种淳朴浓郁的地方风情，使得她在角逐"最温馨的城市"中独占鳌头。

然而，厦门超凡脱俗的美丽，绝不仅"温馨"两个字就可以包括得了。厦门的山水、花草、树木本来就美不胜收，"海上花园"是她当之无愧的称号。那如火似霞的凤凰木，刚健挺拔的棕榈树，各色盛开的三角梅，掩映在相思林中的红墙绿瓦，回荡在五老峰和鹭江水之间的天风海涛，无不让人心醉神迷。特别是那弥漫、荡漾在大街小巷中的音乐旋律，更是厦门一绝。

音乐是厦门的城市之魂。鼓浪屿素有"音乐之岛"的美名。在这个总面积不到两平方公里，居民只有两万多人的小岛上，钢琴总数却超过了五百架，据说是世界上钢琴密度最高的地方。鼓浪屿更因为拥有一座藏品丰富的钢琴博物馆而名闻遐迩。岛上至今诞生了一百多户音乐世家或钢琴世家，许多世界一流的钢琴家和音乐家，如著名的钢琴家殷承宗，许斐平、许斐星兄弟和著名指挥家陈佐湟等，都是出自鼓浪屿。

那年，我有个堂伯母从香港回鼓浪屿养病，我于星期天去看望她，伯母一定要留我住一夜，我因星期一早晨有课，所以早早起床赶第一班渡轮返校。走在没有车马喧嚣的海边小径，叮叮咚咚的钢琴声和悠扬曼妙的小提琴声伴着阵阵海涛声，随清新的海风一起涌入耳膜，仿佛天籁，令行色匆匆的我也不由得驻足聆听，流连忘返，感叹"此曲只应天上有"。昔日孔子在齐国闻韶乐用"三月不知肉味"来形容韶乐之美，我想，凡是在鼓浪屿的清晨听过琴声的人，一定也会与先圣同感。

早年厦门市和鼓浪屿两个轮渡码头的形状也是按钢琴的外形而建，隔江相望的两座码头就像一对巨型钢琴，日夜进行着优雅的二重奏。几年前偶然从报上得知，鼓浪屿即将兴建一条镌刻国际国内音乐大师的手印、脚印的音乐艺术之路。一旦这条音乐之路建成，厦门的音乐文化气息定会更加浓厚。

除了音乐，厦门还有一个全国独一无二的地理特点，那就是她地处两岸对峙的最前线。二三十年前的学生时代，我们要肩扛真正的枪支弹药到小金门对面的胡里山炮台哨所站岗放哨，虽然象征意义大于实际意义，而且只有一次，但那唯一的一次已足以终生难忘。对岸那随着咸涩鱼腥味海风飘过来的喊话，即使经过二十多年岁月的过滤，仍然不时在耳畔回响，清晰如昨。每当两岸风云突变、暗潮涌动之时，想到这么美丽的城市可能在兄弟阋墙中再次饱受战火摧残，不禁不寒而栗。所幸近年两次浮光掠影的厦门之旅，看到昔日的军营阵地都变成了旅游胜地和台湾民俗村，在新修的环岛路东端，过去大功率高音喇叭对轰的地方已变成了标语："一国两制统一中国"。

从五十多年前的炮火硝烟、刀光剑影，到二十多年前的高音喇叭对轰，再到如今的标语，虽然越来越平和，但统一的愿景仍不知何日才能实现，这常令所有热爱厦门的游子平添几许惆怅和忧心。多么希望海峡不再有战事，"海上花园"永远平安祥和，鸟语花香，绚丽多彩。

著名诗人余光中在他的美文《从母亲到外遇》中，写他半个多世纪以前从厦门经香港到了台湾，在台湾住得最久的地方就是台北城南厦门街一一三巷。除了巧合，应该还有剪不断、理还乱的厦门情结，毕竟他也在厦门大学度过了一段青春年华。而青春的足迹和往事是最不容易忘却的。

每个人的一生中常常会留下各种各样大大小小的遗憾，对我来说，离开厦门就是我一生中一个极大的遗憾。唐代诗人贾岛（一说刘皂）曾经写过一首抒发游子心态、浸满思乡愁绪的《渡桑干》："客舍并州已十

霜,归心日夜忆咸阳。无端更渡桑干水,却望并州是故乡。""无端更渡"太平洋后,从最初落脚的彼岸名城温哥华,再到安大略湖畔的多伦多,厦门,始终是我心中的"并州",无论我走遍天涯海角,远隔千山万水,她永远都是我最魂牵梦萦的精神故乡。

由南音入选"世遗"想起旧时往事

弘二 / 美国

福建泉州南音2009年正式入选联合国教科文组织公布的第四批人类非物质文化遗产代表作名录。南音是一种源于宋元时期的闽南地区的民间音乐,随着闽南人的外迁流行于东南亚及中国港澳台地区。

南音,我从小耳濡目染,可我和她一直不亲。

帕斯捷尔纳克说过大意这样的一句话:你不是被音乐感动了,而是音乐找到了通向你心灵的管道。或许,南音还没有找到通向我心灵的管道?

父亲是弦管的演奏好手。箫、笛、琵琶可谓样样精通。可我从不曾学习过南音,它只是作为童年的影像记忆留存在生命里。在生活中偶然触及时,便会唤醒童年生活过的那个乡村的氛围,那些曾经生动地存在过的人、事、物。

南音,在我们乡下俗称弦管、南管。南音的演唱(奏)形式,按使用乐器分为"顶四管"与"下四管"两种。"顶四管"中以洞箫为主者称"洞管",乐器有洞箫、二弦、琵琶(南琶)、三弦、拍板。以品箫为主者称"品管",以品箫代替洞箫。"下四管"的乐器有嗳仔(中音唢呐)、琵琶、三弦、二弦,以及小打击器等。

提起南音,我首先想到的是那位德高望重、被尊称为神生叔公的老

人。他是我父亲那辈南音爱好者的唯一老师，他的两个儿子也是南音高手。我们那个乡村弦管脚（南音乐手）大概有十个八个吧。夏秋农忙余暇，在神生叔公带领下，常常几个人凑在一起，围坐一张八仙桌，沏上一壶乌龙茶，南琶（横抱，北琶竖抱）、二胡、三弦、二弦、尺八、品箫咿咿呀呀和起来。我们家乡不叫演奏，而叫"和"（hè），和弦管。我一直觉得这"和弦管"三字比"演奏"二字更准确传神。碰巧单位放假，父亲从几十公里外骑自行车回家，也兴奋地参与其中。

入夜，八仙桌旁渐渐围拢了一圈圈村夫村妇；小孩也来凑热闹，捉迷藏。那时没电灯，只是点一盏煤油灯，凑巧天上有月，那月便是最大的一盏灯了。周边的闽南老屋漆黑一片，没几家舍得点灯，偶有家庭晚餐未收拾停妥，从门洞或窗缝渗出一线昏红的光亮，透露出一股祥和的人间气息，整个村子幽暗而静谧。邻村不时远远传来几声狗吠，在夜空回旋荡漾，把我们村子的时空郑重其事地与其他村庄区隔强调开来：这是山腰陈庄村，一个曾因小孩被狗咬得狂犬病惨死从此不再养狗的闽南滨海小村。

神生叔公，清瘦颀长，儒雅蕴藉。说他像旧时乡绅，似乎不准确，从不见他对村里的事指手画脚，他更多的是待在家里捣鼓南音。他和他的弟子会经常一边演奏一边停顿切磋，许是哪位音错了，只见他用极温蔼的声音纠正他们，那一脸谦逊的笑容直让人误以为他是在责备他自己似的。从未见过他对学生有过大声的训斥，而从他的弟子们唯唯诺诺的表情里，分明看到的是对待一位威仪凛然的师长。在那么一个封闭、滞后的小村子，神生叔公的人品修为、知识涵养、南音艺术从何得来，不曾听父亲言说过，所以我至今一无所知，只知道他从未上过学，是南音教了他认得很多文字。

关于南音，最让我难忘的是一年中秋月夜。月高星稀，黝黑的老屋瓦面，如落满一层灰白的霜雪。照例，神生叔公邀集他的几个弟子和弦管。记得和《五子哭墓》一曲，凄婉悲凉。曲子表现的是因备受后娘刻薄，五个孝子在墓前痛忆生母的故事。不少年纪大的妇人禁不住直抹眼泪。为什么在中秋团圆时节"和"那么苍凉伤感的曲子？是无意中传播传统教化思想，还是闽南人千百年前由中原流徙边陬南闽，于血脉中有割舍不断的故园乡愁？至今纳闷不解。这是我童年最后一次听南音……有关南音的童年记忆就在1966年这一年，也就是我上小学那年戛然而止了——中国的"文革"火山般爆发了……

如今，我父亲也是八十七岁的老人了，和当年我记忆中的神生叔公年岁相仿，白发苍苍，背驼耳聩，也一样织一脸风霜。退休多年的父亲是镇上南音社副社长，逢周六周日免费教一批小学生学南音。

据说，镇上这支南音队还多次参加泉州市一年一度的南音会演，有时还获奖。这对早已故去的神生叔公来说也许是个安慰吧。所谓传统，或大而言之的文化传承不就是这么一代代不经意而自然而然地传留下来的吗？所可遗憾者，是我众多姐妹、外甥、外甥女竟无一人学得南音，不知是父亲失职还是我们家人无音乐天赋，实在不堪培育。有年春节，见小妹的女孩聪慧伶俐，十岁已出落得可人模样，心中忽有所动，便和父亲说让"老鼠仔"（小外甥女鼠年生人）学学南音，父亲也憬然有悟的样子，当即取来琵琶教小外孙女基本的指法、音准，还伏案一整下午抄了南音的基本音谱，一种我们看不懂的古工尺谱（文字谱）。

其实，我小时候，对南音乐器也很是好奇过的。偶然听神生叔公和父亲他们说起，上好的琵琶音板是用过阴的棺木（葬过的棺木）做的，尤以梧桐木音色最为清越，共鸣最佳。于是心中觉得南音的乐器能通阴阳鬼神，很神秘。母亲卧室床前有一面镜子，镜的背后藏有一把笛子，趁父亲不在家里，我曾偷偷取下憋气鼓腮用力吹响，因不得要领，杀鸡割喉般惨不忍听，加之怕父亲责骂，渐渐也不再好奇了。那时"文革"方殷，正扫除"四旧"，南音也是"封建遗物"，在扫除之列。曾亲见父亲把南音曲谱偷偷手抄藏匿于衣橱深处，多余的本子交公焚烧，以表示自己政治上的清白正确。父亲偷偷摸摸藏匿南音曲本的神态、动作一直

深刻在我脑海中。

长大后倒是发现，耳朵对声音，特别是器乐异常敏感，也许是父亲的音乐细胞全"遗传"到我耳朵上了？不知此是幸耶，不幸耶？上大学后对西洋音乐，特别是交响乐很着迷，举凡西方古典音乐大师的主要作品几乎都听过，连同现代音乐也"耳食心摩"、五迷三道。为此还买了一套价值超过我当时承受能力的音响，向姐姐告贷一半费用，"那么贵啊，能在我们县城买一套房子！"但这套音响却从未用来放民乐，那时对民族民间音乐非常排斥、冷漠，认为土得掉渣。

有一年新春，归梓探亲，因嘲笑南音而与父亲起争执。我说："南音怎能跟典雅恢宏的西方交响乐媲美？一个天上一个地下！"那时真叫崇洋媚外啊！你说外国的月亮比中国圆，我会说中国的月亮从来就没见过圆。父亲反唇相讥："南音每人关一房间，只要琵琶一起音，各乐器就配合得非常和谐完美，哪像外国的音乐（西乐）还要一个人站在那里比手画脚。"父亲自然是一脸的不屑，同时自豪地夸耀："当年皇帝下江南，听了我们南音，赞不绝口，还赐书'御前清曲'四字。"

难怪，南音的琵琶背面一直铭刻"御前清曲"四个字。这段故实，史乘颇有记载。据《泉南指谱重编》记述：清康熙五十二年（1713年）癸巳六旬万寿祝典，普天同庆，四方赓歌毕集，大学士安溪李文贞公以南乐沉静幽雅，驰书征求故里知音妙手，得晋江吴志、陈宁，南安傅廷，惠安洪松，安溪李仪五人进京，合奏于御苑。管弦条鬯，声调谐和，帝大悦，除其官，弗受。乃赐以纶音曰"御前清曲，五少芳贤"，并赐彩伞宫灯之属归焉。这段故事似乎不像穿凿附会，自攀高枝。再说，那样皇天威权时代，谁敢滥用"御"字啊。可这还不能唬住我，"御前清曲"又怎样？还不是难听得很，哪有西洋音乐那样高贵典雅、摇撼心旌？父亲见不能说服我，大动肝火，声急喉紧，如虎咆哮，而我这不肖子居然以为得理暗生得意呢，全不理会父亲的感受。

直到20世纪90年代初听过《吴门琴韵》，苏州大学数学系教授吴兆基先生演奏的古琴曲，才惊叹国乐的神圣渊邃，原来民族音乐可以这样入心入骨，引人遐思。从此，对古琴、洞箫、陶埙、琵琶、中阮、马头琴、二胡等皆心驰神往，甚至还为中乐乐器排座次、定规矩：哪是百器之圣、哪是王、哪是后……哪种乐器、哪个曲子，应在什么季节、时辰欣赏，方得景物之神韵，方为时序之佳妙……也许，哪天我也须得为南音乐器、乐曲排排座次，哪怕她依然没有找到通向我心灵的管道，毕竟那也是另一种乡音、另一片精神故土！

如今南音作为非物质文化遗产不仅是属于中国的，还属于世界的了。你亲她你远她，无损她毫毛。本来，南音非宫廷音乐，在闽南，特别是泉州地界，是民间的、自发的，自有其旺盛的生命力。这也是它不同于其他靠政府保护而存在的文化遗产的最根本区别。

也许只有深植于民间沃土的艺术才可与天地共久长，也许只有旷野的花才格外芬芳。有如空谷幽兰，即便人踪寂灭，依然自在馨香。

时空穿越的记忆拾贝

王威 / 美国

"时速347公里","复兴号"高铁的电子显示屏提示着今日中国的步伐。风驰电掣,四小时后,我将从上海抵达千里之外的北京。就像人生瞬间穿越了童年少年青年的绚丽隧道,把"曾经"远远留到身后,高速成长、巨变。

大凡第一次的经历,印象都难以磨灭,或许决定着你一生的认知。

我是在北京城安定门附近的姥姥家长大的。初到那里,看到过挂着拐杖的老人家们挤在胡同墙脚下,穿着邋遢的缅裆老棉裤,顶着被孩子们戏称"夜壶套"的毡帽,蹲坐在那厢晒太阳聊天。偶尔,一辆破旧的汽车颠簸着驶过,排出一股当时感觉异香扑鼻的废气,掠起一片灰黄的飞尘,却挡不住老人舌头在嘴里绕来绕去的皇城根儿京腔,絮叨着那些终将被遗忘的话题:谁家小推车上的硬面饽饽最地道,哪个馄饨挑子的骨头汤最鲜,鸡零狗碎都算大事。一日,姥爷晒足太阳回来,余兴不减地向姥姥转述老墙根的坐而论道:"国际形势紧张,总理说要加紧生产圆子弹和方子弹……"今天思忖起来恍若天外奇谈,掩口而笑,可那时不管聊什么都觉得有趣、可信。生活的世界就在这四合院的里里外外,就在那棵香甜的藤萝架下,那盆嫣红的石榴树旁,就在这缕柔软阳光覆盖的墙根一隅。

记得考上初中后的第一次下乡劳动,去的是圆明园农场。我们被安排住在饲养场的巨大牛棚里,每人睡一个牛的卧槽,享受着牛的待遇,觉得甚是好玩。牛棚对面几百米处,就是西洋楼大水法废墟,倾塌的大块石雕和杂草滚在一起,麻雀壁虎飞来蹿去。每到夜晚,总感觉那里鬼影幢幢,即便四周蛙声一片,依然让人心里发毛。谁承想,而今的圆明园竟成了广厦环绕的世界级名胜。

白天,我们去帮饲养员阿姨喂养北京填鸭。晚饭后,不是追逐牛棚里做窝的燕子,就是举着手电筒跑到大水法废墟捉蛐蛐儿,忙得不亦乐乎。

圆明园农场的填鸭曾把我等惊倒。硕大的方桶里满满的半流质鸭食,连接的一截橡胶管握在饲养员手中。成千上万摇摇摆摆的雪白鸭子,不情愿地排着队。饲养员抓起一只捏住下巴,鸭鸭不由自主张开嘴,橡胶管的一端迅即插进喉咙,就像我后来做胃镜那样,然后狠狠向下一拉挤压杆,大团食物就粗暴地填进鸭肚子,鸭脖子下方顿时鼓起一个大包。鸭鸭们嘎嘎叫着,痛苦万分,连滚带爬地逃出去。有时不慎,被生填夭折,我们晚餐就有了鸭肉。后来,每当我落座全聚德烤鸭店时,心里就总有一丝不安。为鸭鸭祈祷,但愿原始的填喂法已被人性化的方法取代。

工余,学校组织我们去村里访贫问苦。一位老奶奶死活听不懂我们的问话,半响爆出一句:"没有解放,哪儿摸白米白面去啊!"彼时,年少的我们,绞尽脑汁也无法想象过去的时代曾是个什么样的困苦形态;而今天,我们又一次无法想象,未来世界将会是什么样的奇异形态。"沧海桑田"一词,显然已乏力诠释巨大和迅疾的变迁。

"复兴号"瞬间已让上海的摩天大厦消失在天际。

侧目前座,一个戴眼镜的时尚女孩聚精会神地操弄笔记本电脑,窗台上排列着与电脑连接的四部智能手机。她一只手娴熟地敲击键盘,另一只手灵巧地接听第五部手机。我在微信里和朋友展开即时讨论,有的

故乡的云

说她可能是网络诈骗,有的说是网络销售。悄然逼近屏幕,上面布满了不能解读的电脑后台编码。懵懂中不禁哑然失笑,于今日之中国,许是我等out(落后)了。

我的第一次"下江南",是上世纪70年代末。蒸汽机车牵引着拥挤的绿皮车厢,不慌不忙地喘着粗气,一步三回头,就像在黄浦江畔漫步。江南的一切都让我感到新奇,以至于杭州的文化人杨芳菲,对我去西子湖畔看越剧《梁祝》让她探望扑空,气哼哼地嘲讽我只顾在断桥十八相送。

初到上海,我兴冲冲地看望了老作家欧阳文彬。欧阳阿姨在我的脑海里是个说话细声细气的资深淑女,谈起复苏的文坛,她几次讲到"党达增",就是当时中国作协的负责人"唐达成",我暗自思忖,原来吴侬软语是这样的啊。欧阳阿姨还请我在她家附近的淮海路西餐馆就餐,她问服务员:"纽妞有哦?"这是用上海话问有没有牛肉,我又听成了她要找叫"纽妞"的服务员,京韵海派的南北差异,让我俩捧腹不已。餐桌上,讲到她正在写的小说《在密密的书林里》,这本书和她的《赏花集》至今还珍藏在我的书柜里。

前不久,上海市作协的汪澜女士告诉我,欧阳阿姨如今不仅健在且思维活跃。国际大都市的上海滩淮海路,石库门旁那间味道绝佳的西餐馆还在否?"纽妞有哦"?百岁文坛老人欧阳阿姨,是否还记得那个北京胡同里的年轻人?

卧进舒适的沙发椅,服务员送上精美的套餐和醇香的咖啡,"复兴号"已似箭般冲进金陵古城,又跨越长江。追忆四十年前在硬座车厢里,自备面包、瓜子和行军水壶,虽时过境迁,今天依然觉得是一种值得回味的清贫简朴的幸福。

初次江南之行,恰青春年少的老友叶兆言,把我带到他南京的家里,拜访了他的父亲、老作家叶至诚。叶先生敦厚热情,饱经沧桑的脸上铺满开心的笑容。他亲自下厨，款待我这个年轻的不速之客，让我受宠若惊。叶先生特别告诉我，那几样别致的素菜，是专门去新街口买来的名吃。同桌热烈交谈的还有作家高晓声，清晰记得，叶、高两位长辈对京城传来的所有信息，都有着浓厚的兴趣，解放思想的，拨乱反正的，改革开放的。在那个百废待兴的春天，老少两辈人不拘一格地吃、喝、聊，谈文学，谈命运，也谈到我在京看望叶至诚先生的父亲、文坛巨匠叶圣陶老先生。

光阴如梭，叶至诚、高晓声二先生，已静悄悄地走进历史，难免凄凉感慨。当初的学子兆言，也早已成了知名的金陵才子作家。或许，这就是岁月的无情和深情吧。

窗外，洪泽湖、泰山、华北大平原飞驰而过，车厢内稳若静水泛舟，任你思绪多头逆行穿越。

三十年前，我又一次选择了跨越，一头扎到大洋彼岸。那时纽约的法拉盛陈旧冷清，一片萧条。90年代中后期始，中国改革开放带来的红利，随着新移民人潮的涌入，砸进这纽约一角。于是你看到了数以十万计的华人成了此地的主流，看到了铺天盖地的建筑工地和雨后春笋般落成的高档公寓楼群，还有成百上千的华人餐馆、超市、商店、公司、学校、社团。从国内流行的微信、顺丰快递、豪华装修到电饭煲、腐乳、笋干，无所不有，以至常会笑问：我真的出国了吗？

80年代怀揣兑换的四十美元出国留学，已成天方夜谭。一百多美元租一间地下室的艰苦往事，也已留在过去的岁月里。每每看到新移民的孩子们恣意开着法拉利、保时捷在法拉盛穿街过巷，思忖当年我一千美元买来不时抛锚的二手车也能被同学羡慕的老故事，五味杂陈。没错，有华人的地方，就能触摸到与祖国同步成长的脉搏。

过了天津，"复兴号"高铁开始减速，京津之间不出半小时即可

抵达。

父亲曾讲过，50年代初卫生部委派他去西藏拉萨，参加那里的卫生工作大会，这段路程，他乘坐了飞机、火车、汽车、马匹甚至牦牛，竟然耗时两个多月。——这世界实在太奇妙了，不管我是否还在困惑中。第一次经历种下的认知，在不断地被颠覆修正，瞬息变幻的现实，不时超越着思维的更新。

时空穿越的记忆拾贝还在继续，"复兴号"已悄然驶入北京南站。下午尚在上海滩与友人话别，须臾抵达昔日的皇城脚下，轻松赶上北京家中的晚餐，妙不可言。

夜幕下的古都，数百万轿车在拥堵，丝毫影响不到熙熙攘攘人群的心情，倾城出动的年轻人兴高采烈地涌上流光溢彩的街头巷尾，深度享受着温馨丰富的时代生活。

试问，胡同口墙根下的阳光地带别来无恙？老人家山南海北的云山雾罩还记得吗？乘过绿皮火车的昨日青年，今宵酒醒，恍惚中欲道莫非东园"海棠依旧"？其必曰：知否知否，萧瑟秋风今又是，换了人间！

南京芭蕉汉堡竹

谭绿屏 / 德国

"雁南飞，雁南飞，雁叫声声心欲碎……盼归莫把心揉碎"，这首不知打动了多少人的经典乡愁歌曲，正道出了我三十多年前出国游学时深藏心底的愁闷。那时节，飞机那么少，机票那么贵，台湾亲戚赞助的单程机票费用相当于我当时在国内工作十年的薪水。远渡重洋，背井离乡，祸福难料。继母频频惹是非，老父不解强责疑于我。斗胆漂泊于千山万水之外，何时是归期？前程后路两茫茫，怎不令人心碎！

时代变迁，科技发展，三十多年中国经济变化翻天覆地。德国到中国，八千里路，地理距离没变，然而来往两地所需的时间大大缩短。航班如织，航线如蛛网密布，华人回国常常享受到国际机票价格上的优惠。那多少年来叫人无可奈何愁断肠的雁归路，变成可随时动身出发的通途。互联网、手机、微信，更使两半球之遥的联络在瞬息之间实现。

这些年应文学会的邀约，年年候鸟般急切切回返故国。凡参加亚洲的会议，皆首先喜滋滋地飞回老家南京，借倒时差为由，其实重在回老屋看看，重温少年成长的岁月，怀念先母；与终于选择离异、逐年老迈的父亲附耳倾诉几句体己话；同弟妹家人友好欢聚，留下刻着岁月年轮的合影。

老家故居是学院分配给教职员工居住的公房，旧金陵女子大学美国教师宅邸，隶属不可拆迁的百年老屋，年久失修，早已陈旧破落。由于

故乡的云

老屋地处市区文化重地,交通方便,家父坚拒学院在改革初期批给的郊区教授楼,五十多年来坚守老宅,至今难舍难分。

老屋东南的居室,即家父数十年的画室兼卧室。画桌凭窗而立,屋角床铺傍窗。窗外芭蕉浓密,蕉叶顶端高过二楼屋檐,招蜂引蝶,硕果常结。李清照笔下的诗情画意映现眼前:"窗前谁种芭蕉树?阴满中庭。阴满中庭,叶叶心心,舒卷有余情。"

芭蕉由家父亲手栽培打理。家父谭勇,广东人,教龄六十余年。二十岁逢抗日战争伊始,历尽艰难出远门,考入中央大学艺术系,如愿师从仰慕已久的大师徐悲鸿,毕业后任恩师的助教。与同为徐悲鸿优秀学子的家母华采真辗转重庆、南京,成家立业,儿女成群。历经抗日战争、解放战争、"文革",国难家患之下,欲回那广东四会故里省亲,天南地北,遥遥相隔,谈何容易。长夜梦醒,南国乡里的芭蕉,寄托了他难以言表的乡愁和对先母的深沉怀念,恰如南唐冯延巳《忆秦娥》凄婉情切的陈述:"风淅淅,夜雨连云黑。滴滴,窗下芭蕉灯下客。 除非魂梦到乡国,免被关山隔。忆忆,一句枕前争忘得。"

芭蕉遮掩下的两扇窗子,如一双明澈的眼睛,无声见证了"文革"抄家、书画焚毁的创伤。陈旧破败的老屋,成为家父不离不弃、自以为不求荣华的骄傲。

弟妹们皆不赞同父亲既不肯搬迁,又不肯装修的固执,简陋的生活设施造成子女返家生活的不便。我每每回家,虽然免不了抱怨几句,但对家的眷恋从来没有减轻。当我耗去近一个昼夜辗转飞行,拖着笨重的行李和疲惫的身躯走进家门时,让我卸下疲倦的是家的味道。妹妹总是准备了家乡原汁原味的我喜欢的美食,如南京桂花鸭、卤干丝、拌海带。隔日一觉睡到近午,我会上街寻找我嗜好的江南甜点,如双酿团子、枣泥条、芝麻糕,一解舌尖上的乡愁。

每每三五个星期之后,了结了文学会与文友们的聚谈,我都会回到南京,拜别老父,再整顿出发,飞返汉堡。归来又归去,毕竟无可避免。虽是离情依依,更是归心似箭。涌塞心头的已是汉堡家中爆满的电子信箱、工作室堆积的报章文件和窗台上的花花草草,思念的是德国那些混合着芝麻、瓜子、罂粟籽的松软黑面包,担心的是老公镶着仁慈心肠的菩萨肚腩是否又增肥,牵挂的是我家庭院中的竹又如何放肆张扬。那傲然挺立于德国草坪式庭院的竹,是老公十多年前为我从汉堡植物园移植来的三株正宗北京竹。想必因当初培下的十公斤有机肥很给力,如今疯长成林。少不得春季忙不迭地挖笋入餐,品尝家乡的春味。入夏时节弯下的竹枝伸进二楼晒台,摇曳生姿,似乎向我叙家常、聊乡愁。飞鸟八哥竹下寻乐、墙头争鸣,伴我依竹读书,陪我对窗画竹,正应了李白的诗句:"清风动窗竹,越鸟起相呼。"竹带给了我化解乡愁的甜蜜,带给了我克难自强的信心和力量。

我慢慢悟出父亲为什么不肯搬家,爱他种的芭蕉,并且爱不尽地将芭蕉入画。远离故土的孩儿我也爱自己种的竹,并且爱不尽地将竹入画。

已经记不清多少次南京、汉堡两地来回飞了。为了能在着陆后及早精神充沛地面对繁杂的事务,我决定好好休息,不看窗外景,不读手中书。我向空姐要了一杯红葡萄酒,再加一杯热开水,两样混合着喝下。借着温热的酒力,怀着父亲曾经给我的百般疼爱,沉入梦乡。梦中天开地广,大雁盘旋歌吟,同声祝愿期颐高寿的老父身心平和安然。

乡愁,竟是那么甜美。

超重的煎饼

黄冠杰 / 法国

"你的行李超重了。"

这句话轻轻从值机柜台后面飘出来,却像块重重的石头砸了我个趔趄。其实我从老家山东来京的路上,就一直在算计这个事:行李会不会超重?去法国十几年了,每次来回,行李从未超重。就是当年留学法国之初,也是只拖一个行李箱,里面除了几身换洗衣服、一两本书,就是母亲给我的一床新棉被,很轻。现在反而是越来越重了,因为有了孩子,就想让他们了解老爸出生、长大的村庄,了解自己的民族基因。

我的行李超重十公斤。值机员"一脸正气"地告诉我:要么拿出来,要么去交费。

我的箱子里除了给朋友的婴儿捎的衣服,就是给妻子买的她想坏了的五香花生米。这些年生孩子、换工作连轴转,她已经好几年没回过国了,这次千叮咛万嘱咐要五香花生米,每次通电话都叮嘱一遍,唯恐我忙忘了。还有就是为儿子戒奶买的炒麦芽,然后就是一些辣疙瘩咸菜和煎饼。我想和值机人员商量商量,求通融一下,谁知根本没戏。我只好低头去鼓捣自己的行李。看了看,哪件都动不得,最后只好将那一包煎饼从箱子里拿出来。十公斤,正是我带的煎饼的重量。

看行李箱终于晃晃悠悠进了传送带,拿了登机卡,转身离开柜台。我抱着煎饼愣在那里:如何处理这包煎饼?因为装煎饼时只是简单用塑料袋一包，放在了一个简易塑编手提袋里，现在拿出来，手提袋的带子也断了，我只好抱在怀里。我想把它打包再寄回家里，不知道邮局收不收寄，再说这些煎饼还不如邮费贵呢。如果丢掉呢？一想到心就一阵发紧。这包煎饼对我至关重要，是我母亲亲自到集市买来米，让我弟弟两口子连夜赶工赶出来的。

煎饼不是什么贵重奢华的东西，工艺也不复杂，但却是我的生命之本，我小时候全凭煎饼养活。在我的家乡沂蒙山，农作物也就是玉米、地瓜、小麦、高粱、谷子几种。因为土地有限，玉米、高粱、谷子、地瓜都是秋天收，因此只能是有选择地种，种得最多的是玉米和地瓜。把玉米做成煎饼，我认为是先人最富智慧的一种做法了。那时，在所有的农作物中，小麦就是贵族，因为小麦娇贵，产量低，还要为公社交公粮，所以对我们来说吃面食是很奢侈的事，不是重要节日，就是家里来客人了。玉米晒好，收起来后，可以撑个一年。

用玉米做煎饼，虽不复杂，却也是一个体力活。先是要用石碾把玉米碾成糁子，然后放水里泡软，再用石磨磨成糊糊，经过发酵后，就可以用鏊子烙了，我们叫"摊煎饼"。通常的煎饼鏊子直径在90厘米左右，有三条腿支撑，可以直接放在地上，也可用石头把腿垫起来，与坐的凳子相适应，可适当减轻摊煎饼时的疲劳。讲究点的人家，会做一个炉子，把鏊子覆在上面，这样的好处是炉子里柴火的热量损耗少，周围也不会火烧火燎的。但是这种炉子不是什么人都会做，所以，省事的就直接将鏊子扣地上了。过去烧鏊子，都是用茅草、稻草、树叶之类的，比较绵软的火，这样烧出的鏊子不会太烫。摊煎饼特别讲究火候。将一勺糊糊倒在鏊子的中前部，用一个丁字形的被称为"耙子"的东西，将糊糊均匀摊在鏊子面上。这是最重要的一道工序，煎饼能不能摊得厚薄均匀，全在这一抡上。耙子是用一块15厘米长短的木片和一根筷子粗细的细棍组成的。细棍插在木片的正中。摊煎饼时，木片放在糊糊上，然后用手指捻动细棍，一面让耙子做自转，一面抡动整个耙子在鏊子上

转动，这样将糊糊均匀摊在鏊子上。这中间用力要均匀，一气呵成。然后再用一半月形的板子，将糊糊刮平。这期间动作要连贯快速，不然煎饼就糊在鏊子上揭不下来了。

玉米煎饼做出来薄如纸。也可以用小米以同样的方法做。由于小米的口感更好，营养也更丰富，小米煎饼也更受喜爱。但小米煎饼容易干，很容易成渣。再说小米也不如玉米普遍，因此一般也是不做小米煎饼的。地瓜做的煎饼那可真是"饼"了。地瓜无法像玉米那样磨成糊糊摊，一般是和成面团在鏊子上滚，也不能用刮子刮，因此做出来的饼一般都比较厚，而且是黑色的。我小时候，家里没有玉米了，母亲用地瓜面做过几次，印象并不是很好。

摊煎饼是非常辛苦的。因为鏊子低，即使坐在矮凳子上摊饼也很累，整个人像是趴在鏊子上。每天早上，摊煎饼要弯腰抡臂上百次。下面是火烧火燎。冬天还好，夏天就非常受罪。我中学是在县城上的。县城离家二十里路。虽不远，可也不能每天回去，因此就要准备几天的饭带去。母亲每次都得给我摊够一星期吃的。有一次，我周末回家，母亲正在棚里做饭摊煎饼。我看到母亲是跪在鏊子前摊煎饼的。原来母亲肺气肿的病犯了，肚子都胀起来，本来坐不下去，也弯不了腰，无法摊煎饼，但她知道我要回家来拿饭，接着就走，家里也没有其他东西可带，就只好跪在那里摊，这样就可以直着腰倾向鏊子……

煎饼不只是沂蒙山人赖以生存的根本，在战争年代和闹饥荒的年代，也供养了许多解放军战士和受苦同胞。后来改革开放了，农村实行了很多改革，农业发展了，小麦渐渐取代了玉米的主食地位，面食成了人们的主食了。而煎饼取代了过去面食的地位，从普通食物变成"奢侈品"了。回到国内，朋友请客，总是拿煎饼诱惑我："你来，我让他们准备煎饼！这可不是轻易能吃到的。"

母亲还珍藏了摊煎饼的耙子，和我说，哪天你回来我再给你摊煎饼。母亲身体不好，年龄也大了，自己吃饭也随随便便了。其实，现在摊煎饼已经改善了，有了现代化的工具，也可以烧煤气或者煤球炉摊煎饼了。鏊子都变成电动旋转的了，这样不用再在鏊子底下一边忙着续柴火，一边还要抡耙子了。弟弟两口子就是做这个生意的，摊出来的煎饼送到县城的饭店或零售店。弟弟还是守着农人的本分，就像给自家做饭一样，倒也慢慢闯出了些名气。我没有让母亲再操劳。她还是不甘心，亲自去集市买了小米，拿到弟弟那里给我做。弟弟为了让煎饼更新鲜，就赶在我走之前连夜做。母亲要让那几个还未谋面的孙子尝一尝家乡的滋味。

为了有个"衣锦还乡"的感觉，我回来时特地去买了一身德国的"雨果·博斯"名牌西服，好让母亲知道我在外边也混得不赖，稍稍让她宽心。现在我就穿了这套西服，怀里抱着一包煎饼，堂皇地在首都机场的候机厅里踱步，真有些"陈奂生上城"的感觉。不知道能不能过海关，我又无法把这十公斤煎饼吃下去，现在就只能抱到哪里算哪里了。

到了海关，验明正身，要过安检了。边警是一位热情的妹子。"哇，你这是带的煎饼？"她一边帮我把煎饼放上安检机的传送带，一边和我聊天。我抱歉地笑笑说："是啊，我们家乡的煎饼。""你是山东人？""沂蒙山来的。""嗯，山东人就是要吃煎饼。煎饼卷大葱。""是啊，大葱不让带。"她笑了："在巴黎吃到煎饼也挺幸福吧？""太幸福了！""那你可要带好啊！"心里的阴霾顿时一扫而空。

回到巴黎家中，我迫不及待地把煎饼拿出来给孩子们。孩子们兴奋得叽叽喳喳，小心地一片一片撕下来，问我说："爸爸，我们这是要吃'纸'吗？"我哈哈一笑，教他们一个新的中文词语"煎饼"。

妻子拍了孩子吃煎饼的照片，发给了我妹妹。妹妹把照片带给我娘看。妹妹打电话给我说："娘又哭了。"

把根留住

温晓云 / 泰国

我铲起黄土，这一铲土是多么沉重，多么让人心痛！我不忍把这最后的一铲土覆盖在祖父的坟头。在周围几十个人哀伤的眼光之中，在亲友们的催劝下，终于，我在秋风萧瑟中流着泪将这铲土撒在祖父的新坟上："爷爷，安息吧！您已经把根留住了！"

从海外归国的九十高龄的祖父，终于葬在他心心念念的故土！

秋风中，响起了《把根留住》的旋律，那是我们特意请的殡葬仪仗队，为祖父奏着他最喜欢的歌曲！

多少脸孔茫然随波逐流
他们在追寻什么
为了生活人们四处奔波
却在命运中交错
多少岁月凝聚成这一刻
期待着旧梦重圆
万涓成水终究汇流成河
像一首澎湃的歌
一年过了一年
啊，一生只为这一天

让血脉再相连

擦干心中的血和泪痕

留住我们的根

乐曲把我带回久远的年代……

十九岁的祖父，跪在祖宗神牌前发誓："裔孙自生，玉合居的长孙，明日将去暹罗，定当刻苦耐劳，赚钱回来光宗耀祖！"

第二天，祖父告别双亲、娇妻和稚儿，经汕头乘坐轮船，踏上往暹罗的征程。

五年后，祖父在暹罗赚到了不少钱，迫不及待地返程回乡。1938年，日本侵略者的铁蹄接近潮汕地区，汕头口岸危机四伏，何况祖父还带着一大笔钱。幸得一位军官仗义相助，祖父总算化险为夷，军官对年轻英俊多金的祖父极为赏识，希望把貌美的十八岁女儿许配给祖父。祖父百般推辞，迫于军官的软硬兼施，无奈中，祖父骑着高头大马，把小妾带回家。

对于祖父私下纳妾，祖母极力反对，伤心不已。曾祖母却是谢天谢地，因为曾祖母只有祖父一根独苗，老人家说："一个儿子两个媳妇，是天上掉下的好福气！"祖母是大家族的闺秀，下嫁给祖父已经觉得委屈，这纳妾之事无论祖父如何百般宽慰，依然带着幼子回娘家告状。大户人家哪里肯罢休，派了大队人马前来理论，大有"踏平玉合居"的气势。小祖母作为小妾，尽管有军官父亲做靠山，然路途遥远也是远水救不了近火，小祖母受尽祖母的百般刁难，祖父也成了夹心饼干。

四年后，曾祖父去世，祖母决定全家下南洋，条件是祖父的小妾不得随行。祖母的态度非常坚决，万般无奈下，祖父忍痛送走小妾。

曾祖母不想把老骨头丢在异国他乡，坚持留在家乡，并要求把最爱的孙子留在身边，以备百年之后有人提香炉。而从小跟着曾祖母的姑姑，哭闹着不想离开她的祖母，最后，祖父只能把两个孩子留在老人身

故乡的云

边,为了家里的祖孙老少,他们仅带走出洋的路费。

临行,祖父跪在曾祖父的新坟前说:"爹,儿就要去南洋了。您放心,儿赚了钱就回来买田置产!我的根在中国!"

轮船在凛凛寒风中前行,海天冥茫!祖父觉得前程渺茫至极,而曾祖母的声音一直飘荡在祖父的脑海里:"儿呀,记住,快快回来!你们的根在故土!"

那年,父亲年仅十一岁,便担起家长的职责。祖孙三人相依度日,经历了无数艰辛磨难,祖父每每提起这件事,总是说自己亏欠儿子太多。

俗话说,"百无一用是书生",祖父母到了暹罗,一个是肩不能挑手不能提的书生公子,一个是衣来伸手饭来张口的千金大小姐,多年来,他们当过工人,垦过荒山,也做过生意,但生活都不尽如人意。

移民局的官员问祖父要不要入籍泰国(暹罗于1949年改名为泰国),如果加入泰国籍各方面都较方便,也可以购地买屋。祖母说买间房子吧,有间自己的窝。祖父说:"根在中国,我们是要回家的,买房子也要回家乡去买!"于是他们住在泰国四五十年,没有半间属于自己的屋子。祖父说:"我们是中国人,我们的根在中国。"于是祖父母一直用随身证,上面注明的国籍是中国。

曾祖母在期盼儿子媳妇回乡中辞世了!临走前念念不忘让我父亲写信给我祖父,让他要记得回家乡看看,记得回家乡祭拜祖坟。

1989年,我和姐姐移居泰国,见到已经七十出头的祖父,当祖父听见我们叫"阿公"时泪流满面。他说他三十九岁便当上祖父,如今才亲耳听见孙辈的叫唤,太迟了,怎不让他老人家激动落泪!

祖父仔细地看着我们给他带来的相片,说:"孙女呀,故山故水故景故人,是爷爷奶奶一辈子的念想!人言落日是天涯,望尽天涯不见家!"说着,眼泪稀里哗啦地掉下……

夜深人静的时候,一首如泣如诉的《二泉映月》响起,那是祖父在楼下拉他心爱的二胡。难道祖父是在借着二胡诉说他的遭际与背井离乡的无奈，还是一次次对命运的叩问？我悄悄地下楼，夜色朦胧中，祖父那双深邃的眼睛依然炯炯有神，而祖母坐在轮椅上听得如痴如醉！

祖父的二胡声停下后，祖母便轻轻地哼唱着：

  望圆月家园在何方
  夜太长无语话苍凉
  不忍想自难忘
  我不想只是在梦中回家乡
  梦中
  回家乡……

啊！我终于明白了，祖父的二胡声和祖母的歌声，抒发的都是乡愁！

祖母六十五岁那一年中风了，祖父总是鼓励祖母："快快好起来，我们还要回家乡哦！当你的腿能走路时，我们就回家，叶落归根！"

那年清明后的一天下午，父亲在视察工作时不幸摔伤了，在床上躺了两个多月。父亲不忍心把坏消息告诉我们，以免我们牵挂。直到有一天一个老乡到泰国探亲，闲聊时无意提到。

祖母得知后很难过，要我们回去探望父亲，还很遗憾地说："奶奶好想回去！"

祖母最终没有回到她日思夜想的老家唐山，而是葬在泰国歌乐的义山，祖父请人在祖母的墓碑上，刻上一行大字——"揭阳五经富"。祖父说："这样你奶奶就能永远记住她的根在哪里！"

祖母去世后，祖父一下子老了许多，开始的一段日子，每天早上，祖父在祖母的遗像前摆上早餐，然后才慢慢地吃，边吃边流泪。祖父总是说："我对不起你奶奶，当初答应带她回家，却让她留在异国他乡做

故乡的云

孤魂野鬼!"

祖父母在经济上不富足,但祖父对祖母的爱,无论是在她生前还是逝后都深深让人感动。特别是在祖母去世前生病的日子里,祖父十年如一日全心全意照顾她,用尽所有方法让祖母少点痛苦多些快乐;祖母往生后,祖父倾尽所有修了宽大体面的坟墓,选墓地的时候,刻意花更多的钱,把祖母安葬在亲人墓地旁,就怕祖母在另一个世界会寂寞无依。

1995年秋,祖父起程回国,从泰南坐火车到曼谷。一路上,他抱着祖母的香炉,每逢上下车或拐弯处,祖父总是说:"老太婆,别忘了跟着走,我们回家喽!"当祖父登上飞往汕头的飞机时,他的眼泪不住地滴在祖母的香炉上:"老太婆,我终于把你带回家了!"好心的空姐把祖父单独安排坐三个位子。

踏入故土的一刹那,祖父将腰板越挺越直!世事纷纷,缠磨纠结,众多的欲念分分合合,但祖父对故土深深的思念一直没有变。在故居的老宅,祖父久久抚摸着雕有百兽飞鸟的栏杆,好像在一声一句地召唤它们!

家乡的秋阳暖暖地照在祖父身上,乡亲们的热情抚慰着祖父的乡愁。百感交集的祖父不禁吟起那首人人都会念的古诗:"少小离家老大回,乡音无改鬓毛衰。儿童相见不相识,笑问客从何处来。"我则笑祖父是:"黄河水洗的黄皮肤,五千年这颜色绝不改!"

第二天,在祠堂祭拜祖宗,祖父老泪纵横地行了三跪九叩礼,旁观的人都哭了!

祖父与父母住在镇政府提供的三室一厅的房子里,享受天伦之乐。祖父常常跟人说:"回家的感觉真好!走遍天涯路,故土是归途呀!"

2002年8月,父亲因病离世,我们全家陷入巨大的悲恸中,祖父比当年祖母去世时更加难受,他沉默寡言,常常把自己关在房间里。

2007年夏天,天气酷热,祖父开始食欲不振,病中的祖父,竟多次提起:"父子不会相克相冲,我只是想叶落归根呀!"恍惚中又说:

"早知道会克死自己的儿子，就应该老死在泰国！"原来，祖父对于父亲比他早走一直耿耿于怀，父亲属鼠，祖父属马，相书上有六冲之说，潜意识中他总认为是他克死了自己的亲生儿子。想来在父亲走后的这几年，祖父每天面对着儿子的遗像，他老人家受过多少的煎熬和撕心裂肺之痛！

在整理祖父遗物时，我发现祖父把我们姐弟六个所生的孩子，也就是他的曾孙辈的生日用红纸抄写得整整齐齐，十五个曾孙呀，难得老人家能够如此用心。原来祖父对我们的爱是如此之深，只是，他从来没有用语言表达出来！

我们以最隆重和体面的葬礼送走了祖父，并在百日内为他修建了比他修建给祖母的更好的坟墓。

祖父的乡愁，恋恋如夕照，徜徉在故土的坟头……

开了两季的槐花

梁依 / 德国

曾在槐花飘香的季节里作过一首小诗：

槐　香
又闻满树槐花香，不见儿时少年郎。
梦里千回还故乡，酒醒百转难思量。

从小到大，离家越来越远。最初是从西南到西北上大学，那时交通不发达，从重庆的山里先坐汽车到县里的火车站，然后再转火车到西安。记忆里，车票非常不容易买到。不要说座票了，连站票都得托人买，买到了还不一定能上得了车。记得有一年，父亲托了熟人，在一大堆人潮之中好不容易把我推挤上车。那时的我，也就十六七岁。站了许久，到了成都才有空位。火车还要穿越秦岭那崇山峻岭间的无数个隧道，轰轰隆隆、咣里咣当地颠簸一夜才到达西安。

毕业后回重庆山里工作两年，随后跟随兄长的脚步，也去了海边城市深圳，一待就是八年。最好的青春年华留在了那座年轻而充满活力的城市。

却不承想，因了自己选择的姻缘，竟然离故土越发遥远。如今回国坐飞机单程都要折腾十几个小时。最初以为只是出来看看，过几年就回去了。可时光飞逝，不知不觉在国外竟然近二十年了。人生的无常和无奈，可见一斑。

有次开车穿过我住的小城市中心等候红绿灯时，才发现道路两旁竟然齐齐整整地种着槐树。带孩子常去的一个小区游乐场绿树灌木繁盛，也发现有几株槐树。不知为何，每次见到槐树就会勾起思乡之情。他乡的槐树完全不同于记忆里故乡那浓荫蔽日的大槐。印象最深的是父亲所在办公大楼外的老槐树。槐花盛开的时候，空气里弥漫的是沁人心脾的芬芳。父亲会给我们打好几串槐花下来，我们就用手一捋，一串花就进了嘴，吧唧吧唧地咽下肚，那可是童年的美味，夹杂着浓浓的父爱。那股清香的滋味至今难以忘怀。

小时候的我，还会雀跃地等在槐树下，焦急地盼望比我大六岁的哥哥从高大粗壮的树上或房檐上爬下来，得意地把手里握的鸟蛋递给我。鸟蛋皮很脆薄，极容易就破了。我捧在手心里，像捧着宝贝。倘若破了，还会伤心地掉眼泪。其实掏鸟蛋也不知是为了啥，可能也是因为那个年代没什么玩具可玩，男孩子爬树上墙极为常见。后来也记不起那些鸟蛋的下落了，只留下哥哥掏鸟蛋给我们这些妹妹带来的欢乐回忆。有时候麻雀还会飞进我们的房间里，我们跳跃着抓住，然后又放飞。

小时候，父母都得上全天班。当时厂子刚建成不久，全国各地尤其是北方诸省的大厂都派来骨干支援三线建设。我呱呱落地时幼儿园还没有盖好，托儿所也是后来才设立的。襁褓里的我躺在床上，父亲出差带回来的苏打饼干桶在床边放着。母亲早晨给我喂饱奶，中午再跑回来喂一次，然后我在母亲下午下班后才能再见到她。也不知道在这期间哥哥姐姐是怎么哄我的。记得大一点后到托儿所里有阿姨照看。说是托儿所，其实就是家属们凑了几个阿姨，帮着看看孩子。跟我感情最好的是母亲的一个老乡。她也是从山西过来的，个头很小，可是在我哭闹着想吃奶的时候，是她把自己的乳头塞到我嘴里，尽管吮不出什么奶，可是足以安慰我那幼小饥渴的心灵，省了一些哭喊的力气。现在我对这位阿

故乡的云

姨仍然有说不出的感情。前不久听说阿姨辞世的时候,我心里一阵悲凉。善良的阿姨,一定是安详地去了天堂。

哥哥小时候常常一手拉着大妹,一手拉着二妹——也就是我,三妹背在背上。哥哥是长子,父亲怕他调皮惹事闯祸,有时难免管教得有些严厉。哥哥其实是个很老实善良的男孩子,可是也没少挨父亲的严管。我是老三,不知为何父亲到了我和妹妹这儿,教养方式就发生了变化。他没怎么对我和妹妹凶过,我也从来不怕他。母亲和父亲性格相反,温柔慈爱勤劳坚强,非常疼爱我们四个孩子,极大地抚慰了我们四个儿女的心。

父亲意志力尤为强大,虽然少年时身染肺疾,可只要身体允许,他就坚持锻炼。每天雷打不动地五点早起跑步,顺带着把哥姐从被窝里揪出来,风雨无阻,一路跑到厂区邻近的茶山上。我们厂是封闭的大院,四周都是农村。茶山上种着一排排茶树,平日里我非常喜欢和朋友们去那里散步。随手揪几片新绿的茶叶塞进嘴里,抑或在翠绿的茶园垄道间奔跑,满山遍野留下了我们多少快乐的笑声和喧闹声。

童年我们没有什么玩具。小伙伴们经常在一起玩耍。每天就是在外面疯跑,满山遍野地,也不觉得累和无聊。那时候不考虑什么治安问题。我们常常在各家之间乱窜。记得那时时兴养蚕,我家附近的小桑树都被孩子们摘秃了。蚕宝宝饿肚子的时候,我们就会跑到一个朋友家,她家门前有一棵硕大的老桑树,可摘一大把桑叶带回家。初夏时节,一串串酸甜的紫色桑葚挂在树上招摇,毫无疑问,也成了我们的美味。我们还会结伙儿去偷邻居家的枇杷吃。有时好朋友养了乌龟,会专门捧在手里出来遛弯儿,让我们逗弄。谁家要是养了狗,那可就成了我们大家的宝贝,当时我还专门拍了一张抱着一只大黑狗的照片,露着得意的笑容。

父亲每次去重庆或其他地方出差,都会给我带礼物回来。有时是一条红裙子,有时是一件大红的羽绒服,还有一次是一条荷叶花边的真丝花裙，真是美极了，到现在我还记得我当时穿新衣服的快乐心情。当然还有很多的酥心糖，我一次能吃一大堆。小时候的我嗜好甜食，老家亲戚寄来的大红枣父母会装在罐子里，藏在柜子顶上。可是不管他们怎么藏，我都能偷吃到。这些都是我忘不掉的童年记忆。

每次发了工资后父亲或母亲都会去菜场或路边的卤肉摊上，给我们带回来卤好的鹅肉、鸭翅膀、猪头肉、猪耳朵或兔肉。卤鹅肉的皮油光发亮，香滑汁多，鹅肉也鲜嫩无比，一直是我的最爱。来德国后，看到烤鹅大餐，兴起点单，吃到嘴里才明白味道完全不同。

每天下午放学回到家大概四点多，我经常会啃一个清凉酸甜的西红柿，然后就会听到楼下有附近农民挑担子叫卖凉面凉粉的声音。我们兄妹四个便商量谁去跑腿给大家买。那个凉面是黄色的，调了脆脆的炒黄豆和喷香的辣椒油，清凉爽口麻香咸辣，现在想起来还流口水。端着黄色的搪瓷盆捧回家来，我们一人分一小碗，我经常被辣得涕泪双流，可仍收不住嘴。

厂里经常有小贩叫卖瓜子、炒花生和红糖凉糕。那个红糖凉糕，直到如今都是我的最爱。木心先生曾说过，吃家乡的零食，其实咀嚼的是童年的味道。这话一点儿也不假。

每年冬天，家家户户自己做肉肠，炉子里塞上松树枝，把肉肠或鸭挂在上面熏。一块块肉用铁钩挂在阳台上风干滴油。我的母亲还跟四川人学会了自制豆腐乳。那馋人的香味儿可以喝好几碗白粥，外面卖的豆腐乳都没有这样的滋味儿。姐姐长大成家后，母亲的手艺都传给她了，因为她是帮母亲干活最多的一个孩子，我耍小聪明借口学习躲开偷懒去了。上大学后，离开父母，自己开始独立生活，才慢慢感觉到父母的不易和兄妹的包容。每次寒暑假回家，我都会抢着帮父母干活。兄弟姐妹之间也添了许多情谊。我后来一人在国外养育三个子女，什么酸甜苦辣都尝过了，不由感叹老天爷是公平的。小时有家人为你遮风挡雨，等到自己做了父母，又变成儿女的依靠。父母兄妹对我深厚的爱是我在异乡

故乡的云

漂泊的依托。

母亲是小学语文教师,父亲曾教授过哲学,我的骨子里好像也非常喜欢教书。如今在海外教授中文,为传播中国文化尽一份力。

有年暑假回国,有机会来北京游学,竟然发现校园里到处是槐树和柳树。槐花竟然还挂在枝头,有的已落了一地。已然立秋了,蝉鸣声却仍然昂扬地在耳边回响。多么熟悉的蝉鸣声,在异乡可难得听到。我用手机把蝉鸣声录了下来,聊寄情思。

开了两季的槐花啊,你可知解了我多少的乡愁?

父亲的布脚衣

林素玲 / 菲律宾

零零碎碎的记忆,从那一针一线的缝隙里蹦跳出来,然后再由一块又一块多彩的布料连缀成一大片的——我的家乡故事。

故事从厦门市思明区曾厝垵后厝社的一座旧屋开始。小时候父亲总训练我帮他写家书,当写下那排地址时,总会好奇为什么不需要写哪条街和门牌。难道我祖母很有名气,邮差只要看到她的名字和哪个社就知道要送到哪里?后来几次回父亲心中念念不忘的"家",发现小村太小了,大家都是"咱人",难怪在菲律宾我们华人都自称为"咱人"。

那座旧屋是父亲心中最温暖最牵挂的家。我稍长大后,只要时间上允许,每逢暑假,父亲都会带我回厦门探亲。

轻轻推开两扇木门,我们仿佛住进了电视剧里的古厝,桌子椅子都好沉重,不知是哪个朝代搬来的,它们被擦得干干净净,静静地等待着来自远方的"番客"。红砖地板质朴而沧桑,如同心里藏着很多故事的憨厚的老人。一回到这个家,父亲便精神抖擞地谈起菲律宾的故事给家人听,有几个小孩子爱躲在门后偷看,他们是我几个堂兄的孩子。

住上一两天,与堂兄、堂姐和表妹们很快就打成一片,他们带着我到处游玩,为我揭开家乡的面纱。

我喜欢虎溪岩的虎溪夜月,虽然我们去的时候不是圆月东升的农历十五夜晚,看不到月光正好照在伏虎洞的老虎头上,但我对这个胜景十

故乡的云

分向往,也对伏虎罗汉和这头威猛的老虎生起敬畏。鼓浪屿日光岩上的"天风海涛"四个大字,也深深地印刻在我的脑海里,从岩顶上向远方眺望,我在心里默默丈量着马尼拉和厦门的距离。

在厦禾路上,表妹阿娟指着一棵树,她说那是相思树,我一开始误以为是马尼拉黎刹公园里中国花园的柳树,因为它们的叶子一样细长绵延。为什么取名"相思",我们做了很多猜想,我猜是因为它的叶子如父母亲对家乡的回忆那样绵长,所以得了这个美丽又略带哀愁的名字。我忍不住摘了几片相思树叶带回菲律宾夹在相簿里,如今叶子早已枯干,却依然令人想起在海对岸家乡居住的岁月。

一年又一年,乡村在进步,古厝旁边逐渐建起了"番仔楼",但我还是喜欢这幢古厝。我总抢着坐在那木摇椅里,闻着微风吹来的田野、猪栅、鸡鸭圈、茅庐的土香土味,虽然不浪漫,却有另类的诗意。

从咱厝,沿着一座座旧式简陋的庭院、一道道红砖青瓦的粉墙,经过曾厝垵海边、胡里山炮台、厦门大学、南普陀寺,我几乎每天都会自己来回走一两趟,回去跟祖母、父亲、叔叔、堂兄炫耀我认路的记性超级棒。偶尔还学着歌仔戏的腔调讲几句厦门话,因为在马尼拉的朋友圈大多数是晋江口音,因此亲人都夸赞我为"老厦门人"了,我也暗暗自喜不再被视为"番仔憨"了。

胡里山炮台的故事总会勾起我一丝丝的伤感,还有那一片大海,听说可以游到对岸。母亲也常把在防空洞跑进跑出的惊心动魄的细节讲给我们听,它们都见证了历史的悲痛。每每听到这些,我都会感恩生活在太平的日子里,在南普陀寺的大佛之下,我默默祈祷,但愿世界永远太平。

咱厝有一口古井,记得第一次学会打水时感觉很有成就感。旁边是三叔的家,丽姐是一位裁缝师,我总会拿着一个小凳子坐在旁边好奇地看,更让我好奇的是裹着小脚的祖母总是忙着捡起落在地上的小布块儿,不过我也开心地跟着捡。

跟着祖母回到咱古厝,看她眯着眼睛穿针线,耐心地把碎布剪整齐,再缝成一大块色彩缤纷、综合各种几何图形的被单。父亲十分珍视,把那被单带回马尼拉。祖母还把那大一些的布块缝成一件件外套寄给我们。父亲特地请人在他的一件布脚衣上绣上孟郊的《游子吟》:"慈母手中线,游子身上衣。临行密密缝,意恐迟迟归。谁言寸草心,报得三春晖。"啊,父亲的布脚衣里到底藏了多少福建人的故事,等着我们长大后慢慢去"阅读"?

岁月如歌,往事如烟,祖母、父母亲已往生多年。曾厝垵,那个曾经宁静的小渔村被列入城区改造范围之后,成了一个结合了传统与现代特点的文化村,如今学生、游客熙熙攘攘,已是一个繁华热闹又可爱的地方。我已找不到从前的村社,感觉现在若要去几个景点都需坐车,好像走路都走不到,难道是我迷路了,抑或是它们的距离都被拉长了?我怀念旧的村落,也喜欢这文明进步的"故乡"。每次回厦门,还是会抽空去曾厝垵,吃一碗面线糊,再去一座古庙拜拜。

后来无意间在网上得知"布脚被/布脚衣"也叫作"百家被/百家衣",有庇佑的功能。"缝百家被,穿百家衣"是中国早期的习俗,婴儿满一百天时,其父母会去亲友家拜访,收集一些布料,回家缝制成被子或衣服,代表接纳来自不同家庭的祝福,为孩子祈福且避祸,保佑孩子平安长大。看到这些,我赶紧再拿出那条"百家被",夜晚盖在身上,感觉好温馨,很有安全感。

盖着百家被,让祖辈的祝福陪我进入梦乡。而父亲的布脚衣仍静静地躺在衣橱里,如那夹在相簿里的相思树枯萎的叶子,时而将我深处的记忆唤醒,把家乡和我的距离拉近,再拉近……

市长家的午宴

高世军 / 法国

春暖花开的时节,大巴黎77省热涅市市长阿其勒邀请五位中国朋友参加他的家宴。除了从事媒体工作的我,还有国内来访的环保专家杨建初教授夫妇、华侨商人郭义和旅游专家王亚青。在郭义先生的张罗下,我们很快敲定了日子。赴宴那天,窗外蓝天白云,街边迎春花开,处处流露着早春的清新和美丽。

我和阿其勒认识的时间不长,但一见如故。初次见面是在巴黎的一个中国文化主题的小型聚会上,阿其勒身穿深色西服,右肩上斜挎着鲜艳的蓝白红法国国旗绶带,笑容可掬,为中国画家柳旭日颁发热涅荣誉市民证书和证章,表彰他为促进中法文化艺术交流和民间友好交往做出的贡献。

阿其勒还发表了热情洋溢的讲话,自豪地说他热爱中国和中国文化艺术,喜欢结交中国朋友,虽然热涅只是法国一个很小的城市,但他希望通过这个颁证活动,让中国艺术家对热涅和法国留下深刻印象,感受到他和热涅人民对于中国人民的友好情谊。阿其勒的讲话情真意切,令人感动,赢来掌声一片。

最近几年中,有好几位中国艺术家有幸成为热涅市荣誉市民。

阿其勒今年七十岁,身高一米八,身材瘦削结实,脸形尖长,头发灰白,戴一副黑框眼镜,双目炯炯有神,看起来很和善,还风趣幽默。

听说他连任五届热涅市市长，目前任期从2014年5月开始，到明年结束六年任期时，他在市长任上将干满三十年。

七十岁还能当市长？我曾经不解地问阿其勒。他握起拳头挥了挥，得意地说："你嫌我老吗？看看我的身体吧，年轻着呢！在法国比我年龄大的市长大有人在！"我笑着恭维他说："你当然不老，市长可以当到八十岁！"

老龄市长在法国非常普遍。各地市长都是经选民投票选举产生的，选民看重的是市长的经验和能力，看市长能不能为他们说话办事，年龄不是问题。我上热涅市官网上看了看，居然发现这样一组特别有趣的数字：全法国共有36628位市长，其中9189位比阿其勒年纪大，27434位比他年轻，还有4位和他在同一天出生。

阿其勒的朋友告诉我，阿其勒在担任市长前，是一位非常成功的实业家，掌管一家制造高端医疗设备的企业，干得风生水起，积累了可观的财富，这为他后来安心履行公职打下了良好的经济基础。阿其勒身为地方长官后，履行公职尽心尽力，个人兴趣也很广泛，酷爱赛车，喜欢新媒体，注册了脸书和推特个人账号，爱用微信，朋友圈里有不少中国人，还知道端杯喝酒看天花板是要干杯的意思。我和阿其勒平时联系不多，见面大多是在中国驻法使馆举办的各类招待会、法方政府组织的活动上。

我住在巴黎西部十六区，阿其勒的家在热涅市，相距七八十公里，开车需要大约一小时。大巴黎是指由巴黎核心城区和周边七个省组成的首都圈。在巴尔扎克的小说中，出了小巴黎，其他地方都叫外省。在进入巴黎东部的高速公路前，开车沿塞纳河右岸横穿全城，可以将这座浪漫之都的美丽景色尽收眼底。

几年间，春夏秋冬，阴晴雨雪，我无数次开车走过巴黎的大街小巷，每一次都会有不同的感受。蜿蜒流淌的塞纳河水，浓郁深厚的文化氛围，时尚优雅的装饰艺术，雄伟壮丽的地标建筑，埃菲尔铁塔、凯旋

门、香榭丽舍大街、协和广场、卢浮宫、奥赛博物馆、巴黎圣母院、圣心教堂、凡尔赛宫等等，将巴黎的自然之美和人文之美完好地融合呈现，绽放出光彩夺目和历久弥新的超凡魅力。作家海明威因此写下脍炙人口的真爱名言："如果你年轻时有幸在巴黎居住过，那么无论以后你去哪里，巴黎都会与你同在，因为巴黎是一场流动的盛宴。"

海明威描述的是小巴黎，重在人文之美；阿其勒的家在大巴黎首都圈77省一个田园牧歌似的小镇，犹如世外桃源。从巴黎东边环路上A4高速公路，走出五十多公里，接着是美不胜收的十几公里乡村公路。弯弯曲曲的公路两旁，是大片大片的绿草、甜菜和油菜地。湛蓝的天空飘浮着大团白云，一望无际的绿色随地势和缓起伏，恍如辽阔的大海碧波荡漾。清新湿润的空气中，弥漫着混合了泥土味的清香。田地里看不到一个劳作的人，只有成群的牛羊在悠闲地吃草。在白云和绿草交会的地方，是美如油画的小城热涅。唐克鲁路5号，是阿其勒的家。

阿其勒在院门前迎候我们，带我们穿过宽大的花园，走进温暖舒适的客厅。这是一栋两层的独立别墅，灰砖红瓦，朴实优雅。客厅和餐厅有过道相连，墙上挂有多幅中国字画，桌台上摆放着中国工艺品，显示着主人对于中国的特殊感情。门前的院子很大，足有三四百平方米，路面用褐色岩石铺设，长有很多棵高大的树木，还种有各色花草，收拾得十分精致美观。阿其勒介绍说，平时只有他和夫人居住在这里，两个女儿都在外地成家，阿其勒的老岳母会不时过来住上一阵。

为了接待我们，阿其勒夫妇提前几天开始准备，拟定菜单，购买食材，收拾房间，布置餐桌。法国人把摆家宴视为接待客人的最高规格，只有亲密朋友和尊贵客人才会有这种礼遇。我们一行五人，加上阿其勒夫妇和老岳母，正好坐满一张长条桌。

午餐是中法结合，有从唐人街中国店买来的春卷和烤鸭，有阿其勒夫人制作的法式牛排和甜点，香槟、红白葡萄酒也摆了一堆。素雅的桌布、别致的餐盘、精美的酒杯、美味的食品，无不显示出主人的热情好客。温暖的阳光从巨大的玻璃窗照进餐厅,每个人脸上都洋溢着兴奋和快乐的神情。

午宴开始时,阿其勒兴高采烈地致祝酒辞。他优雅地从座位上站起来,用格外柔和的声音说:"欢迎亲爱的中国朋友来我家做客,让我们有机会共享快乐。有三件好事,值得我们大家欢聚一堂举杯庆祝:第一是中国国家主席习近平刚刚结束了对法国的国事访问,中法友好关系将会更好;第二是今年有特殊纪念意义,既是中法建交五十五周年,又是中国留法勤工俭学运动一百周年;第三是中国春节刚过完,喜庆团圆的气氛应该延续。"

阿其勒不愧为市长,祝酒辞言简意赅,精彩到位,既有格局又有高度!宾主人虽不多,但掌声、欢呼声非常热烈。就连年近九十的阿其勒老岳母,也笑呵呵地和我们碰杯喝酒。老人家说,她平时吃饭不喝水,只喝葡萄酒,每次能喝一两杯。她今天特别高兴,喝酒也比平时多!宾主品尝美食,举杯畅饮,围绕阿其勒打开的话题畅所欲言,一次家宴变成了以中国和中法友谊为话题的交流会。

我向阿其勒提了个问题,作为法国地方市长,他如何看待习主席这次对法国的访问。阿其勒说,他到过中国很多地方,北京、上海、开封、西安、广州、深圳、香港、澳门,给他留下的最深印象是,中国是一个伟大的国家,是一个不可阻挡的快速发展国家。中国的"一带一路"倡议充满合作精神,会给中国和世界都带来好处。五十五年前法国是第一个与新中国建交的西方大国,现在法国同中国的合作也应该走在其他国家前面。他相信这次习主席和马克龙总统的会谈,将会推动中法合作,也会促进法国的经济发展。阿其勒还义愤填膺地表示,他反对特朗普与中国打贸易战,希望美国能够平等地同中国和欧洲国家讨论贸易问题。

阿其勒说到这里,他三十多年的好友郭义插话说,阿其勒在两次自费中国行之后,越来越爱中国,平时他听不得有人说中国坏话,若是听见有人说中国坏话,他会非常生气,还会与说坏话的人争辩。因为阿其勒心里清楚,有些说中国不好的人,并没有到过中国,也完全不了解中国,只有像他一样,去过中国才知道中国是什么样子。阿其勒夫人评价说,阿其勒是一个正直的人,爱憎分明,他是发自内心地热爱中国。

话题转到目前法国的"中国热",杨教授夫妇说,巴黎的中文标识越来越多,中国游客越来越方便了。长期从事旅游工作的王亚青赞同说,法国旅游部门对于中国游客越来越重视,因为中国游客来得多,舍得花钱,被称为"行走的钱包",给法国带来了滚滚财源。根据法方有关机构公布的统计数据,2018年法国奢侈品牌销售收入高达2810亿欧元,其中中国游客的贡献率达到22%。对此,阿其勒非常精辟地总结说,来法国的中国游客多,说明中国经济好,说明中法关系好。到巴黎看一看就可以发现,中国游客越来越多,中国文化已成为最时尚的元素和符号。

的确,作为法兰西璀璨文化的集中代表,巴黎是一座充分体现开放、包容和多元文化特色的现代国际大都市,对全世界游客的吸引力非常大。近些年来,从爱丽舍宫到国民议会,从市政厅到区政府,从节日庆典到平常日子,中国元素和符号日渐增多,中国和中国文化的吸引力、影响力不断提升,形成了引人关注的"中国热"。

不知从哪天开始,在巴黎北部的戴高乐机场和南部的奥利机场,游客通道上都出现了醒目的中文"欢迎"字样,过去这些地方只有法语迎宾标语"BIENVENUE"。

在横贯巴黎东西的地铁一号线上,车厢广播除了有悦耳动听的法语外,还有了汉语普通话温馨提示:"请保管好您的个人物品,谨防小偷!"普通话的标准程度,丝毫不亚于北京的地铁广播。

在塞纳河上最大的慕什游船上,一小时游览伴随沿途景点导游广播,除了有法语,还有汉语、英语和其他语种。

在游人密集的卢浮宫、奥赛博物馆、凡尔赛宫、蓬皮杜艺术中心和枫丹白露宫等著名旅游景点,都有免费的中文导游图,有的还提供中文语音讲解器。

在汇集法国及全球奢侈品牌的老佛爷和春天百货等大型购物中心,几乎一半的售货员都是中国面孔,向中国游客提供纯中文服务。在一些顶级品牌的入口处,每天都会排起等待购物的长队,其中十有八九是中国游客。每一次我陪友人来到这里,都会有走进北京王府井百货大楼的感觉。

正如阿其勒所说,中国春节成为法国的节日,显示了中国文化的巨大魅力。每年春节期间,法国总统府、国民议会和巴黎市政府分别举行春节招待会,已经成为一种传统。阿其勒说他有幸经历见证法国三任总统,从萨科齐、奥朗德到马克龙总统,还有几任法国国民议会议长,分别在爱丽舍宫和拉塞宫举办的春节招待会,感受他们对于中国人民的良好祝愿和友好情谊。巴黎每年大大小小的春节庆祝活动有几十场,我和阿其勒夫妇在很多场合见面。有些活动进行到很晚了,他们仍然兴致勃勃,等活动结束了再开车一小时回家。

巴黎大张旗鼓地庆祝中国春节,其他城市也不甘落后,里尔、里昂、尼斯、马赛、波尔多、斯特拉斯堡等,也纷纷刮起"中国风"。当地政府出面,华侨华人协助,活动五花八门,如中国歌舞表演、乐器演奏、舞龙舞狮、武术表演、彩妆游行、美食品尝等,受到当地居民和华侨华人热捧。

阿其勒在午宴上频频倡议举杯,以中国式的餐桌热情对客人尽地主之谊。他喜欢喝酒,但因为血压高,喝酒受到夫人限制。他因此不无遗憾地说,我要是能够开怀畅饮,一定会和你们每人多干几杯。

美食美酒加上感兴趣的话题,两个多小时在不知不觉中过去,甚至谁都没有注意到,什么时候窗外天色突变,下过了一场冰雹雨,地上还留下一片晶莹。

吃过甜点,端上咖啡,阿其勒向大家宣布,严肃的话题暂时告一段

落，现在是中国音乐时间。他走到餐厅一角，打开一台非常新潮的数字音响，餐厅里响起了熟悉的中国歌曲：《在希望的田野上》《走进新时代》《我爱你，塞北的雪》《好日子》。熟悉的旋律，一时让我忘记眼前是在一位法国朋友的家中。

阿其勒觉得听歌还不够尽兴，索性邀请杨教授夫人共舞一曲。阿其勒说："我听不懂中文歌词，但我喜欢中国歌曲的节奏和情绪，美妙的歌声和旋律又把我带到了中国！"

快乐的时光格外短暂，该说再见了！此时，冰雹雨后，阳光灿烂，云舒云卷，绿草如茵，空气纯净，热涅尽情地向我们展示美丽。

阿其勒和夫人把我们送到车边，依依不舍地说，亲爱的中国朋友，欢迎你们常来，这里就是你们的家！我们和阿其勒夫妇拥抱并握手道别，把东道主的美好情谊，连同热涅的美丽景色，都珍藏在心底。

北京，北京

文章 / 加拿大

北京是很多人心向往之的地方。年复一年，许多人怀揣梦想，背井离乡来到这里，期望在这个国际大都市中觅得方寸立足之地。他们之中有的人活出了想要的人生，有的打拼数年之后不得不黯然离场。相比之下，我当年进京之路则平坦得多。校领导下达一纸分配令，我就被"北漂"，而且有北京户口，大学助教头衔，一夜之间，已是名正言顺的北京人。

但真正认识这座城市，我用了三十年的漫长岁月。

大学毕业分配工作时，我们江苏籍学生无一例外全部希望留在江苏，首选是南京、苏州，或者上海等南方城市，北京是无奈之下的次选。当年的我们对北京并无好感，据说这个北方城市每年秋天要冬储大白菜，整个冬天餐桌上只有白菜和土豆。四月，这个江南最美的季节，在北京却是风沙弥漫，纱巾是北京姑娘的标配。

但在北京过了一冬一夏，我就喜欢上了这里，忘掉了烟雨江南的小桥流水和街道上法国梧桐的斑驳光影。北京的冬天虽说彻骨寒冷，但城市有统一供暖，房间的暖气烧得又热又足。比之屋里屋外同感阴冷的南方，北京简直就是天堂。在北京的第一个冬天，我生了二十二年冻疮的手就不治而愈。北京的夏天也热情洋溢，但早晨和夜晚会适时恢复理性，让人有一个安稳的睡眠，不像南方火炉那样热得不管不顾。北京的

故乡的云

饮食也不似想象中那么匮乏。南方的茭白、青豆、豇豆自然是没有的，但黄瓜、茄子、西红柿等大路菜倒也不缺。北京的大馒头鲜白松软，抹上红果酱、苹果酱、芝麻酱，味道并不比南方的小笼包差。

任教的大学和颐和园仅有三站路。泛舟昆明湖，登临万寿山，这些外地人千里迢迢赶赴的旅游项目，就是我和学生随意一次心血来潮的班级活动。颐和园里，我最喜欢的地方是后山的苏州街。这里林木葱茏，山路曲折，优雅恬静，与前山的华丽形成鲜明对比。街道的两边一间挨着一间结构雅致的店铺。玉器古玩店、绸缎店、点心铺、茶楼、金银首饰楼，逛起来非常过瘾。碰上精致又不贵的小工艺品，买一两件回学校，更是满心欢喜。

有一年冬天，初雪飘落的清晨，我和朋友踩着地上的积雪去了圆明园。断壁残垣耸立在漫天白雪中，凄美而惊心。冰凉的雪花在青春的脸颊上融化，我的心为这片苦难的土地感伤。当时正值改革开放初期，公派出国的大潮席卷神州。学校的年轻助教都在忙着学习英语，去西方发达国家留学深造。在圆明园里，我的爱国情怀找到了着落点。那一年，我被学校派到加拿大攻读硕士学位。年轻的我像一叶浮萍，被加拿大优渥的生活和先进的科研条件吸引，硕士毕业后，读博、求职、入籍、生子，没经过太多考虑就在加拿大落定了，北京也在仓促之中成了我人生的一个仅仅逗留了四年的驿站。如今人到中年，目睹了中国腾飞全过程的我，虽然生命之树已在加拿大开花结果，却归心似箭。好在这些年我有许多机会参加海外博士江苏行、海外专业人士考察团等活动，把国外温室蔬菜栽培等经验介绍给国内农民，为中国的现代农业助一臂之力。会见时，地方领导说得最多的一句话是：欢迎你们回来发展，不能带资金来的带项目来，不能带项目来的带朋友来。我不禁动容。

对北京萌生出一种特别的情感源自汪峰的《北京 北京》：我在这里迷惘 / 我在这里寻找 / 也在这儿失去……如果有一天我不得不离去 / 我希望人们把我埋在这里 / 在这儿我能感觉到我的存在 / 在这儿有太多让

北京，北京

我眷恋的东西……

听到这几句歌词的瞬间，我突然意识到了北京对我的恩惠。在北京工作的几年，我住着学校分配的宿舍，享受着食堂、浴室、班车等等便利。工会还不定期组织各种旅游和娱乐活动，生怕我们这些单身教师想家孤单。国门打开之后，学校送我去广州半年全日学英语，之后公派出国深造，给我这个没有任何背景与人脉的外地人最大的发展空间。在北京，我拥有了人生的第一份职业，第一次爱情，并成为北京的媳妇。北京像母亲一样无条件地接纳了我。北京是我走出校门，迈入社会的第一站，更是给我人生的底气和自信的地方。

据说北京18至35岁的青年人中有87%是外来人口。虽然初衷各不相同，但我想他们都像当年的我一样，喜欢北京带来的自由和年轻的感觉，喜欢它的繁华、多元和便利。北京是博大与包容的，它像一个海，将来自全国各地，乃至世界各地的寻梦者揽入怀中。以至多年之后，我还在想，如果当年没有被出国潮裹挟出国，如果学成按期回国，会不会也是不错的人生？

尽管很喜欢，但真正读懂北京，还是近几年的事。

这些年我回国比较频繁。每次回北京，我总要抽空去一趟景山公园。景山并不高，拾级而上不一会儿便到达山顶。我喜欢站在山顶向南眺望。从这里看过去，整个故宫建筑群一览无余。阳光下，错落铺陈的黄色琉璃瓦顶与朱红色的柱子、雕花的门窗相间，流光溢彩，金碧辉煌。

紫禁城有四座城门：南面午门，北面神武门，东西面东华门、西华门。景山面对北门神武门，在整体布局上，可说是故宫建筑群的屏障。故宫的宫殿是沿着一条南北向中轴线排列的，三大殿、后三宫、御花园都位于这条中轴线上，并向两旁展开，南北取直，左右对称。这条中轴线不仅贯穿在紫禁城内，而且南达永定门，北到鼓楼、钟楼，贯穿了整个城市，极为壮观。在景山上远眺故宫，最能体会北京的帝都气派，庄

严、华丽、至尊。

景山的东麓有一株低矮的老槐树,这是明崇祯皇帝朱由检自缢的地方。史书记载,明末时李自成起义军攻入北京,崇祯一路被追赶逃到了景山,自觉有愧于祖先基业,以腰带自尽于歪脖槐树之上。每次经过这里,我都要驻足端详,心生感慨。槐树不解人间事,浓荫依旧笑春风。从山顶的紫禁城恢宏全貌,到观妙亭下皇帝自缢的古槐(现存槐树为后人重新栽种),景山公园就是一部帝王兴衰的教科书。

在北京时,另一项乐此不疲的活动是骑着共享单车游胡同。如果说故宫建筑群彰显的是北京的皇城特质,老北京的胡同则自带浓浓的民间烟火味儿。据说北京有6000多条胡同,连起来,那就又是一条万里长城了。胡同,记录着这个城市的历史变迁。

行走在东城区灯市口附近的史家胡同里,最能体会世事沧桑。这个胡同有700多年的历史,被称为"一条胡同,半个中国"。这条胡同里大大小小的四合宅院有80多个。其中两进院,甚至三进院的深宅大院就有30多个。整条胡同随处可见青砖灰瓦、如意雕窗、亭台阁榭、古色游廊、朱漆大门、石刻照壁,可说是最经典的老北京四合院建筑群。这里的住户,更是如雷贯耳,史可法、洪钧、李莲英、张治中、章士钊……

胡同内的居民仍保留着许多旧有的生活方式。一大早,胡同在晨曦中醒来,我们把小黄车锁在胡同口,买瓶老式酸奶,走走看看。遇到早起遛弯儿、遛鸟的老人,就聊几句。这些老人知书晓理,人情练达,上至房市股市,下至菜价米价,都门儿清,活得散淡自在。同住在一胡同里的左邻右舍,见了面总要打个招呼问个安。对胡同里的老北京而言,这里不再是简简单单的街巷,这里夹杂了太多复杂的情感和太多的文化,他们之间的亲切友善是伴随着胡同而生的。

胡同的两边,是一扇扇的门。每扇门里都藏着一个悲欢离合的故事。那天逛到什刹海后面的胡同时,天已经完全黑下来了。迎面走来一个女子，正在打电话："这也太过分了，孩子一不在家他就加班到这个点儿。"一路上我都在猜测这句话背后是怎样的故事。出了胡同，眼前突现一片灯海，原来到了后海的酒吧一条街了。走过"烤肉季"的时候，老公指着不远处的银锭桥说：当年李莲英就是出了"烤肉季"走到银锭桥上时被人暗杀的。听着这个，联想到打电话的女子那一句没头没尾的话，我灵光一闪，后来就写成了微型小说《银锭桥的诅咒》。直到这一刻，我似乎才真正读懂北京，读懂它历史的厚重和绵延数百年的脉动。

  悠悠千年事，弹指一挥间。如今北京的城市格局正在全面升级，以更好执行它的首都职能，但北京在我心目中的位置从未改变过。她给了我一个家，更给了我提升的空间和心灵的滋养，她是我人生的福地。

乡愁的珠链

江岚　/　加拿大

乡愁，如藏在紫檀木盒子里的那些珍珠，每次打开来，一颗颗衬着深蓝色丝绒，始终晶莹柔润。

第一颗珠子是风。往返于千峰之间，逡巡于绿水之上，那风一年四季都是潮湿的。再猛的太阳也晒不干，再冷的气流也穿不透，亚热带的潮湿，携着山水间永不褪色的绿意。有些迟滞，总在人身上磨磨蹭蹭不肯去，像撒娇的小丫头软乎乎的汗湿的手心。

盛夏的夜里，床上的竹席总是热得发烫。祖父要先用凉水擦过两遍，才让我躺上去，然后他坐在床边拿着大蒲扇慢慢扇，一下又一下。祖父身上的白色圆领汗衫总布满一个又一个的小洞洞，他说破衣服才凉快。大蒲扇掀起蚊帐上飘摇的月影，一起一伏，我脊背上催眠的那点凉意湿湿的，从深褐色的枕席间漫起来，带着老竹子的清香。

冬天的风多一份凛冽气势，映着通红的炭火。小时候犯懒的早晨，不肯起来去上学，窝在被子里装病。祖父宠我，偶尔也没有章法，他甚至会先拿水杯和牙刷过来，让我坐在床上就着小脸盆刷牙，再下楼换一盆温水来给我洗脸。等我吃过早餐又埋在枕头里睡回笼觉，祖父则顶着寒风，走去学校给我请假。

当然，大多数时候祖父不允许我这样怠懒，他会拖我起来穿衣服。中式碎花棉袄的盘花扣有些烦人，特别是立领上那颗，祖父也要扣好一会儿才能扣上。祖父双手的指头到冬天都皲裂得厉害，常常缠满伤湿止痛膏。粗糙的、泛着浓浓药香的指头摩挲我的下颏，痒痒的，我就忍不住叽叽咕咕地笑。祖父的手就越发捏不住那颗扣子，床前火盆里墨黑木炭上的火苗，扭来扭去地熏着伤湿止痛膏的药香。

　　第二颗珠子是山。和三山五岳的雄伟比起来，桂林的山只好算是大地的盆景。小巧的石灰岩峰岭拔地而起，一座座突兀而青葱。城中心海拔最高的那座"叠彩山"，耸立在我家小木楼正对面，我们从小爬上爬下，每一块石头都摸熟了。

　　春天只要稍微下一点儿雨，山上的竹笋就迫不及待地蹿出来。矮矮的竹丛千竿万竿，斜斜地滤过夕阳。我和大表妹趴在地上，睁大眼睛搜寻细细竹竿掩映中的新笋尖。"姐！姐！看我找到的！"大表妹钻出竹丛，举着一根被压在岩石底下的新笋，她那带着婴儿肥的手指，如那鲜嫩的新笋。

　　等到把新鲜竹笋炒鸡蛋收进了五脏庙，我们又上山去掐野生的凤仙花。凤仙花形似蝴蝶，野生的粉红色花朵娇嫩可爱。那时不懂得将这种俗称"指甲花"的植物花叶捣烂了，真可以用来染指甲，我们姐妹只搜寻茎叶间那些转黄的蒴果，轻轻掐住，籽荚就会弹射出很多籽儿来。很多年以后才知道这花可食用可入药，小姑姑特地上山采了种子给我，这花儿便在我如今的院子里年复一年开到如今。春来将鲜花嫩叶摘下来，焯一下水后加油盐凉拌，每一口都是记忆里湿湿的绿意葱茏。

　　叠彩山虽然不大，但好吃又好玩的东西也不止竹笋和凤仙花。哥哥煞有介事地吹嘘过，把野蜂蛹烤熟了特别特别好吃。只是掏鸟窝捅蜂窝这一类在外面调皮捣蛋的事儿，他不敢让家里知道，否则除了竹板夹肉之外，他再也没有什么好果子吃。所以他平时不带我们玩儿，唯恐被告发。那次他们一帮男生在捅野蜂窝，偏偏让我们姐妹撞个正着。

　　稳稳地挂在树枝上的那个蜂窝实在很大，歪歪地生在山崖边的那棵树实在很高，情绪高度亢奋的男生们争先恐后，各显神通，竟顾不上像

往常一样把我们赶走——结果,捅了野蜂窝可不是开玩笑的啊,被惹恼了的野蜂成群结队飞扑过来,一伙半大孩子各自抱头鼠窜。奈何躲得了第一只躲不了第二只,我的手臂被毫不客气地蜇了一下,立刻肿起来。为了坚守和哥哥订立的"攻守同盟",连哭都不敢哭,更不敢告诉家里大人。等伤口终于愈合了,手臂上却留下一个永久的疤。至于历经这千辛万苦才见识到的野蜂蛹……那天谁也不敢带回家,自然没吃着。

后来回家省亲,哥哥特地带我去到那家叫作"味道制造"的餐馆。头一道菜端上来,精致的白色大瓷盘分四格,满满是油炸火烤的蜂蛹、蚕蛹、蝎子和蚂蚱。"吃吧!"哥哥得意地笑,"香吧?我从前没骗你吧?"

第三颗珠子是米粉,桂林街边寻常的小吃。先将上好的大米磨成浆,然后蒸熟,再压制成型。米粉要好吃,最讲究的是卤汁和配菜。各家米粉店都有自己的制卤汁秘方,据说大致上是用鸡、猪、牛等禽畜的骨头汤,加上沙姜、罗汉果等数十种中药和香料,精心熬制而成。

每次回桂林,家里人一接上我必定先要带着去吃碗米粉。桂林的米粉店、米粉摊遍布街头巷尾,大多营业到子夜时分才打烊。不必找有名的益轩、石记或味香馆,只要街边普普通通的一家小夫妻店就好。

铺面通常很小,两张矮矮的小圆桌,若干小木凳,算不上干净整齐。一家人闹哄哄地坐下,我眼巴巴地迫不及待。但见老板娘从大木屉上抓起一团米粉,扔进身边那口滚开着水的大铁锅,用漏勺抖两抖,倒进海碗里。老板接过来浇上卤汁,铺上切得薄薄的一片片卤牛肉,再加些酥脆的油炸黄豆或花生米,撒一撮葱花、一撮油辣椒末,拌一勺腌豆角——"砰"的一声,一碗朝思暮想的米粉就摆在眼前了,吃在嘴里圆细、爽滑、柔韧,回味无穷。

从北京、上海、广州、香港,到纽约、旧金山、多伦多、渥太华,各处也都见到过不少桂林米粉店,看上去也是差不多的原料配料,可口感却大相径庭。哥哥家楼下那家米粉店的老板娘一边给我盛汤,一边做出总结:"别处没有漓江水的啊,傻妹崽!怎么做得出一样的味道?!"

第四颗珠子是桂花。桂花树在城里随处可见,如名叫桂芳、桂香、桂华等的女子。小时家里巷口外一溜儿桂花树都不高,粗粗的枝干分杈很低,三蹿两蹿就爬上去了。夕阳下坐在上面吊着两条腿,晃啊晃啊,等我姑妈下班回家。看街上陌生的行人和熟悉的邻居们来来去去,听那些脚踏车铃铛的声音、锅碗瓢勺碰撞的声音、吵架斗嘴的声音、呼儿唤女的声音。紫气红尘在墨绿色的、硬挺着锯齿边的树叶上滚来滚去,让人心里一点想法也没有,只看见人间寻常日子的平和安稳。

长大了,在北京念书的邻家哥哥放假回来,我陪他去配眼镜。走到伏波山下,我指点给他看:"这是金桂、银桂、四季桂,那边还有丹桂!"一边放肆地笑话他孤陋寡闻。这位整天只会闭门读书的邻家哥哥,自小也在桂林长大,却不仅不知道桂花开时香同而色有不同,大概连眼睛的余光也从未注意过家乡的任何花花草草。我料不到他有一天会突然回过头来问我:"是秋天了,我的心在满树桂花一城香里,你可知道?"

——此后,在一季季绕鼻而来,丝丝缕缕的桂花香里,我坐在山边树下的石凳上读他写来的信,一封又一封。年轻的相知相许,撞得人心发颤。那逡巡难已的余波,映照我们携手同行的人生道路,从家乡到异国,从过去到现在。

最大最圆最亮的那颗珠子,每一个角度,每一点光泽,都关乎祖母与外祖母。她们给我丰盛圆满的爱,可以车载斗量,却不能够写,只让我流着泪,思念。我祖母做莲藕丸子、茄夹都不放肉末,新鲜青辣椒用油煎了,再淋几滴酱油,都好吃得不得了;外祖母拿手的醋血鸭、酸菜小泥鳅,还有凉拌马齿苋,简直天下无敌……

乡愁,有时候就是那些刻骨铭心的记忆,点点滴滴,在岁月的贝壳里凝成珍珠:是母亲为我留到深夜,凉了又热的肉片丝瓜汤;是鞭炮,大年初一的家门口,满地厚厚的嫣红托起硝烟;是樟木,我三舅舅用刨子在木料上一下一下推出来的刨花,缎带一般;是姑母用巧手包的粽子，新粽叶里裹着浓浓的糯米香……

一颗颗珍珠数之不尽，永远晶莹柔润。我的心丝一缕缕纺成线，把它们穿成一串，藏进紫檀木的盒子里，衬着深蓝色的丝绒，安放在我异乡的床头。

于是梦里，竟不知此身是客了。

回　家

李丛　/　德国

　　轻轻折好刚从雪场拿下来的唯一一面国旗,作为每次海外活动的点睛元素,必须小心收好。稍作休息,我开始预订回国的机票。这两年来,每次做完欧洲华人滑雪比赛,就意味着我们忙碌的冬季即将结束,可以回国省亲了。

　　我是2011年来的德国,那时我刚大学毕业,来德国读研。临行前我妈买了好多东西,我清楚地记得她为我打包了半个行李箱的米,还有一个电饭锅。我一边往外拿米,她一边叮嘱我,米饭要怎么做,衣服要怎么洗,事无巨细。最后她非常严肃地和我说,在外面一定要爱国,不要做任何有损自己祖国的事。我想这应该是我爸的意思,让我妈来执行,他总是这样。我觉得好笑,估计是他们看了太多国外的新闻报道,怕我会受什么不良组织的洗脑。我一面心不在焉地应着,一面憧憬着海外自由的生活,那可是完全不同于中国的地方啊!

　　在机场,爸妈不舍地一直送我进安检口,说有事给家里打电话,直到看不到我为止。我异常兴奋,安慰他们我很快就回国看他们后就匆匆告别。顾不上体会不舍,一想到欧洲那么多国家挨在一起,我已经迫不及待地要开始计划课业外的欧洲旅行了。随着飞机的起飞,熟悉的中国、父母的管束都在身后越来越远。

　　来德国后我没有像很多人一样出现不适应的情况,我很快和班里的

德国同学玩到了一起,做项目、出游他们都会叫上我。生活上我也把自己打理得很好,我甚至学会了做鱼。可能因为我们是艺术类专业学生,大家都比较自由开放,加上来自世界各地,我们谈论的话题很广,宗教、文化、美食等什么都聊。班里的同学都会尊重彼此的不同。

我每周都会给家里打电话,讲这些好玩的事。但我感觉他们越听越是忧虑,好像有什么事想要和我说。终于有一天,我爸非常严肃地又说了一遍要爱国之类的。我觉得好笑之余也觉得有些不耐烦:这也太刻意了吧,从小政治课就不停地在喊这些口号。爱不爱国?怎么样算爱国呢?我想我没有不爱,那就是爱吧。

大家熟悉后有几个德国同学总喜欢追着我问"阴阳""八卦",他们默认为我是这方面的专家,这一点我觉得好笑,但我从不在他们面前承认我不懂。于是每天晚上我又需要补修一门中国古代哲学,白天再给他们神神秘秘地讲些皮毛。随着了解越来越多,慢慢地,我滋生出一种骄傲感,就像有人夸我妈好看,我也觉得挺得意似的。我意识到,那些在国内我习以为常的,在这里是这么不普通,而我以为熟悉的,其实只知道皮毛,那些我以为不太懂的,又深植在我的血脉里,存在于我的潜意识中。在不同文化的碰撞下,我开始越来越多地想要了解我的祖国,那是我出国前不曾有的,仿佛深埋在心里的某一处被唤醒了,自豪又踏实的归属感是一种真切的体验,我想我是记挂着我的祖国的。

出国后我每年都会回国,每一次回去都觉得家乡有很大变化,但似乎也还是那个熟悉的城市,就像很久没见的一个熟人。每日见的人反而看不出变化。一年一见的爸妈,我开始察觉他们在逐年老去,忽然懂得要多陪伴他们,开始想要了解他们的过去,想要知道家里祖辈们的故事。我开始担忧他们的健康状况。我知道我爱他们,但我从不说,每次话未出口,自己先红了眼眶。我开始留意他们说喜欢什么,我从德国买很多保健品给他们。

毕业后,2013年我和韬在德国阿尔卑斯山里成立了一家专门为华人滑雪服务的度假公司，因为在德国楚格峰脚下，所以中文取名"楚格山里人"，取意楚格山里有人家。当地德国人好奇又热情，给了我们很多帮助。每年有很多中国滑雪爱好者来山里找我们玩，能把爱好慢慢变成事业是件挺幸福的事，尤其是又有家乡来客。我们默默地打磨这个小公司，也认识了越来越多志同道合的朋友。北京冬奥会的申办成功，让我们看到国内滑雪市场的前景，国内各种滑雪活动和组织都多了起来，我们希望在海外也可以做点什么。2018年我们在德国成立了"EC中欧滑雪联盟协会"，集结欧洲华人滑雪组织和个人。机缘巧合下，中国国家体育总局的下属单位与我们联系滑雪运动员海外训练的事情，之后我们又承办了国家跨界跨项海外选才的启动仪式和欧洲比赛的第一站。

因为活动在欧洲，当地相关部门、媒体的支持让很多当地人了解了比赛。有些欧洲人对此很感兴趣，尤其是那些娶了中国太太或嫁了中国老公的欧洲人，纷纷报名来现场围观。有一次比赛我们设立了"最佳着装奖"，中国妈妈带着她的两个混血宝宝和奥地利老公一起，穿着中国传统服装在雪场上滑行，成为焦点。

远离故土，文化的交流是各个层面的，因为看到不同，才有了更包容的态度。一次在家居超市，一个德国男孩在同伴怂恿下，过来用中文问我要不要帮忙，他紧张地看着我，目不转睛。我笑笑，尽量缓慢又清晰地说："好呀，请把这块木板抬到推车上。"男孩马上照做，我道谢后，他兴奋地跑回朋友那里，用德文喊着："她听得懂我讲的中文！"我暗自好笑，估计他对中国的好奇心和喜爱又增加了一些。

这两年走在慕尼黑的街头，越来越多地遇到想要找话题和我讲中文的德国人，像极了我刚来德国时，明知道超市怎么走，却还要路上抓一个德国人来问路的情景。我们在慢慢了解欧洲文化，同时为有这么多当地人喜爱中国文化而感动。

愿意抓住任何机会为她努力，愿意默默地维护她、爱护她。她是父母，是祖国，是我的家。大爱小爱纠葛在一起，大家小家相互融合，无

论身在哪里，那份我自己都不曾察觉的情感，原来一直都在。

漂泊在外，父母在，祖国在，尚有归处。随着各种软件的不断完善，只需轻点几下，机票就已经出票，感知上的距离越来越短。时差六小时，我把航班信息发给爸妈，很晚了，但屏幕上马上亮起了回复，简短得只有四个字——"欢迎回家"。

全科医生的"中国结"

姜波 / 澳大利亚

"那些医生不是会中文吗?你怎么还写拼音呢?直接写字呗。"Chatswood(查茨伍德)购物中心里诊所候诊区一位来自中国东北的阿姨一面看着女儿为她填写表格,一面不解地问。

女儿并没抬眼,仍旧专注于表格上的信息,只是淡淡地回了一句:"这里医生是会说中文,但人家只能看英文……"

我的耳朵里撞进这段对话后,预约的梁溪医生喊我进他的私人诊室。我是后来才知道他叫梁溪(Xi Liang)的,擅长儿科,之前我直接叫他Jeffrey(杰弗里)。

我第一次在悉尼见到的梁医生是这样的:两颊略微瘦削,齐耳的碎发闲闲地耷着,前额的发帘拨成三七开。眼珠子仿佛是被镶嵌进去的似的,很有神,眉心时常会打上一朵结。

当时正值开春时节,早晚气温悬殊,我患上了病毒性感冒。一开始并不严重,我就自己泡了冲剂喝。但后来做一个演讲,一不小心用嗓过度,半夜咳得昏天暗地脑仁发疼。他将我引进治疗室后,我咳得仍旧一声高过一声,他听了我发病的过程及时长后,先为我量血压,再替我听诊。我将自己吃的药盒照片调出来给他看,他问:"这是什么呀?"

"这就是我之前吃的药啊——"我觉得他作为医生,特别是全科医生,不可能不知道一个普通的药品名称,可能另有原因,就压低了分

故乡的云

贝,"你……不认识……"

他不由得耸了耸肩,朝我展开一个抱歉的笑:"我会说普通话,但我看不懂中文的。"我立时发窘,说"抱歉",他大度地说:"没事儿,你国内带的药就别吃了,我另外给你开药。"梁医生问起我的过敏史,避开了盘尼西林,选择了一剂相对温和的药。告诉我药的副作用,让我自己去药房买,嘱咐我一旦有过敏症状马上回诊,平时多喝水多休息。

感冒痊愈后,我又因天气干燥寒冷发了荨麻疹去找了他一次,央他开药,告诉他我马上和同学有个聚会。梁医生倒是不急,瞧过我皮肤凸起的疹子,断定我只是犯了寒冷性荨麻疹,让我回去抹点凡士林就行了。我和他说我在用哪些护肤品,随即被他打断:"你不用抹得太多,像我是北京人,小时候皮肤干燥一罐凡士林就搞定。"

在聚会之前,荨麻疹总算给面子,退去了大半。聚会那天,从同学家出来,我没注意脚下,结果一脚踏空,直直地从楼梯上摔了下去。身体在一刹那完全失控,脸摔到未经打磨过的水泥地上,霎时感到火辣辣地疼。我一时间僵住,直到有人将我拉起来。我掩着半张脸,口中嗫嚅着英文的"感谢",我左手的小指蜷缩着,痛到麻木。

"怎么是你啊?"我听到了一句询问。

我抬眼一瞧,竟是梁医生。他太太跟在一旁,手中牵着一条狗。

梁医生问:"你摔到哪儿啦?严不严重啊——"他先是环顾了一下四周,发愁地说:"今天周末,诊所下午就关门了。"末了他看了一眼我的伤势,眉心又皱成一朵结:"我家就在附近,最好去把伤口处理下。"

我那天穿的是裙子,在一片黑暗中感觉右腿伤口不浅,一股温热顺着我的腿肚子蜿蜒着,像是有虫在蠕动,心里止不住慌乱。梁医生夫妇看样子是出门散步结束返回,恰巧让他们撞上了。他太太将狗绳交给他,过来扶我。

那是我第一回走进一个华人医生的家。我这才注意到自己的伤口真的比较严重:膝盖处的伤口已深及真皮层,有一块铜钱大小,整个膝盖像一个被重摔一记的苹果。他拉开顶灯,叫我先去沙发上坐好,又拉来一张矮凳把右脚架在上面,一面拿出药箱来处理我的伤口。他一直问我疼不疼,我却一直在走神——被沙发正对面的一幅书法博去了眼球。

他发现了,笑着说:"我念小学时,学习总跟不上,性格还内向,人际关系不好,回家总是哭。爸妈忙着打工,心里着急,也没法子帮上忙。为了让我快点适应全英文教育的环境,除了日常的中文口语交流,剩下的部分就都不教了。"

"你爸妈会说英文吗?"

"他们会说英文,但太难的就不懂了。我是会说中文,读写不行。"

那一晚,我和他从那幅书法开始,有了一次深谈。他提到自己回国后对汉语感到生疏。他原本认为自己一直在跟爸妈说中文,回老家也一定没问题,没想到面对满街的汉字还是发蒙。

"我看得出来,我父母很想回到中国,很homesick(想家)。但为了减轻我的压力,他们大部分时间是在悉尼照顾我,照顾我的孩子。这就像我很多的病人,他们多数是中国老人,为了分担子女生活压力,来到悉尼帮他们带孩子,精神世界一直很——那个词该怎么说呀——"

我为他挑了一个词:"空虚。"

"应该就是那意思了。"他接着说,"自从回了北京那一趟,我也试着认过汉字,但真的……我没法认出一句我和其他人的对话。我尽了力,也只能这样了。如果不会认又认错了,那就是另一个错误。认不出汉字的那会儿,我才对不能丢弃母语的观点有了更强烈的认同,所以我更得保住自己的中文口语。这可能就是我的'中国结'吧。呵呵。说中文的医生能让那些老人在生病时能有个方便,能有一些熟悉的感觉,生着病的人总是孤单的——"

他又替我脸上的伤上了药。说起自己是1978年出生的,小时候家里条件不好,有亲戚在澳大利亚,一家子才跟过来。梁医生在中国没上过学,早就适应了全英文的生活环境了,当年和当地姑娘恋爱时,爸妈

还不同意,说得找个华裔。

我夸他太太:"你太太长得很漂亮,人又善良。"

梁医生的嘴边溅起一朵宽厚的笑,说自己拿不动中文了,没法儿找中国人:"到时候要是交流不畅了,还给人家姑娘添堵呢。"

最后,他注意到我的左手小指始终向里勾,撕开两条胶布将它并着无名指细致地裹好:"今天先这样吧。明天我有班的,预约没有满,你早点过去找我,我给你找一个会普通话的专科医生看看,最好拍个片儿啊。"

我向他道了谢,道了别。

回家的路上,我若有所思:他对中文的守候已经足够。他九岁时来到新的语言环境,经历了坎坷挫折,现在成了全科医生,成了澳大利亚皇家全科医学院院士(FRACGP),在他亲熟的语言环境中工作、生活四十来年。他若是重新学习中文读写,带来的困扰也可想而知,甚至影响他口语表达的信心。他选择了保存口语,与父母交流,与远离故土的同胞交流,与漂泊、孤独的病人交流……

他的工作令悉尼的华人众口交赞:一些年轻的父母会推着婴儿车或带上自家老人在预约当天的候诊区等上一个多小时乃至两个小时,就为了求得他一个专业判断带来的心安。他为众多后期加入悉尼华人生活圈、没办法看懂医学类英文的父母们解答他们儿女的病症,让他们在异国感受到尊敬、平等与认同。他个人信息的语言附加项上跟着的是mandarin(普通话),我想,纵使他的后半生都留在海外,纵使他已经无法体会汉字深厚的美感,他也不会忘记自己是个中国人。他如今放下的那部分,也定是他最热爱的那部分。

小闻子的故事

北奥 / 美国

我不是美丽的大雁，也不是翱翔的雄鹰，我就是一只快乐的小蚊子。

——小闻子

新中国成立七十周年的日子就要到了，洛杉矶的华人华侨计划在市中心著名的迪士尼音乐厅举办一场大型合唱音乐会，庆贺祖国母亲的华诞。我从洛杉矶飞到北京去看看几个中老年合唱团的准备情况，因为在他们当中要选出七十名合唱团员到洛杉矶参加这场大型国庆演出。

汽车把我从首都机场直接送到了位于天安门广场西南侧巍然屹立的国家大剧院，从外形上看，它像一个椭圆的巨蛋，一半在水里，一半在空中，美轮美奂，气势恢宏，这是北京最高水平的音乐殿堂。走进排练场，一百多名合唱团员正在聚精会神地练习，曲目是爱国诗人闻一多先生九十多年前在美国留学的时候创作的爱国诗篇《七子之歌》，改编后的旋律加上合唱的混声让歌声显得震撼深沉又优美动听。突然，领唱的男声引起了我的注意，这个声音似乎很熟悉，浑厚高昂又十分有张力，我的心突然一动：难道是他？真的会有这么巧的事情吗？

循着声音我看到了站在麦克风前领唱的小个子，真的是他！我简直不敢相信自己的眼睛：我竟然遇见了小闻子，我小学二年级的同桌！

故乡的云

　　记得小学二年级刚开学不久,老师领进一个瘦弱的男孩子,他背着一个大书包,细细的脖子托着一个大脑袋,脸色苍白,两只眼睛又大又亮。老师介绍说他是闻一多先生的孙子,患有癫痫病,嘱咐同学们要多照顾他。

　　"什么是癫痫病啊?传染不传染啊?"

　　同学们哄笑起来,谁也不肯让他坐在自己身边。老师把目光转向了我,我是班长,个子比其他的同学高一些,平时总是照顾同学们。我朝老师笑着点了点头,老师对大家说:"从今天起,小闻子就坐在班长的身边啦!"

　　小闻子?多奇怪的名字啊!同学们都笑了起来。小闻子一点也没有生气,他对大家说:"我姓闻,以后大家就叫我小闻子吧!我不是美丽的大雁,也不是翱翔的雄鹰,因为我喜欢唱歌,就像是一只嗡嗡叫的小蚊子,可以给大家带来快乐。"说罢他就在我旁边的位子上坐了下来,我马上闻到了一股药房的味道。

　　自从小闻子做了我的同桌,我俩很快就变成了好朋友。老师告诉我们,闻一多先生是爱国诗人,解放前被国民党特务杀害。他有四个儿子两个女儿,大儿子在闻一多先生遇刺的时候勇敢地冲上去替父亲挡特务的子弹,身负重伤。作为著名的爱国诗人,闻一多深受人民的爱戴,他遇刺后不久各界人士举行了隆重的追悼大会和公祭仪式,我们敬爱的周总理当时亲笔写了悼词并出席了公祭仪式。

　　小闻子是闻一多先生第三子闻立鹏的儿子,小时候因为发高烧没有及时治疗,落下了癫痫的毛病,不能累,也不能受刺激,否则就会犯病。好端端的一个人,一发病就口吐白沫倒在地上完全失去知觉。由于这个原因,家里不允许小闻子随便外出,这使得他有些怕见生人,有时说话跟蚊子一样低声,好像真的就是一只小蚊子。

　　可是后来发生的事情对小闻子的打击很大,几乎成了他终生的遗憾。小闻子有一副好嗓子,浑厚又有爆发力,他跟我一起参加了学校的合唱团，后来我俩又一起被北京市少年宫合唱团选中，参加大型音乐舞蹈史诗《东方红》的少先队合唱演出。那是为新中国成立十五周年准备的大型国庆演出，还是在首都人民大会堂里表演，那是多么的光荣啊！合唱团的每一个团员都感到特别荣耀，全校的老师和同学们也都很羡慕我俩。那些日子真是很愉快，每天早晨我俩都要练习发声，放学后就往市少年宫跑。为了让小闻子改变他蚊子式的唱法，我俩每天清晨都跑到故宫后面的景山大声地唱歌，经过整整六个月的努力，我俩最终都被确定为少年合唱团的童声领唱！

就在国庆十五周年演出的前夕，有人以闻一多的儿子是"右派"分子，孙子就是"右派"家属为理由不同意小闻子登台演出，这让一个七八岁的孩子背上了沉重的包袱。由于紧张的排练和政治上的巨大压力，小闻子几乎处于崩溃的边缘，就在演出前一次正式彩排的时候，小闻子突然口吐白沫，仰面朝天地栽倒了下去，我一个箭步冲出来抱住了他，可是他依然抽搐不止，完全没有办法控制。当时把老师和合唱团的团员们都吓坏了。就这样，小闻子被取消了演出资格，没有能够参加国庆十五周年的演出，我也因为知情不报被取消了领唱的资格。我不知道这件事情对小闻子的打击有多大，只知道在这之后的很长一段时间都没有再听到小闻子的歌声。对于小闻子来说，参加国庆节的合唱演出似乎就成了他的一个梦想。

小闻子是一个朴实善良又能吃苦的孩子，按说他的家境不错，可是他一点也不娇生惯养，从来也不会以名人的后代标榜自己，反而是经常主动地为大家做事情。冬天天气寒冷，早晨坐在教室里没有生火就跟进了冰窖一样。小闻子经常是很早就到学校生炉子，清理煤渣、装煤点火，而不顾自己的双手都生了冻疮。等同学们来到学校的时候，小闻子已经把炉子烧得通红，教室里面也是暖烘烘的了。我跟小闻子是同桌，因为天气冷的时候挨着窗户会更冷，我让小闻子坐在里面，可是每天他都是抢着坐在窗户下面的位子，还说我是班长，需要经常地走上讲台，

坐在里面会更方便。可是我知道，他是把暖和的位子留给了我……

望着排练大厅现代化的音控设备和金光璀璨的吊灯，我仿佛有一种时空穿越的感觉，五十多年前的往事，就像是过电影一样在我的眼前闪过。正在这个时候，观众席上的灯光突然亮了，随着指挥的手势，合唱团的歌声骤然停止，几位团领导走到合唱团前开始宣布赴美演出的名单，当宣布小闻子不仅是赴美演出的团员而且担任合唱团领唱的时候，我看到豆大的泪珠从他的眼睛里流了下来，我的眼泪也像断了线的珠子再也止不住了。

这时候小闻子也看见了我，他一个箭步从舞台上蹿了下来，还是乌黑的头发、闪光的眼睛，他连满脸的泪水都没擦，我俩就紧紧地拥抱在一起了。

"哥，你可回来啦！"小闻子依然是从前的性格从前的声调。

我说："怎么样？这回的国庆演出有把握吗？"

"哥呀，为了这一天，我已经等了整整五十五年啦！你知道的，这五十五年，把我从一个孩子熬成了老头啦！我跟大伙儿说，这回去的是洛杉矶，我哥在那里，我们要在著名的迪士尼音乐厅为祖国放歌呢！"

"作为爱国诗人闻一多的后代，你觉得到美国参加国庆演出有什么样的特别意义吗？"一个等候多时的记者不失时机地送上了问题。

"七十多年前我爷爷为了寻求真理遇害，献出了自己的生命。"小闻子把头转向了那个记者，说道，"我爷爷闻一多是中国早期赴美留学生，他在美国留学期间创作了大量的爱国主义诗篇怀念和赞美祖国，有名的《七子之歌》就是在这个背景下诞生的。"

"那你们为什么要选择这首《七子之歌》作为合唱曲目呢？"年轻的女记者再次发问。

小闻子激动地说："爷爷终其一生都在践行着'诗人的天赋就是爱'这句话，爱祖国，爱人民！《七子之歌》也是爱国之歌，爱国主义自古以来就流淌在中华民族的血脉之中。我的爷爷闻一多认为做好一个中国人的基本要求就是爱祖国，就像是爱家人、爱孩子一样无条件地爱这个国家，早日实现祖国统一的宏图大业，我相信海外的华人更愿意重温这首诗篇，聆听到这首歌曲。"

说到这儿，小闻子笑了，他笑得是那样的天真烂漫、那样的美丽无邪、那样的朴实欢快，就像五十多年前我俩坐在同一张课桌前一样。

看着眼前的小闻子，我的眼眶湿润了，耳边仿佛又响起了五十多年前他说的那句话："我不是美丽的大雁，也不是翱翔的雄鹰，因为我喜欢唱歌，就像是一只嗡嗡叫的小蚊子，可以给大家带来快乐。"小闻子，你是爱国诗人的后代，你身上有爱国的血脉，你也是普通老百姓的代表。一个国家不仅需要有美丽的大雁和翱翔的雄鹰，更需要千千万万像小闻子这样具有朴素的情感、默默地奉献、热爱自己的国家、歌颂自己国家的普通人。我知道小闻子很快就将和其他合唱团员们一起飞到洛杉矶，参加庆祝新中国七十华诞的大型合唱演出了，那个埋藏在他心底整整五十五年的梦想就要实现了！

新中国的七十年只是人类历史长河的一瞬，我们还有很长的路要走，人们常说我们所追求的时代是一个英雄辈出的时代，其实它还应该是一个拥有无数像小闻子那样敦厚实在的老百姓的时代，一个人人不图虚名只做实事的时代，一个不仅物质上富有而且精神上更富有的时代，一个不仅有大雁和雄鹰而且拥有许多快乐的小蚊子的时代。

遇见"雪拉同"

阙维杭 / 美国

说来惭愧，出生、成长于龙井茶、虎跑水的故乡，我却一直没有养成喝茶的习惯、品茗的嗜好。和朋友们在假日周末游山玩水，到景点的茶室歇息时，我对泡一碗西湖藕粉的兴致，往往大于泡一杯龙井清茶。

只是，关于茶、茶水和茶具之类的印象，还是经年累月不知不觉间存留下来了。

父亲那些年每星期都有两天在凌晨的时候骑上他的永久牌自行车，从城西一隅骑行十几公里，赶到清早还没有游客涌入的虎跑景区，到虎跑泉眼下将一个个大塑料桶灌满清冽的泉水，然后在自行车后座上放妥，再负重骑行回家。父亲可能是当年杭城最早一批清晨去虎跑取泉水的市民之一吧。每回父亲骑车载水回家时，母亲就会先煮开一大壶虎跑水，父亲一般会冲两三杯龙井茶，一杯他自己喝，另外一两杯让母亲或我们兄妹几个随意尝尝。那时候，用的是玻璃杯，透明而无任何装饰的那种，看那沸水冲泡后的茶叶在杯中慢慢舒展开碧绿的身躯，上下漂浮，姿态曼妙，是比万花筒还奇妙的世界。那杯水也慢慢地泛出淡雅的色彩，桌上、屋子里升腾起氤氲之气，营造出很舒适的氛围。

浪迹北美之后，喝水的杯子也很随意，入乡随俗用了美国最寻常的杯子，英文叫作mug的，陶瓷的质地，结实耐用。偶尔泡茶，看那mug的粗糙笨拙样，让我这个不讲究的人也觉得有些别扭。每次返国再回美，虽然我的行李箱内免不了会塞上一两盒龙井茶，但在加州硅谷的家里，自己却常常忘记泡来喝，因为没那习惯，又或许，没有自己中意的茶杯吧。

大约六七年前吧，从杭州到丽水访问，新结识的当地朋友热情地驾车带我去龙泉看看。驶过龙泉城，继续驱车到几十里外的一个古村落，再走了一二里山路，到了一处古窑遗址跟前，我意识到此一游，算是初次触摸到一丝龙泉青瓷的渊源气脉了。次日，参观龙泉青瓷博物馆，拜访青瓷工艺制作大师的工作室，内心对青瓷的悠远历史和珍奇典雅深为折服，感到那"青如玉，明如镜，声如磬"的瓷器，从泥土中而来，自烈火里熔炼，个个生成独一无二的样式，发出精妙绝伦的光彩，绝对是难以言状的雅物啊。临回杭州，朋友送我两套青瓷茶器：一套成双配对的静心杯，一为油土色，一是碧青色，瓷面内壁均带冰裂纹，釉层饱满莹洁，古朴中显瑰丽；一只粉青色的同心杯，色彩淡雅粉润。带回美国后，上网查阅龙泉青瓷资料，遥忆实地见闻，增长了对青瓷历史和品相的几分见识。那对带冰裂纹的静心杯，有些珍奇有些娇柔，先当作工艺品收藏了。那只粉青色的同心杯，则一度成了我的专属水杯，它不大不小，有盖，有过滤胆。也正是有了这杯子，有时就会想到用它来冲泡龙井、菊花茶，品茗时看那雅致的外观、圆润的造型，赏心悦目，握在手里也极温润舒心，陪伴了我这些年的平淡日子。

2017年孟夏时节，有机缘再访龙泉，夜宿宾馆的同一幢楼另一侧门墙上，闪闪烁烁的霓虹灯灯管组成三个大字"雪拉同"（另有两个小字"餐厅"），让我很好奇，这个特别而又似乎透着什么名堂的名号有何含义呢？餐厅打烊了，问宾馆前台服务员也不知晓。第二天参观日程紧凑，去了龙泉古窑青瓷博物馆，又访了"中国青瓷小镇"，好似再度从龙泉青瓷前世今生的日月星辰里游荡了一个来回。临上车回杭州前的十分钟空隙里，我匆匆折回小镇广场边的青瓷展销店，被一个摊位角落摆着的青瓷物件吸引住了。近前看，是个小小青瓷茶杯，腰鼓形，梅子

故乡的云

青色;再细瞧,杯壁下端靠底部处有个微细的白孔点,想必是烧制出炉后的残次品,却实在喜欢这杯子的颜值和造型。就这样,这只稍微有点残缺而无伤大雅的梅子青杯子,被我带回了杭州,又带回了美国。

回到硅谷的家里,把新得的梅子青茶杯放到桌上欣赏,灯光洒下,益发显得圆润柔美。上网温习龙泉青瓷的史料,知悉所谓"梅子正青,色如挂枝初梅,青翠碧绿,莹澈剔透"之说,便是这梅子青的"本色"呢!资料上称其"釉下气泡少且透明均匀"。再拿起这造型极其简洁的杯子握着,摩挲把玩,留神看残留的细微白点,许是那"釉下气泡"在高温烧制时不太听话溜了出来,于是那瓷窑的主人少了件正品,却被我意外拾得,不远万里当宝贝带到异国他乡。从此,这款来自故乡浙江龙泉别具一格的小小瓷杯,它的美感啊泡茶功效啊姑且不说,摆在家里桌上就是一份念想,就是一份乡情乡恋乡愁的寄托啊!

继续查阅资料,发现关于"雪拉同"的解释,简直是一个传奇,让人叹为观止。早在南宋末期,龙泉窑粉青和梅子青的瓷器诞生,巧夺天工,堪称达到青瓷釉色的巅峰,在中国瓷器烧制史和瓷器造型审美领域都写下了辉煌的一页。16世纪后(明代中期),中国瓷器尤其是龙泉青瓷大量出口到世界各地,身价贵如黄金。在欧洲人眼里,充满神秘感的龙泉青瓷,通体流青滴翠,玲珑剔透,晶莹似玉,件件都是艺术品,从法国到西班牙到英伦三岛的整个欧洲都为之倾倒,称青瓷"是人间所发明的最美丽的东西,看起来要比所有的金、银或水晶都更可爱"。欧洲贵族们对青瓷喜爱到几乎神魂颠倒的程度,尤其对青瓷釉色追求碧玉般的情调和效果,深为陶醉,惊为天物。欧洲人很想给青瓷起个最能表达那种迷恋情感的名称,恰好一部舞台剧《牧羊女亚斯泰来》在欧洲巡演,风靡一时。剧中,男主角牧童雪拉同(Celadon)身披一件海水般碧青的衣袍,像青天一样深邃美幻、潇洒飘逸。人们对比发现,龙泉青瓷的梅子青色调宛如翡翠,光泽照人,正好媲美剧中雪拉同穿的青袍,浪漫的欧洲人就把"雪拉同"这个名字送给了龙泉青瓷。直到今天,英

遇见"雪拉同"

语语汇中还以"雪拉同"（Celadon）这个雅称指代中国青瓷。

呵！"雪拉同"，"雪拉同"，我逗留龙泉一夜偶然瞥见的"雪拉同"字样霓虹灯，原来寓有一段如此美妙的传奇，见证了龙泉青瓷在欧洲的高雅的地位。兴许是两次与龙泉青瓷的相遇，尤其是遇见"雪拉同"之后，让我知晓了那旷世传奇和青瓷雅号的真谛，我对携至异域他乡的梅子青茶杯、粉青同心杯及冰裂纹静心杯都已视为珍奇。这是唐代就已名闻遐迩的国之名器啊，如今得以进入千万户寻常人家，却越发具备观赏实用两相宜的价值了。当我在2018年4月底参观纽约大都会博物馆时，惊讶于在"中国陶瓷"的展厅里，其中一半左右的展品为龙泉青瓷，围观欣赏者络绎不绝。精美的龙泉青瓷带给我极大的视觉冲击和遐思。我留意到一件展品——一只南宋龙泉窑青釉长颈瓶，梅子青的釉色和独特的造型，相当养眼，极具皇家气息，难怪被西方的文物专家慧眼相识，尊为上品。事实上，龙泉青瓷作为传世佳品被世界上很多国家珍藏，法国巴黎的吉美博物馆，收藏中国历代陶瓷上万件，其中有大量龙泉青瓷，包括晋代龙泉产的鸡首壶；英国、德国、俄罗斯、瑞典、葡萄牙、比利时、丹麦、挪威、波兰、土耳其、巴西、日本、伊朗、伊拉克、菲律宾、马来西亚、印度、泰国、越南等欧美亚非各国的博物馆，珍藏的宋元时期龙泉青瓷精品也是人见人爱……从当年赢得"雪拉同"的传奇名号，到如今当之无愧成为联合国"人类非物质文化遗产代表作名录"库中唯一的陶瓷类项目，龙泉青瓷化为一张中国的世界级名片，迄今依然在全球各地展示着中国艺术之美。从历史到未来，龙泉青瓷的魅力，也将历久弥新、变幻无穷。

抚今追昔，感慨万端。青瓷就这样开了我的眼入了我的心，和龙井茶一道，让我又亲近了故乡一步……

本邦菜里的上海情怀

朱琳 / 奥地利

每年回国，亲友相聚，为了抚慰海外游子思乡切切的胃，大家总是一开口就问我：想吃什么？最爱吃什么？聚集了多少个日日夜夜的乡愁从胃里涌上心头，我觉得这个问题实在太难回答，除了少数几种接受不了的食材，基本上做得好吃的中国菜，我都喜欢！考虑再三，我说，我最爱本邦菜。问的人十分惊讶：本邦菜？本邦菜有什么好吃的？！

所谓爱吃，究竟是个什么样的感觉？一筷子入口，忍不住"唔"的一声，眼微微眯起，随着咀嚼，舌尖的味道沁入心脾，满足的幸福感从心中溢出散向全身，脸上禁不住地眉眼弯弯。我觉得许多菜都很好吃，但这种无可替代的感觉只有在品尝本邦菜的时候才有，这就是真爱。

本邦菜里几乎都是家常小菜。凉菜要先上，正宗的醉鸡是装在一个小瓮子里端上来，鸡肉的下面埋着糟毛豆。这一口冰凉鲜嫩满满酒香的滋味，先叫醒了所有味觉，在唇舌间蠢蠢欲动。一条鱼是要分好几种吃法的，最著名的是浓油赤酱的"划水"。鱼尾剔骨，两面各划两刀，煎过之后像扇子一样展开，在浓郁的酱油料酒冰糖汁水中吃过味，起锅放葱花配色。鱼尾在水中摇摆，故名"划水"。一碟子普通的清炒莴笋片，必须撒把松仁。清脆的莴笋配上香香的松仁，在齿间细细咀嚼，妙不可言。鱼丸荠菜汤，手打鱼丸内有乾坤，包的是细细剔下来的大闸蟹肉。鱼与蟹的完美结合，鲜美中兼有荠菜去腻，无可挑剔。最后来一碗酒酿圆子，圆子极小无馅，酒酿的甜度适中，上面漂着细细的桂花。这一顿饭吃完，嘴中余味甚美，胃里熨帖。

小时候住在上海爷爷奶奶家，我清楚地记得姑姑们是如何仔细地烹饪一朵香菇。她们把香菇朵和梗分开，香菇朵切丝炒肉。香菇梗用热水泡软，用手撕成极细的丝煮汤，哪怕只是蔬菜汤，有了香菇梗丝，汤的滋味瞬间提升。

上世纪80年代的上海，普通百姓的工资水平并不高。而上海人在有限的经济条件下，把日子过得有滋有味的智慧绝对是超群的。我的姑姑们都是缝纫的好手，去年的裙子，今年改个窄腰身加个时髦领口，又可以美上一季。餐桌上哪怕只有一碟盐水毛豆，碟子下垫的肯定也是一块漂亮的钩花垫子。

我奶奶的蛋饺做得最好，她有一只特制的圆形铁汤勺，浇一勺蛋液在上面，炉火上放几秒，在蛋液半成形的时候迅速放肉馅在一侧，用筷子挑起另一侧的蛋皮往肉馅上一压，一只小巧的蛋饺就做好了。肉馅里一定要有切得很细的马蹄丁。小时候的我时常搬着小板凳坐在一旁，看着奶奶手里出现一只又一只嫩黄完美的蛋饺，还有她永远一丝不乱的发髻。

大江南北每个地方都有包子，各具特色，但只有上海的包子如此暗藏着九曲十八弯的心思。上海的肉包子种类有大肉包、生煎包和小笼包，无论吃哪一款肉包，一定是先咬一小口，把汤汁吸干。那汤汁绝不是一两滴，而是鲜香满满一大口，丝毫不油腻，很是过瘾。肉馅咸淡适度，口感嫩滑，时常是没嚼几下包子就下肚了，非得重复动作多次才舍得休息片刻。上海肉包都有一个共同的特点：纯肉馅，没有别的任何东西！不明就里的人会奇怪，这包子肉馅里什么都没有怎么能好吃？别的不说，单只一样就能令人叹服：肉馅非得用葱姜去腥，但讲究的上海人又怕葱姜本身影响口感，于是就把葱姜浸泡在水里，再单用这水来调肉馅，这样既能有葱姜的味儿又不会咬到辛辣的配料。而那口鲜香的汤

汁，得用鸡脚、猪皮与肉汤同煮，滤清结成水晶冻，再切成小方丁，每个包子里放几小丁，这才有后来那满足的一口。心思再多一些，细节再繁复一些，也不过换来多一点精致美味。袅袅炊烟，笼笼香气，飘在上海长长短短的弄堂里，诠释小人物的悲欢离合，为平凡的生活调味。这是用尽心力的舞蹈，不甘平庸的歌唱，流淌在一汤一饭里。

如今人们说起上海女人，必然是小资的精致的矫情的。然而真正的上海闺秀却是过得了往日佣仆成群的日子，纵然时代变迁也做得了纺织女工。生活即使窘迫，一样拥有高水平的审美，从不停止对美好的追求，在有限的经济条件里，尽可能地美化生活。她们身边永远带着手绢，手绢一角一定绣着花；就算买的是很普通便宜的食材，也能搭配出最精巧的口感，这便是本邦菜的精髓。

细细品味本邦菜，齿间留下松仁香，你若真懂得上海情怀，还会闻到桂花甜。

我的乡愁我的梦

李裕清 / 加拿大

乡愁是漂泊他乡的人思念家乡的一种忧愁心情。对这种因思乡而忧愁的心情，恐怕很难有"一言以蔽之"的阐述。人们因家庭情况、社会关系及人生经历的不同对乡愁有着不同的诠释：有人说它是故乡温柔的雨丝，家庭温馨的亲情；有人说它是邻家女孩曾经有过的灿烂笑容；还有人说它是人们在人生旅途中对故国家园那些难以言表的思念之情；等等。凡此种种，不胜枚举。

现代著名作家、诗人余光中2001年4月在山东大学作的一场报告中，对乡愁有一段精妙的论述：所谓乡愁，乡的意义不同于同乡会之"乡"，愁的意义也不单纯是"老乡见老乡，两眼泪汪汪"。《离骚》者，乡愁也。文学里的乡愁，既包括地域差异之因素，也包括历史、传统、风习、文化相异的因素，是一种立体的、多方位的文化现象。乡愁是一种文化情结。作为一个现代人，每个人都脱不了乡愁情结。在现代人的生存时空里，流浪是一种常态，时空的改变，即意味着故乡的时过境迁，乡愁便在这种变故中生发出来。

我对余光中的作品涉猎不多，我知其人是源于他的诗作《乡愁》。余光中说他写这首诗虽然花了二十分钟就写好，可是这个感情在他心中已经酝酿了二十年。这个根很深，长出树来，长出叶子来好像很快，其实这个根已经有二十年了。

故乡的云

余光中对乡愁的解说,以及他在《乡愁》一诗中宣泄的是一种高层次的情感。我乃庸人,一介布衣,我的乡愁则是我在异国他乡的心灵流浪中,对在家乡度过的那些美好时光无尽的回忆,对家乡那些独特风味食品的深切眷恋,是那"剪不断,理还乱",赤子思念故乡的一片痴情。

我出生于武汉,我的童年及青少年时期都是在那里度过的。武汉到了夏天酷热无比,素有"火炉"之称。在我的童年时代,很少人家有电扇,更不用说空调了——当时连科学幻想之类的读物也没读到过。夏天室内热得让人无法入睡,人们只好睡在户外。每天太阳落山后,武汉人都会在家门前洒上自来水以降温,然后摆上木板架起床,或者摆上用竹子做的床或躺椅。因为睡竹床身上会感到更凉爽,那时竹床很受武汉人的喜爱,几乎每个家庭都有几张竹床,每家竹床的数量因家庭人数的多寡而有所差别。

童年时我最高兴的时刻就是在吃完晚饭、洗完澡后到门外架好的床上与玩伴嬉戏打闹,从这家的床上跳到那家的床上。因为我家门前的街上到了晚上几乎没有汽车开过,所以整条街上摆满了人们乘凉睡的床,只是在街的中间留出一条通道让行人及自行车通过。有时运菜到菜场去的汽车来晚了,到了黄昏才经过我住的那条街道时,那就一定会有一个很壮观的场面:汽车缓缓而行,司机不停地喊着让人们把乘凉的床移开,人们在"怎么这么晚才运菜来"的抱怨声中把床搬开让汽车通过。

尽管我在进中学后自视清高,觉得晚上在街上睡觉有点不雅而再也没有在夏天里睡在街上,但现在回想起来,我年幼时那一段少年不知愁滋味、无忧无虑的快乐时光还是让我留恋不已。

我后来还听说过一件趣事:1976年唐山地震后,政府把一批在地震中受伤的人用火车运到武汉治疗。当火车在黄昏到达武汉,人们把伤员抬出火车站时,那些伤员看到街上睡满了人,就向负责人表示不愿到武汉治疗。负责人问为什么,伤员回答说:我们刚从发生地震的唐山出来,你们怎么又把我们送到将要发生地震的武汉。原来,他们误以为武汉要地震了，所以人们都睡到了大街上。

我读大学时离开了武汉，出国后从没有在夏天回家乡探亲过，不知如今家乡的人们是否夏天还在外面乘凉、过夜。我想，如果我现在看到武汉人夏天睡在街上一定会感到很亲切，因为那是一种十分熟悉而又久违了的情景。

出国多年，看到西方人身材健硕，我就知道西餐的营养好。可叹我天生一副中国肠胃，在饮食习惯上实在是难以融入主流社会。有一次我到美国旧金山开会，吃了三天西餐，肚子就感到很不自在。第四天下午开完会后决定到中国城去吃中餐。紧赶慢赶到了那里已七点多钟，一些餐馆竟然关了门。我失望地在街上走着，心里想，为了填饱肚子今晚又不得不再吃一次西餐了。走着走着，突然眼前一亮，发现道旁有一个小餐馆。我冲上前去推门而入，里面的人用广东话告诉我，关门了。我立即向他说明我出门在外多天，吃西餐吃得我看到西餐就反胃，求他无论如何做点中餐给我吃。那人（看来既是大厨又是老板）听我所言，动了恻隐之心，告诉我说餐馆的东西都卖光了，正准备关门，只有一些面条可以做给我吃，而且没有菜。我听了后怕他改变主意，马上回答：行！行！只要是中餐就行！片刻，两大碗面端到桌前，我立即狼吞虎咽地吃起来，吃完的时候才想起面汤不烫，面条好像还没煮熟，这在平时肯定是难以下咽的。尽管如此，临走时，除了付款外，我还多给了一些小费，算是对老板好心的报答。

居于加拿大，思乡之情涌上心头的时候，时常想的是家乡的街头小吃，如油条、油饼、面窝、热干面等，以及我最爱的武汉一些风味餐馆中的食物。有时为了解馋，到中国超市去买一些食物，如油条、油饼等回家吃。吃着这里的油条、油饼，总觉得缺乏以前在家乡时吃到的那种味道，让我有"橘生淮北则为枳"的感觉。其实味道是其次，只是因为身在异国他乡，吃到与家乡街头小吃类似的食物能多多少少慰藉我等海外游子的思乡之情。

故乡的云

  并非是我对家乡食物偏好而认为武汉的食物好吃。我太太是苏州人,回国探亲时,我们一家到武汉著名的"老通城"餐馆去吃豆皮时,我太太吃完就赞不绝口;我女儿生于苏州,一岁时就出国,她对我的家乡没有什么概念,但在武汉到"四季美"餐馆去吃汤包时,我女儿吃得比我还多,而且吃饱了还要让我买给她吃。我担心她吃得太多对身体不好,于是对她说我们以后再来吃,她才肯作罢。由此可见武汉食物之美味,其本身就足以让我对家乡牵肠挂肚了。

  古往今来,在众多描述故乡情的作品中,我最喜欢的是唐朝诗人宋之问的《渡汉江》:"岭外音书断,经冬复历春。近乡情更怯,不敢问来人。"他把游子归家的心情写得细腻真实、委婉曲折,把急切盼望见到家乡的亲人,又怕听到不祥消息的矛盾心理刻画得细致入微。我也很喜欢唐朝诗人贺知章的《回乡偶书》:"少小离家老大回,乡音无改鬓毛衰。儿童相见不相识,笑问客从何处来。"这是一首脍炙人口、流传千古的佳作。凡少年离家,流落他乡,经历世间沧桑后重返故土的游子,无不对这首诗有着深深的感触,在心灵深处产生强烈的共鸣。

  是啊,不管漂泊何方,叶落何处,对家乡的那一份情感,那一份牵挂,那一份思念,是永远的,因为那里有我儿时的梦,有我对它刻骨铭心的情。

中国是我法国记者生涯的后盾

陈艺华 / 法国

七十年弹指一挥间。生我养我的中华人民共和国一转眼就要庆祝七十大寿了。值此之际，我谨以此文向我的祖国献礼。礼轻情义重，因为这是我首次向她敞开心扉。在这样举国欢庆的日子里，我有太多话想对祖国母亲说，我想告诉她，远在天之涯的游子始终怀念在你怀抱里茁壮成长的幸福，始终见证着你的日益强壮。

我是一名在法国工作的媒体人，在此之前是北京大学西语系法语专业的来法留学生，从学习到工作，我对法国从陌生到熟悉，对法国社会从粗浅了解到深入参与，这个过程是我融入法国、融入西方世界的过程，更是我见证中国国际影响力提升的过程，是我感受祖国后盾强大支撑的过程。

我在法国拿到了文学、新闻、企业管理三种不同领域的文凭后，在很长一段时间里一直在法国媒体上专门撰写有关法国金融产品及市场（巴黎股市，大宗商品如石油、黄金，国债券，信贷市场）的文章，是一个地地道道的法国金融记者。2008年北京奥运会之后，我的记者生涯发生了转折。

2008年8月，我回北京探亲并借机观看了几场奥运会比赛。这时的北京干净、漂亮，很有国际城市的范儿，与上世纪八九十年代的北京已经不可同日而语了。这让我很震撼。这一年，我又同北京一零一中的同

故乡的云

班同学在离别了二十年后第一次重逢。在聚会时,我看着一直留在国内的同学,想着这几十年中国经济的飞速发展,回忆着北京市容的巨大变化,一个念头闪过脑际,直刺心头:我是中国政府派出的留学生,但这么多年在法国工作,虽然得到了法国同行的认可,作为一个"中国人"赢得了一席之地,但我并没有为中国的崛起做出过贡献。当时有一种强烈的羞愧感。我对同学们说:你们在座的每一位都为中国的发展做出了各自的贡献,我由衷地敬佩你们,我从现在起一定也要为中国的强大做出我的贡献。

我90年代从法国里尔新闻学院毕业后,圆了在法国专业媒体当金融记者的梦。北京奥运会时,我在法国一家专门为法国大公司宣传产品的公关公司当公司记者(journaliste d'entreprise),专门负责为法国巴黎银行(BNP Paribas)、法国储蓄银行集团(Groupe Caisses d'Epargne)、法国电信局股市部门(France Telecom)等机构主办金融专刊,同中国无丝毫联系。但是,在我的工作中时常会听到外国媒体对中国的失真报道,甚至是歪曲报道,我内心总是愤愤不平。在同法国人辩论时,我总会不知不觉地站在中国的立场,也经常在法国电视台公开维护中国的立场。我想,海外华人华侨更能体会我的感受,从内心希望中国强大的心情,以及更浓厚的爱国情绪。

北京奥运年的这一趟探亲之行后,我开始意识到,我可以做得更多。回到法国后,我立即着手一项工作,即联系法国面向大众的报刊,试着发表有关中国经济、金融的深入浅出的文章。因为当时法国大众报刊对中国的报道基本上都是负面的,给法国大众的错觉是,中国什么都不好。这种有意无意的误导引发了法国一些不了解中国的高层和民众对中国的偏见。我想我可以为改变这种状况做些努力。我联系到法国《金融生活》周刊(Money Week / La Vie Financière)。其主编正想找了解中国的记者,于是就让我每周用业余时间给她投稿。一年后,该杂志聘我为金融投资专栏的记者和编辑,以Camille-Yihua Chen的名字专门介绍巴黎股市和中国经济、上海股市、中国大宗商品市场。我也常写有关人民币国际化的文章,并代表报社在一些论坛上讲解真实的中国经济。

时针指向2012年。当时中国国企、私企开始大量投资法国,法国报刊又开始就此做大量负面报道。不少从中国来法国投资的企业如一拖集团、潍柴集团的高管对我透露,这些不负责任的报道给他们的收购工作带来了众多不利影响。于是我感到只写文章是不够的,要系统、深入地介绍中国必须写书,用大量的实地采访把符合事实的、不加歪曲的中法合作真实情况告诉法国人。经过笔耕不辍的努力,我先后出版了《中国人如何投资法国》(Investissements chinois en France : Mythes et réalités)、《人民币国际化在法国的进展》(RMB, la monnaie qui monte)、《法国电商向中国销售之道》(E-commerce avec la Chine : mode d'emploi pour les PME-TPE)。随后,法国主流媒体对我进行了采访,我的立场和观点得到更直接的宣传。我感到,我在2008年制订的为中国的崛起做一份贡献的计划开始落实了。这只是第一步,但可以说是关键性的一步。

通过这一系列的实践,我的经验也大大丰富起来,我想,纯粹依靠报刊、书籍这些传统媒介,影响力是有限的,我可以利用更多的媒体,尤其是新媒体,作为我讲"中国故事"的舞台。

2014年,法国唯一的一个用法语报道法中交流的电台Radio LCF采访了我,让我介绍我写书的经验。两年后,该台聘我为主编。Radio LCF是中国国际广播电台的战略合作伙伴欧洲传媒集团环球时代(GBTIMES)旗下的法国电台。我的主要任务是在中国国际广播电台西欧部的领导下,带领当地法国记者团队每天报道与法中交流有关的重要活动。近年来,我们通过广播和视频对众多中法政要、专家,特别是企业家进行了专访,其中包括法国前总统弗朗索瓦·奥朗德(François Hollande),法国前总理让-皮埃尔·拉法兰(Jean-Pierre Raffarin),法国前外长于贝尔·韦德里纳(Hubert Védrine),法国前外长、前国防部长米谢勒·阿

利奥-玛丽（Michèle Alliot-Marie），阿里巴巴集团创始人马云，以及中国电信、京东等中国企业的法国区域负责人，等等。Radio LCF 的社交媒体平台和法语版微信公众号的粉丝数超过15万，月均浏览量达到30万，这无疑是向法国、向欧洲、向世界讲述中国的一个更好平台。

2019 年4月，Radio LCF 与法国媒体拉丰新闻（Lafont Presse）合并，改名为 LCF TV。拉丰新闻主要以杂志为主，拥有105种涵盖各个领域的杂志，每年有1500万读者。它们的读者大多是法国中小企业，通过合并，我们可以利用更多有效的媒体传播手段和更优质的资源，沟通中国与法国，服务更多的企业和大众。我欣喜地感到，自己正在为中国的发展做越来越多的贡献。

LCF TV 还计划开办中文节目，为对法国经济文化感兴趣的中国听众服务。我认为，是中国的实力为 LCF TV 的发展打开了更广阔的发展空间。毫不夸张地说，中国是我法国记者生涯的坚实后盾。最后值得一提的是，LCF TV 为了获得中国听众，目前正在和国内几家电视台谈合作项目，我期待着在中国走向世界的路上留下我的印迹。

三代人的异国他乡

张敏芝 / 美国

1

出国,曾经是伸长脖子也够不着的荣耀。

姨父是我们家族第一个出国的人。上世纪80年代,作为援建人员,他飞赴也门工作。虽然大家不知道也门在哪里,但在当时的十里八乡,这是一个很"爷们"的大事件。

他不会外语,但这并不影响他买各种进口商品。

回国时,他带回大量稀罕的物件。作为亲属,我们家多了电风扇、彩电、自动折叠伞还有毛毯。洋气程度,秒杀当年所有供销社的顶级库存。

现在,那台风扇,只要有电,还在呜呜呀呀地转。多了点音响效果,速度还算均匀,这么多年也看不出疲倦。毛毯还在用,颜色一如既往地饱和鲜艳。折叠伞当然坏了,不知所终。电视机就跟随潮流,不断减肥瘦身,大块头换成了超薄高清。

那时年纪小,记忆力还算可以,内心的震动记得很牢。人家的伞居然带开关,一摁就自动遮风挡雨。而电风扇,一度作为家里炫耀的主要道具,摆在略高的五斗柜上,夏天,家人不一定吹得着风,访客却一定看得到。冬天,电风扇才被迫抑郁地收起。当年的全球变暖还没那么明

显，但不需要手摇蒲扇的人，是被邻居羡慕的。更何况，我们还有电视机。

傲娇之外，我也意识到，我们和外面的人，生活在巨大的差距里。

别人有的，我们没有。

2

人过三十，没想到赶了出国留学的晚集。2008年，我幸运地获得英国外交部志奋领奖学金，到英国读硕士，竟成为家里第一个留学生。那一年，5月有汶川地震，8月是北京奥运。

中年留学异国他乡，做饭是必修功课。8月8日去唐人街买菜，厨师我左拎家乡口味剁辣椒，右提国产海天酱油，经过一块电子屏幕，电视里正在播放北京奥运会的开幕式。"巨人"姚明手持旗杆，腰背挺直，走在前面。

一瞬间，熟悉的中国红把我的全身定住了。我原地站住，动弹不得。眼泪倒是不受约束，奔流到脸颊，差点掉到地上。

我的家乡我的国，正在屏幕里，越过亚欧大陆，走到眼前。

街上人来人往，大家说中文、吃中餐。伦敦的中国城，在繁华拥挤的索霍（Soho）区，是多少人精神流浪的庇护所，又是多少人思乡病的门诊部。偌大的唐人街，本身就像一个经验老到的中医，一跨进红通通的中国城牌楼，病就好了几分。你走近它、走进它，就完成了望闻问切，开启了恢复自愈。

伦敦有了我，我也有了伦敦。生活发生了大的变化，我的喉咙里吐出英文，写东西用字母。我也学会了耸肩，拥抱刚认识的人。华埠再人流如织，我走出这条街，马上就被人群稀释，就像分子投身一个巨大的分母。

但是，你看呀，那块巨大的电子屏，奥运奖牌，我和我的异乡眼泪,我手里的剁辣椒和酱油,都产自中国。

别人有的,我们也有了。

3

儿子这一代就大不同,出国频繁而简单。他在英国上一段小学,在中国读初中,到美国念高中和大学。年纪不大,护照不少,去过的别国首都,比自家省会还多。

全球游历带来一点毛病,说话口气有点大,动辄欧盟如何,澳大利亚是这样,我们中国有什么不同。日常生活也开始混搭,在超市用美元买"中国制造",餐桌上豆浆搭配比萨,混血儿面孔出现在朋友圈。

另外一个毛病就是,在美国"糖衣炮弹"高甜饮食的进攻下,他的牙齿被击出恼人的牙洞。和善耐心的医生,奉上一张四千美元的账单。

为了避免破产,我们决定回国看病。思乡病这种并发症,是全方位、具体的:衣食住行,说学逗唱,物质精神,空气水土。治疗方案也简单,一搭上回国的班机,人就莫名愉快,觉得想要的都要来、都要有了。

频繁吐槽看病难、看病贵的国内亲友,热心推荐了一个不错的牙医,一千美元不到搞掂。即使加上来回机票,算起来也节省了不少。

牙齿好了,就到了吃喝的季节。中华料理风靡世界,食材多样,菜谱既继承传统又不断推陈出新。他吃到了日思夜想的小芋头、长沙米粉、鱼香茄子煲,牙不再闹意见,肠胃也一下子熨帖了。

他在淘宝上订购物美价廉、物流飞快的大玩具,坐高铁穿梭在京沪深广,骑共享单车去见同学,用微信支付大模大样地付账。

生活在祖国,是多么的方便、实惠、安全!一路行走,更看到每个人都在拼命工作、努力奋斗,那么多新公司、新点子、新模式,那么多创业故事,那么多年轻人在高频精进,一天新加微信的人,比在美国一

故乡的云

个月加的还多。

这一回,他进一步明确了哪儿是未来,何处是主场。一双黑眼睛,开始冲着回国的方向。

如果留在美国,他会没有悬念地至少成为一个中产阶级,家中有两三个孩子,院里养几只猫狗,门口有修剪整齐的草坪,抬头可见蓝天白云。但这些对他来说已是司空见惯,没有吸引力。

美国像个开始发福的中年人,缺少激情,四平八稳,还老想着教导别人。中国却正当青年。青年有莽撞,会碰壁,却一直在成长。

回去不仅仅是想法,更是行动。

到时间该剪头发了,我催促他去找那个熟悉的剪发师傅。他想了想说:"算了,等等吧,反正还有几个月就回国了。国内的理发师傅,又快又好又实惠,理出来的发型还帅。"

6月5日是学校上课的最后一天,我们归心似箭,订了当天晚上的机票回国。一天也不能等,一天也不想等了。

他能说中、英、日语和西班牙语,但不会任何一种方言。在家里缠着我:老妈,和我说湖南话!我拗着口:恰饭啦!他接上一句:好恰!又插播一句广东方言:知唔知啊?我们哈哈大笑。

以前,一个中国人如果会英文,那是本事。现在,一个美国人如果会中文,收入和机会会倍增。

毕竟,别人没有的,我们也有了。

4

一个人,离开自己的国家,故国家乡,就成了诗和远方。

第一次出国的人,讲述见闻的嗓门最大——别人的月亮有多圆,天空有多敞亮,花有多新鲜,会有引领话语权的得意。

在国外待得越久,说起家国越深情。无论别人的月亮多圆,天空多敞亮，花多新鲜，始终不如自己的国自己的家——那是视觉、味觉、听觉等所有感觉无可替代的初恋。

国家越好，我们有越多的机会去到异国他乡；也因为国家越好，才越想回去，离开异国他乡。

回去，不仅仅是欢喜，更是荣耀。

我们这三代人的出国回国，姨父为了生存，我为了发展，儿子为了自我实现。他这一代，已经有能力不为生活委曲求全，而是听从心的呼唤，选择回归故国家乡。

因为失去过乡音，才更珍惜自己的语言；离开过家国，才深刻理解国家的含义；走到过最远的天涯海角，才明白回家意味着什么。

意味着——在别人的天空徜徉后，回到属于自己的大地。

蓝之远梦

赵燕冬 / 美国

世界上有一种蓝，淡妆浓抹总相宜，青翠欲滴，幽远沉凝，素净清明，飘逸含韵。这种蓝，带着宁静的气息从远古而来，在大唐的红黄绿彩里脱颖而出，在宋朝雨过天青的单釉中亭亭玉立，在清朝繁华堆锦的粉彩中翘首独尊。

这种蓝，如中国古典文化的士子，携着儒家的温润柔美，道家的潇洒飘逸和虚静素雅款款而来。这种蓝，携着清风朗月的情怀，怀抱着泉响鸟鸣的风情，穿越岁月流年，历经千年风尘，毫无褪色地在釉色瓷里引领风骚。

这种蓝，在元朝成吉思汗率领铁骑征服欧亚时，就随着金戈铁马，在货物贸易中一枝独秀，逐步发展起来。她带着一身的伤痕和素雅风韵走出来了，走出国门，横跨欧洲，遍布世界。

这种蓝，叫中国瓷，她的另一个名字就是全世界闻名的china。

记得20世纪60年代，国家正经历着一场史无前例的浩劫，经济几乎停滞了。人们穿的衣服基本是三种颜色——蓝黄黑。直到80年代，市场丰富起来了，大街上有了穿彩色衣裙的年轻人。国家经济从崩溃的边缘走出来了。

就是在这个时候，我遇到了我的第一个蓝色瓷。那是1987年，我来美国的第二年，我们到旧金山游玩，在一个不起眼的小店里，看到了一件青花瓷器。我惊讶了，想不到在美国还能见到中国的东西。当我捧着这件瓷器细细地看时，我感到心扑通扑通地跳起来。这是中国的青花瓶啊。那时的我并不懂瓷器，也没有见过几件中国瓷器。这个瓷瓶，白地青花，描绘了深山隐居景象。只见画面点画泼皴，浓墨淡染。浓处凝重，苍树葱郁，暗石陈苔，堆彩叠色；淡处飘虚，水波涟漪，轻舟点点，薄云轻烟。留白处尽显烟波浩渺，水天一色。画面峰遮峦罩，垂柳修竹，横桥斜堤，村舍掩映，平湖泛舟，闲翁高卧。几处屋舍或有人相对饮茶，或有人倚窗眺望。瓶颈处画有整齐的蕉叶纹。

我不觉看呆了，中国古人贤士的隐居情怀，透过这幅简素清淡的山水画，如山泉溪水涓涓倾泻出来。没有文字，而画的意象延伸着，流转着。我似乎读到了陶渊明的诗，又似乎看到了桃花源。而我心中的修篱种菊、月下采莲、清泉流石、孤翁独钓的画面也一一荡漾开来。

这是我来美后看到的第一个带有中国元素的物件。我欣赏她，同时也依恋她。在美国的前几年，生活单调而枯燥。每天穷忙，上班下班，洗衣做饭。那时没有报纸书籍，和国内家里的联系仅靠邮信，一个月写一封信。周末到中国超市买菜，偶尔看到一张免费的当地报纸，如获至宝似的带回家，常常是反复阅读，弄得两手油黑，也舍不得放下。文化的匮乏、与家人联系的困难、语言的障碍，都加重了想家的愁绪。而这只青花瓶，因为来自中国，就成了我"借酒消愁"的慰藉品了。

钴料滴落在素白瓷胎上，经匠人之笔，勾勒成画，涂上透明釉，高温一烧，就成了青花瓷器。瓷釉因料中的钴锰铁的不同而变化无穷。我见过雨过天晴的青蓝，烟雨朦胧的浅蓝，云蒸霞蔚的紫蓝，千峰流瀑的墨蓝，修竹成荫的铁锈蓝。15世纪郑和下西洋，从波斯等地带回了苏麻离青料。用这种低锰高铁的进口料，烧出了青翠浓艳的带着铁锈斑痕的瓷。这种蓝比之国内的高锰低铁料烧出的偏灰蓝色，更显清丽明艳。这种蓝，开创了青花瓷的巅峰时代，惊艳了中国，惊艳了全世界。

然而，我更喜欢感受青花的韵致。幽幽的瓷光，内敛而不张扬，含

蓄而不争媚。青花之蓝，简单轻柔，如谦谦君子。青花之蓝，婉约飘逸，如窈窕淑女。一笔蓝墨画出，便有了重彩轻描，在有和无之间，似有还无的缥缈，在浓和淡之间，似实似虚的迷蒙。蓝色的山是梦境，蓝色的水是幻情。一画出彩，一色多姿。蓝色画出了天地大美，画出了素简清韵。

几年后，我在一个古玩店里，再一次看到了中国青花瓷。这是一件青花描金缠枝纹大碗，是釉下青花、釉上彩的瓷器，釉上彩色彩明艳，釉下青花青翠欲滴，器物典雅高贵。底款是工整的红色篆体字——"大清乾隆年制"。心里不禁一沉，如此精美的官窑瓷器，怎么流落在海外了？想起自己，如无根的浮萍，漂流在外，她也和我一样流浪在外了。不能让她再流浪了，她应该有家。我想买下来，可没有那么多钱。我站在门外等游人，也许会有中国人路过，请他带她回家。我站了许久，没有人来。可我舍不得走。最终，我鼓足了勇气，走到台前，掏出了身上仅有的钱，嗫嚅地说，我就这些钱，我是中国人，我想带她回家。店主人看着我，呆了半天没说话。当我绝望地向门外走时，店主人喊住了我。许是因为我的坦诚和店主人的善良，最终我带着这件青花瓷回家了。

此后，中国蓝，在我的心中别有一番情怀。渐渐地，我发现，我和蓝有着一种与生俱来的融化在骨子里的缘。蓝色瓷器的柔美、纯净、典雅和韵致让我迷恋。而她的古典文化的内涵、温文儒雅的气质、体现的中国元素，更成了中国哲学和美学的不可或缺的一部分。我在蓝中学习釉色，学习中国瓷器，学习中国瓷器历史，学习古典文化。

中国蓝的变化也反映了中国历史和经济的发展进程。青花起于唐宋时期，在元朝发扬光大，日趋成熟。青花瓷在明朝广为流行，更加丰富，不仅呈现出多种蓝色，如青翠的蓝、闪灰的蓝、泛红的蓝、泛黑的蓝，还开创了青花釉里红、青花五彩、青花红彩、黄地青花、哥釉青花等等。青花在清朝康熙时期登峰造极。清中后期，青料缺乏，青花成色受了影响，便逐渐衰落了。

几十年过去了，我从青年步入老年，但对中国蓝始终情有独钟，一如既往地喜爱。我收集了多种青花瓷，大的青花罐，小的青花瓶，笔筒、汤碗、菜盘、茶壶、茶杯、香炉、台灯等等。我常常把玩这些瓷器，观赏它们本身具有的中国元素，看器形，观釉色，赏画景，感受青花瓷的文人雅意。也许它们都不是真品，都不值钱，但在我心里，它们和国相连，和家相连，它们不是用物价可以衡量的。

　　抚摸着青花描金缠枝纹大碗，想起了自己曾经稚气地要带她回家，不觉笑起来。我问她，你回家了吗？是的，她回家了，她回到一个中国人的小家了。而我和她都没能回到祖国的大家，回到亲人身边。我和她还是漂流在外，最终还是无根的过客。

　　如今，我对青花的情怀已经超出了对瓷器的喜爱了。她是来自故土的器物，是家园的物件，是连接我和故土的依恋的情愫，她是我的乡愁的慰藉。我就这样深深地陷在了蓝色情怀里。China，中国蓝，我的蓝之远梦。

七十年惊人的飞跃

袁霓 / 印度尼西亚

七十年前的那一天,我还没有出世。那一天,中国的伟人在天安门城楼一声庄严宣告,全世界龙的传人都沸腾了,站起来了,站起来了。我的祖父每当说起此事时,眼眶里总是蓄满了泪。他的感情我无法理解。后来,从父亲的口里知道,原来祖父是"卖猪仔",因为在家乡无法生活,他被人骗去画押,把自己卖了。从此,他再也没有回过家乡去看望亲人。

当我慢慢长大,读书了以后,听老师讲解中国五千年文化,讲世界历史、中国历史,我开始了解海外华人那一种深沉的感情。

中华民族是多灾多难的民族,尤其清朝末年至新中国成立前——因为国弱,被八国联军抢掠;因为国弱,被日本侵略;因为国弱,人民不得温饱,只好远离家乡,漂洋过海去谋生。

新中国成立,中国人的头可以昂起来了,老一辈人当时澎湃的心情,我可以领会和感受。

……

世界上有一个长年如春,叫作"赤道上的翡翠"的千岛之国。我的父辈在这里扎根,我就在这里出生和成长。

"美丽的翡翠"有一个美丽的盆地,叫作万隆,上个世纪50年代,召开了世界瞩目的亚非会议,全世界的眼光都聚集这里,会上"求同存异，和平共处"的宣言，谱写了金色的历史篇章。当然，那个时候，我还没有出生，但从父亲那一辈人口里，我听到了很多关于中国、关于周恩来总理的传奇。

今天，在万隆，亚非会议旧址变成了纪念馆，人们可以在纪念馆里看到几十个国家的国旗，看到当时开会的会场，以及各国领袖包括周恩来总理的肖像。到这里参观的海外华人有一个共识，出生在印尼的华人，是印尼的公民，中国——是我们的亲人。

那个年代的中国，国势仍弱，海外的华人被歧视，没有一个坚强的后盾。

……

曾经，印尼和中国兄弟般的情谊，因为政治的原因冻结了二十多年，其间，我们与亲人失去了联系。在海外，我们听到的都是中国的负面消息：穷苦落后，吃不饱穿不暖，经济萧条，长期不与世界交流，被称为"铁幕国家"。复交后，我们有机会回祖籍地去看看老家，探望亲人，看到灰黑色的城乡环境，看到老家亲人看我们羡慕的眼神，确实心酸，觉得还是海外生活水平比较高。

然而，就短短的几十年，我们听到、看到、感受到中国的巨变。曾经满目疮痍、贫穷落后的国家，以不可思议的力量，创造了一个又一个世界奇迹。

经济、科技、国防、民生、基础设施等方面灿烂辉煌的成就，让世界折服。我们以敬仰的眼光，看着中国屹立在世界强国之林。

让我们印尼华人兴奋的是，印尼、中国复交后，被严禁使用三十多年的方块字解禁了，我们可以重新看到、读到方块字，华文学校里的琅琅书声中，也有被中国经济发展吸引的印尼兄弟民族的声音。越来越多的人开始沉迷于中国的古老文化，去中国留学，去了解中国文化和传统。还有更多的人因为会看会读会讲华语，被在印尼投资的中国企业任用，而改变了自己家庭的命运，结果因为他们的成功，乡村里的小孩都

故乡的云

纷纷去学中文。

让人高兴的是,有很多正在写论文的中文系准毕业生,跑来找我要资料,论文都围绕着中华文化,主题有"衣服的比较""食物的比较",有的探索华人的婚宴习俗,有的追索粽子的来历……

这一切的发生,都因为中国的强大。

七十年过去,祖父不在了,父亲不在了,而我看到了他们的强国梦已经实现。"东亚病夫"的帽子早就被远远抛弃,曾经被蹂躏的时代已经一去不复返。经历过一场场充满血泪的苦难,中国人以不屈不挠的精神,铸就了不可思议的辉煌。

我们身处海外,但身体里流着中华民族的血液,因为是亲人,看到中国的成就,我们同样骄傲与感动。经历过苦难的中国,七十年风雨兼程,在民族复兴的道路上不懈奋斗,成绩斐然。祝福中国!

铁轨边的风

张欣 / 美国

1

如果大地是琴,铁轨就是弦,车轮是节奏,而火车呢,带你去看树木舞蹈,听风唱歌。

这是描绘从前的火车,绿色铁皮车厢的那种。现代的高铁动车则是另一种情景。

带着小儿在国内旅游,他喜欢坐高铁,羡慕高速。车厢前面的速度显示器上红色的数字跳动,惹得他瞪大眼睛:哇,好快啊!然后好奇:从前的火车也是这样的吗?

"从前慢",我想起那句诗:

从前的日色变得慢
车、马、邮件都慢

过去的日子慢得令人想不起速度的存在。有一年暑假返校,在北京中转去找王姨拿座位票。我妈特地买了新鲜大螃蟹酬谢她这位每次帮我买票的老同学。担心天热,装螃蟹的网兜就挂在车厢外。

车轮飞,汽笛响,火车向着北京跑。一夜飞奔,到了首都。见到王

姨,兴冲冲正准备给她提螃蟹呢,才发现网兜里连根螃蟹毫毛都没有了。一个晚上疾风呼啸,螃蟹早已"随风而逝"。速度用螃蟹狠狠地刷了一次存在,我的尴尬到现在还能抚摸得到。

2

铁轨是记忆。

还是坐火车返校,"京丹线"一路飞奔,经常是一过山海关,车里就开始骚动。"进关了!"人们兴奋地嚷道。

那时候过山海关虽然不是如今去肯尼迪机场那样的入关,但也颇具跋山涉水,到达万里长城尽头的一种意韵。英雄骑马啊,归故乡,关里关外,这里是一大界线。

火车开进关内,一夜的行程就过了半,每一次停车的间隙,都是游客们检阅地方小吃的时辰。唐山到了,卖熏鸡啰——,香烟糖果桂花糖;天津大麻花,又白又胖的狗不理包子啊——

铁轨是风,站台就是风婆婆,把色彩独特的美味捧到你眼前。这时候,我喜欢从打开的窗户望过去,凉风瑟瑟,我仿佛触摸到了风的手臂。站台上有一种空旷的热闹,看小贩奔波着一路小跑,拎了烧鸡的人脚步轻盈,空气中有淡淡的香味缭绕。

3

火车是神秘和远方。

因为父母都在铁路工作的原因吧,我跟铁路的缘分源远流长。从铁路幼儿园、铁路中学,到铁道学院一路走过来;铁路示意图、信号台、接线员,这些都是从小就接触到的日常信息。

接线员声音优美,大概可以算作歌唱家以外的另一种跟声音有关的职业？我妈工作单位的小楼，闲人免进。有一次我在楼下等候，读墙上的铁路示意图消磨时间。电话铃声嘟嘟，电话接线员阿姨正好经过，她接起电话，开始讲。声音似水，柔美如天籁啊。仙女下凡？我忍不住望向她，非常普通的一张脸。一个长相平凡的人声音竟会如此好听，让那时的我十分惊奇。

我每天上学都要经过一条铁路。铁路有一处压道杆，这个压道杆算是关塞要道，连接四海大都市的国际列车都从这里经过。许多年后在梦里还会有压道杆红白相间的颜色起落，火车轰隆隆开过时的震动。

在那遥远的地方有一条铁路。你所居住的地方某种意义上决定你的人生方向。因为火车而向往远方，后来某一天我也坐上这列火车，去到遥远的地方。

4

火车是别离。

火车站台基本是感伤离别的地方。有次返校，见到一对男女送别。女的站在那里擦泪，冬天的棉袄围巾在夜色里游移。男的先前还沉默地站着，后来他也开始抹眼泪。那时候的爱情够含蓄，他们就那么站着，中间隔着一小段距离，没有拉手，只是无言，拭泪。开车铃声终于响了，男的上车，女的挥手，男的隔窗挥手。

这像不像小说场景？川端康成的《雪国》里，男人透过火车窗玻璃的影子，注视女人美丽的面庞。

火车是灵感。

  雨中有一列火车
  车站里有一个人

故乡的云

这是约翰·马丁《车站旅人》的前两句,《五十度灰》的作者E.L.詹姆斯每天坐下来书写前都要先打开听的一首歌。

火车也是电影钟爱的主题。套用影评人的话,火车和电影的相遇,就像春天发现恋情,彼此在对方身上看到自己。

《铁道游击队》里"弹起我心爱的土琵琶……爬上飞快的火车……";《瓦尔特保卫萨拉热窝》《桥》,20世纪70年代的东欧电影好像少不了火车的元素;《东方快车谋杀案》里火车飞驰,女人飘逸的白纱裙令人印象深刻;《安娜·卡列尼娜》里,火车黑而巨大,是死神的象征,车轮咣当,安娜循声向着黑压压的车轮下奔去;《嘉丽妹妹》里老赫带着嘉丽跳上火车往蒙特利尔私奔,从此惊险连连。90年代,火车也迷茫,《周渔的火车》到底是要去哪里?

5

"我们睡在记忆片段里,重复年轻时的行为。"这是某首诗中的句子。

坐着高铁,让我想起从前的火车。那时候的火车破旧,但是人儿年轻。速度不快,但是人淡如菊,不急不紊。火车上人多拥挤,但是不觉得,热闹胜过辛苦。火车带我浏览过无数风景,小城春秋到都市繁华,北疆南岳,万水千山。

怀念火车的情结更像是对一段岁月的怀想。那么就让天空再蓝,树木再绿再清新。在开满鲜花的小路边,响起一阵火车的汽笛声,吹拂过一阵铁轨边的风。

难忘的城市：聂耳终焉之地

华纯 / 日本

东京郊外连接湘南海岸的版图上，有一个承载历史之重的海滨小城藤泽。1935年，一位年轻人背着小提琴来到日本，完成了谱写《义勇军进行曲》的使命。不幸的是，这位才华横溢、为中华民族谱写时代强音的音乐家，却于同年7月17日在藤泽海边溺水而亡，享年二十三岁。岸上竖一块刻有郭沫若手笔的大理石，"聂耳终焉之地"赫然入目。

2015年7月17日是聂耳逝世八十周年忌日。我起早出门，前往纪念会场。夏季有台风肆虐，从前夜起日本东部地区大雨如注，拂晓时分才渐渐减弱。往藤泽方向的电车不似平时满载海水浴场旅客那样拥挤。天气闷热，黑色衣裙沾上湿气和汗水，在冷飕飕的电车空调下让人难受。从鹄沼海岸车站出站后，我加快步伐向海边的聂耳纪念广场走去。仪仗队开始演奏管弦乐，藤泽市市长铃木恒夫和各界来宾在临时搭建的雨棚下入座，神情庄重地注视前方。广场中间矗立着一座石碑，聂耳年轻英俊的脸清晰可见。背后天穹底下，海水吞吐着白色泡沫，舔舐沙滩，发出哗哗的声响，给会场更增一层肃穆的气氛。

在此前不久，田汉的侄女田伟女史，向中日新闻社驻上海记者加藤直一介绍了田汉、聂耳为《义勇军进行曲》作词谱曲的历史经纬。当时在座的我深受感动。

田汉是中国戏剧改革运动的先驱者，在留日期间曾与郭沫若等人组

织"创造社",倡导新文学;后来去上海创办"南国社",领导戏剧、电影音乐等创作活动。1934年应电影公司之约,田汉创作电影剧本《风云儿女》。但电影尚未拍成,田汉就被国民党拘捕。他在香烟盒锡纸背面写下的《义勇军进行曲》的歌词初稿,由夏衍和孙师毅抄录下来,交给聂耳谱曲。

聂耳,云南玉溪人,从小对音符有很强的辨别能力。1933年,年仅二十一岁的聂耳经田汉介绍加入了中国共产党,并在短短两年里多次与田汉合作创作电影插曲。田汉和阳翰笙相继被捕后,聂耳受党组织的保护离开上海赴日本避难,落定下来后即为《义勇军进行曲》谱曲定稿,用挂号信寄回上海。后来随着电影《风云儿女》在全国公开上映,这支斗志昂扬的插曲,以震撼人心的力量号召人民抵御外侮,共筑新的血肉长城,很快传遍了全中国。

为纪念聂耳逝世八十周年,田伟女史特意从神户赶来。上午十点,藤泽市代表、日中友好团体和华侨、日本华文文学笔会作家等,在聂耳纪念广场全体肃立默哀,倾听田伟女史引吭高歌《义勇军进行曲》。市长铃木恒夫健步上前,向聂耳纪念碑献花鞠躬。就在这时突然下起了暴雨,迅疾的雨水浇向排队献花的行列,但人们并未逃离躲避。见此情景,我不由得感慨日中关系的改善主要来自民间的推动。藤泽市早在1954年就建立了第一座聂耳纪念碑,之后每年自发举行追思活动。1981年,藤泽市又与聂耳的家乡——云南省昆明市结成友好城市,进一步推动民间交流,为改善日中关系出力。

聂耳在日本民众心中的形象,也许更具有人情味,不像在中国那样通常被当成传奇性的"圣人"。这一点于聂耳纪念碑保存会原会长叶山峻题写的说明碑文中可见分晓,其大意翻译如下:

"聂耳在此处下海成为不归之客,如今他梦一般的身姿在这里苏醒。聂耳出生于1912年春,在中国云南省昆明湖畔呱呱坠地,在清澄雄壮的大自然怀抱中成长,他天生的音乐才华得以开花结果。作为中国现代音乐的先驱者，他为中国国歌《义勇军进行曲》谱曲，留下了阔步前进的脚印。聂耳离开故国时正值青春年华，在日本行旅中甚感慰藉和魅力所在的地方必是藤泽的鹄沼海岸无疑。我们时时为这个因缘关系而深感与之有缘。……我们确信，在波澜壮阔和永恒的时间中，歌颂和平的聂耳将永远向人们微笑，成为日中友好的一块基石。"

这么一来，战争与和平，聂耳与日本海边的这个小城似乎发生了不可思议的微妙关系。

从小听国歌长大的我们，对聂耳以普通人度之的生活闻所未闻、见所未见。纪念仪式结束后，我和笔会其他作家去参观了藤泽市举办的聂耳生平事迹展览。黑白照片将我们带入聂耳生前的时代。昆明成春堂药店以及聂耳坚强的母亲、年轻的恋人等图片真实地记录了这位音乐家成长的过程。遗物照片里有一把小提琴和吉他，还有几支乐笛。这就是聂耳在日本的全部财产。日本作曲家团伊玖磨曾从上海作家杜宣那里获知消息，在小提琴的内壁里发现聂耳藏入的700日元。当时聂耳租住一间日本小屋，月租为6元40钱，看一场电影票价1元，坐巴士6钱，足见700日元是一笔相当大的款项。这笔钱的来源是在上海创作电影插曲的不菲的收入。来日之后的聂耳为了开阔艺术视野，多次买票观看日本电影或戏剧歌舞的演出，出手相当阔绰。这一时期日本法西斯变本加厉地发动侵略中国的战争，特高课加紧逮捕日本进步人士，血腥镇压日本共产党。1933年2月20日，小说《蟹工船》作者小林多喜二被特高课逮捕后惨死于严刑拷打。不久中国留日学人胡风也被暗探带走，警察凶狠地打胡风耳光，最后将他驱逐出境。聂耳闻知这些，很清楚自己处于危险境地，随时可能被敌人暗杀，因此在提琴里藏钱是他的一种自卫手段。

下午回到东京，我在书店里寻到了一本介绍聂耳生前日记的书，反复阅读他在藤泽居住期间的日记，隐隐约约找到了入口。

聂耳在1935年7月入住藤泽一位日本友人家，每日流连忘返于鹄沼海岸和江之岛之间，字里行间流露出对海滨小城的纯粹感情。这些欢跃

的想法,甚至盖过了11日夜间发生的一场地震的恐怖。六级以上的大地震是死了好几个人的,但日记里只是写道:"沿着海岸走到鹄沼海水浴场,一路上看不到任何人影。大声歌唱,蛇起而鸣,啊啊,真没想到,自从来到藤泽以后,这一天最是好玩。"

或许笔者在这里不得不吞咽着人生无常的幻灭感。

尽管身处敌国,痛感家国的失落,勤勉好学的聂耳仍不失孜孜以求的上进精神,因此制订四个"三月计划"。7月16日的日记提及完成了第一个"三月计划"。笔者总结:日语会话、阅读能力大有进步;音乐修养在"听""闻"的训练下也获得相应提高;平时坚持练习小提琴,却苦于没有老师指教。这一时期没有进行音乐创作,他责问自己,究竟为何来到日本?三言两语带出思考和自我批判。按照笔者自己的推算,7月17日是第二个"三月计划"的开始日。可惜那天日记再也不能够延续,音乐家的生命遽然终止。

聂耳纪念碑保存会原会长叶山峻在建碑时担任藤泽市市长,这个小城与中国国歌作者有缘,是因为他们看到的是等身大的聂耳的真实形象,好学上进的一位青年。音乐家被迫远离祖国,但血肉之躯里的爱国之心从未跨出过国境。这样的爱国音乐家,是为和平世界而降生。

聂耳永远的微笑,似乎是起到了以史为鉴的作用。在过去与现在的支点上,这个小城的市民在六十多年中始终保护着聂耳纪念碑并念念不忘这个中国人。他们似乎没有什么杂念,与其他民间交流的贡献度相比似乎微不足道,然而这些小小的草根交流在冥冥之中一定会成为促进两国间和平、友好关系的动力,修正"历史意识欠缺",使中日两国历史悠久的友好关系继续传承下去。在这里,我再多记录一笔,聂耳研究家冈崎雄儿教授在著作中写了意味深长的一段话:"了解聂耳的一生,实际上也是在重新思考日本的近现代史,日本只有重新认识那段历史,才能真正回到与周边邻国友好相处的原点。"(引自《以歌曲鼓舞革命的人——聂耳和日本》,日本新评论出版社)

让世界听到驼铃声

孙宽 / 新加坡

"老师，你猜怎么着？我是整个航班唯一用汉语点餐的人，也是唯一一个外国人。"詹姆斯一边说笑，一边用手比画着，一副孩子般无比兴奋激动的样子。

詹姆斯是跟我学汉语的学生，是一家国际律师事务所的资深合伙人，来自英国。他在香港工作了十七年，在香港回归后调来新加坡工作了三年。

一次课间，我去休息室，他看我进来就说："老师，今天我给你做个实验。"说着他就打开一罐可乐，用小茶匙舀一勺可乐，倒进一杯水里。他让我用小勺盛一点可乐水尝尝。我一尝，甜的，颜色和味道都有点像红糖水。他又舀了一勺"红糖水"，倒在另外一杯水里，让我再尝，仍然很甜。詹姆斯就这样不动声色、一丝不苟地演示到第十杯水，我仍能尝出一丝甜味。这时我才意识到，原来一罐可乐里面竟然有那么多糖！

他一板一眼地接着说："老师你知道吗？一罐可乐里有十二勺糖。我注意到你每次来给我们上课，你都至少喝两罐可乐，这是非常有害健康的。"想不到詹姆斯是这样细致严谨、认真实在的人。虽然我已经喝可乐喝上瘾了，但这个演示极其奏效，我直接改掉了豪饮习惯，从未反弹过。我开始严格控制糖的摄取，并注意健康饮食与运动。这一切无疑

是受益于詹姆斯耐心的演示警醒,以及他的积极影响和敦促。良好的生活习惯确实可避免很多疾病的侵害,现在我是我们家唯一没有糖尿病的人。

我们开始经常在课后一起去吃午餐。他给我讲述了许多精彩的历险传奇。

1978年,他第一次到中国就只身一人在西北地区游历了一个多月。沿着丝绸之路的古道一直向西行,跋山涉水,经过敦煌、嘉峪关、吐鲁番等西部重镇,他最终到达了乌鲁木齐。他说一切简直就像《马可·波罗行纪》一样,甚至更神秘。

我完全无法想象这个衣着考究、传统保守的英国绅士,内心却充满着冒险的激情和奇妙的幻想。大漠无边,他一路搭乘各种交通工具,甚至毛驴、马车、骆驼等,在完全不懂中文的情况下,背着旅行背包,仅靠一本翻译不全的旅游手册和一本英汉词典游历了大半个西北。旅行中多次遇难,最惊险的一次,货运卡车司机长途疲劳驾驶,整辆卡车失控撞到大树上,他和司机都昏迷了好几个小时后才获救。而且有时什么车也搭不到,一天步行几十公里,露宿在野外临时搭的帐篷里,甚至干脆就在睡袋里过夜,偶尔连续几天只吃几块水煮羊肉,喝些已经馊了的奶茶。

"我除了浑身散发着羊肉的味道,连说话也好像变成了一只绵羊,沙漠里跟着驼队最安全舒适,叮叮咚咚的驼铃声,最好入眠……"

他惟妙惟肖地描述着,脸上洋溢着激情和光芒,湛蓝的眼睛里闪烁着幽默和童趣。我毫不怀疑詹姆斯若不做律师,他一定是位优秀的作家。聆听他的故事,感受竟然如此独特而深刻,它不仅限于对富饶秀丽和壮美辽阔的风景的描绘,和对罕见的历史文化瑰宝及奇妙的宗教艺术的惊叹。因为他完全融入当地人文生活,他以一种崭新的角度诠释诚挚、善良、淳朴或者我们眼中的荒凉、落后、贫穷,那种对中国文化的浓烈兴趣、坚韧探索和执着热爱,令人陷入他的故事里,沉醉其中。

我虽不记得他神采飞扬徐徐道来的每个细节,但他说的一些话却深深地打动了我:"回国后同事都说我身上总有股羊肉味,我好像真变成了一只绵羊,但有时又是一头骆驼。我时常半夜醒来,听到远处传来阵阵的驼铃声……应该让世界听到驼铃声!我相信有一天中国会让世界看到她的魅力和精彩。"这次旅行坚定了他的人生梦想——到中国去工作。

上个世纪七八十年代,中国国内除了少数外交人员,外国人太罕见了,詹姆斯作为一个英国律师率先勇敢地迈出了第一步。他先落脚香港工作,十七年间他亲历了中国一步步扩大对外开放的过程,他的律师事务所作为中方的法律顾问,为1997年香港顺利回归做出了很大的贡献。

詹姆斯总有一种强烈的使命感,他确实是一头骆驼,跋涉和拓荒几乎就是他的生命和快乐。虽说是他的老师,我在他身上学到的东西反而更多:开放的自我意识,无畏的探险精神,放眼世界的前瞻性,还有一直被我们忽略的健康意识,崇尚自然、回馈自然的生态保护意识。其实无论何时,文化的相互吸引和彼此尊重,生活空间的共享共存,经济的互惠互利,永远是世界文明发展的基础,无论现在还是未来,世界都需要詹姆斯这样的先驱者和实践者。

离开新加坡三个月后,詹姆斯特意回来看望朋友,也看望了我。他说他专程回来感谢他在新加坡遇到的人。同年圣诞节,我和母亲去香港旅行时也探望了他,我想知道这个对我产生巨大影响的英国人生活得怎么样。他住在尖沙咀的高档公寓里,那里进出的多是外国人,不过他却入乡随俗,完全融入当地生活,他和打扫卫生的阿姨说粤语,也是办公室里唯一能流利地讲普通话的英国人,甚至在搭乘国泰班机去北京时是唯一用普通话和空姐交谈的乘客。人人夸他的普通话像播音员一样标准,富有磁性的魅力和乐感。

2001年中国加入世贸组织后,为促使中国法律进一步走向国际化,尽快与国际接轨,他又调去北京继续播种和耕耘他的理想。新中国成立

已七十年,而这位优秀的英国人把超过四十年的岁月贡献给这个国家的法制建设,这四十多年是他一生中最灿烂的时光,其间他取得了人生中最辉煌的成就,他拥有一种生活在当代,尽情尽力去创造未来,又将过去与未来连接起来的胸襟、勇气和胆识。

现在,詹姆斯已经退休了,但是他一面享受退休时光,一面帮助事务所培养新人,甘当无偿的法律顾问和翻译,继续发光发热,而且每天仍像个小伙子一样早起晨练,朗读华文报纸。

作为詹姆斯的汉语老师,我很荣幸,也很骄傲,为他,为我自己,也为我们共同关注的中国。

异乡"大地"

薛燕平 / 匈牙利

前一段时间,网络上有一个"海外生活民意调查"的活动,让那些客居他国的人用一句话说出自己生活的感受,其中一位网友用一句话概括了他的生活:得到了天空,失去了大地。这句话深深触动了我。客居海外,虽然生活别有情趣,却远离了血脉亲情,失去了扎根的大地,这是怎样的一种迷失呢?

记得刚来布达佩斯的时候,我几乎天天都沉浸在一种踏入新天地的好奇喜悦中。我在连接布达与佩斯的古老链子桥上流连忘返。古老的狮形桥墩厚重古朴,垂挂在两个桥墩之间的沉重的铁链锈迹斑斑,我似乎看见伊莲娜(《布达佩斯之恋》女主角)骑着自行车在桥上穿行……漫步桥上,微风扑面,桥下是水波轻缓的多瑙河,因为阳光和温度的变化,时而清亮,时而浑浊;时而碧绿,时而湛蓝。阳光洒在水面上,波光粼粼,仿佛无数精灵起舞。下午,咖啡馆成了我发呆、冥想的地方,揣上一本书,找个舒适的位子,一杯咖啡,一块精致的糕点,有时约上新结识的朋友,在这里度过一段美妙的时光。

时间并没有因为我的流连放慢脚步,新鲜感很快就像一根被剥了皮的青笋,转眼就到了山穷水尽的地步。我住在布达山上,秋冬时节经常大雾弥漫,除了偶尔从不远处公共汽车站传来的声音,你甚至无法确证自己身处人间。对家乡故土的思念、孤独的情绪,借着布达佩斯潮湿阴

郁的气候疯狂地生长,起初只是丝丝缕缕地飘浮于心间,慢慢结成了一张大网,紧紧地束缚着我……在无人的世界里挣扎了三天、四天,我像个逃兵似的飞奔出家门……

我茫然地开着车,不知道自己想去哪里,目的地是何方。车在一条条模样相似的街道上行驶着,心却似幽灵一样飘荡——无法着地的感觉。恰在这时,导航的一个行车标识进入我的眼帘:Szentendre。这是一个很有名气的小镇,被中国人音译为"山丹丹"——可见其中国味儿了。我毫不犹豫地朝着Szentendre驶去。

这时,浓雾渐渐消散了,太阳无力地悬挂在空中,导航显示,右转,并提示已经接近"目标"了。我按提示右转,眼前赫然出现一个红色字体的中文招牌——"山丹丹中餐馆"。不知怎的,见到这几个中文字,我突然热泪盈眶。直到此刻我才意识到,几日来内心的沉重、郁闷,那是想家了。

我索性把车就近停了,信步朝小镇走去。不是旅游旺季,街道行人稀少,露天的咖啡座人迹寥寥,咖啡的香味在清新的空气中显得突兀而令人兴奋。我继续往前走着,走到第三条街道口时,一股油炸食物的香味飘来,但它与布达佩斯众多的油炸食品的气味不一样,这是北京人的早餐——炸油饼的香味。

那是我小时候经常吃的一种食物,白面加白矾,擀成饼状下油锅炸,炸好的油饼有小锅盖那么大,色泽金黄,一口咬下去,香气四散,配上豆浆,北京人的标准早餐。那时候每天早上,北京的大街小巷飘着的就是这种气味,我就是在这种气味中背着书包去上学的。学校里的书香混合着街道上的炸油饼的香味,构成了我整个青少年时代的生活!

生活几经变迁,炸油饼已经很少吃了,但那些画面,连同气味深深地镌刻在我的心里。此刻突然在这个陌生的国度与这段记忆相遇,我甚至有些难为情的激动。

我不由自主地循着气味跑过去,只见一个不大的门脸,半空一个招牌赫然悬挂着：langos。我才知道这里的"炸油饼"叫langos。隔窗望去，一口大锅里面热油翻滚，窗口的食盘上热腾腾刚出锅的langos冒着香喷喷的热气，颜色也是金黄的，香气一样地迷人。只是个头儿大了些，而且上面配有蒜汁，或者碎芝士、火腿片等，任由食客选择。我买了一个蒜汁的，垫着几张餐巾纸，捧着吃起来。第一口咽下去的时候，我的眼泪一下子就掉下来了，咽下去的哪里是什么炸油饼，分明就是一个游子的苦涩思乡情！眼前的街道仿佛也变成了北京胡同，儿时的一切瞬间在我眼前复活了：眼前的石头路面变成了北京胡同的坑洼的柏油路，路边的松树也如同北京胡同里的槐树，耳边是男孩子们推铁环滚过地面的"哗哗"声，空气中飘浮着懒洋洋甜腻腻的气息，鸽哨从空中洒下来……

这里的一切似乎在一瞬间都与我有了某种关系，一根无形的线把北京和布达佩斯两座城市连接起来了。我突然感觉自己有了"地气"，好像一切都是真实的、熟悉的。我往小镇的中心走去，一路上我的心情坦荡、澄明，步履轻松、坚实。我看见小镇的中心有个水井，小镇上的人们也一定曾经聚在这里打水、闲谈，好似北京胡同大槐树下的情景。我继续往小镇的深处走去，穿行在异国风情的建筑间，我仍像走在胡同里、街坊间……

那一刻，我仿佛同时得到了天空和大地。我缓慢地驾车回家，一路上浓雾早已散去，异国的景物真实而淡漠。我感到新奇：人的思维和情绪怎样因为几个普通的文字，因为一种食物、一种气味而改变？这个过程是怎样的，即便刚刚发生，我也很难说清，因为再有力的文字也难以准确表述一个游子的思乡之情。在异乡循着一种味道，找回一段记忆，得到一刻灵魂的安宁。就这样，我在山丹丹小镇里徘徊了很久。回去的时候，我有意从那条卖langos的街道路过，沾带上它的气息，仿佛很多年前我背着书包去上学……

细嗅蔷薇

唐文琼 / 美国

思乡似乎总与月亮相关联着：从李白的"举头望明月，低头思故乡"，到席慕蓉的"故乡的歌是一支清远的笛，总在有月亮的晚上响起"……我上大学的第一个中秋是在军训的军营里度过的，当时与同学们仰望明月，分吃了月饼后，还特意将这个场景写信告诉了父母。多年后我偶然翻到母亲保存的我的来信，看到这一段，还不由"嘿嘿"地嗤笑自己当年的矫情。

说句实话，我对故土的思念永远是与"吃"系在一块的。

比如说，我常常会想起我上小学时每天走的那段路。我们家住在菜场旁，一出门就是一派熙熙攘攘、喧嚣热闹的景象。不远处的对面是一家很受欢迎的早点店，店面很小，只能外卖，窄窄的门口摆上一张课桌就挤满了。左边架着一个大油锅，炸油条、糖圈圈，油香飘了一条街；右边是热腾腾的蒸笼，码着包子、馒头、烧卖。小孩子要踮着脚，手伸得高高的，再扯着嗓子喊，才能把钱交上去。他们家的烧卖尤其好吃：薄薄的面皮里裹了酱油炒过的香糯米，馅里还加了一些油渣子。烧卖的个头比包子略小，我一只手正好握住，三两口便吃完了。后来的烧卖多走了高端路线，馅是虾仁的，小小的蒸笼里摆上那么两三个，用小车客客气气地推来，我每次探头探脑地看过后都很失望。倒是有一次在美国的中国超市里发现了这种酱油糯米馅的烧卖，吃了两次后我又嫌弃它个头太小，皮太薄，更重要的是，怎么能少了香喷喷的油渣子呢？

所谓"油渣子"是大人们用肥肉煎油后的副产品：猪油留着炒菜，新鲜出炉的"油渣子"稍稍撒上一点盐，既脆又香，是很值得小孩子们翘首企盼的美食。这个一定得一出锅就吃，否则过一会儿，那股子脆劲儿没了，就真成了"渣子"了。每次出锅前，妈妈会从锅里夹出三五个来，笑嘻嘻地放在小碗里给我。这是一道零失误、零风险又广受欢迎的家常小点，也是母亲做起来信心爆满、非常有成就感的一道菜。她不是一个喜欢厨艺的人，每次家里请客，她提前一周就开始整理菜单，主菜、配料、作料、上菜顺序等从上到下清清楚楚地罗列着，态度严谨，如临大敌。家境宽裕后，家里请了保姆或钟点工，她就乐得撒开手。我哥哥是一个老饕，常常嘲笑她的厨艺。她愤愤不平，但私下里跟我说："最好吃的菜就是不用自己做的菜！"

她重拾厨艺是在2003年我儿子出生后。美国互联网泡沫破灭、"9·11"恐怖袭击、经济大萧条，这一连串的事件无疑给我造成了巨大的压力，也导致儿子一出生不但有严重的湿疹，更是对多种食物过敏，从鸡蛋、牛奶到鱼类、海鲜、猪牛羊肉、果仁，这些一吃就吐，能吃的不过是豆浆、禽类和蔬菜。小人儿虽瘦弱，心眼却不少，吃个鸡腿都能玩出多种花样。父母那时已经退休，两人一手接管了儿子：母亲负责换着花样做鸡、鸭、鸽子，父亲负责喂饭以及在儿子呕吐后总结经验教训并调整以后的喂饭策略。时至今日，儿子对美食的最高评价是："嗯，跟外婆做的差不多！"每到暑假，他会踊跃要求回国去看看外公外婆，去吃外婆做的菜。哥哥只得向母亲认输："好吧，你还是有一个真正的粉丝的……还是老外哦！"

早点店出来走几步，一右转，就是离我家最近的副食品店，一个十多平方米的小店，卖米、油、面粉、酱菜，还有各色小吃。那时家家户户都做腌菜，有腌白菜、腌萝卜、腌豆角，手巧的再将几种腌菜跟剁辣椒、生姜拌在一起，又香又辣，让人吃了还想吃，一直吃到拉肚子。有

故乡的云

一段时间我很中意到一个同学家去做作业。她的外婆当时刚从老家来,做的酱菜不但充满新意,更是美味无比。老太太对我特别客气,我每次做完作业临走时她都给我装上满满一罐的酱菜,殷切嘱咐:"常来啊,要多帮助×××啊!"

所以说应试教育也许有诸多弊病,却无疑给家境贫寒的孩子们提供了一个能迅速证明自我、赢取尊重和各种意想不到的福利的机会。我们家当时虽然清贫,但如果考试拿了100分,会有两毛钱的奖励,95到99分能有一毛钱,至于其他分数,哼哼!

两毛钱已经是笔巨款了!偶尔挣到这两毛钱时,我会花五分钱买一包红姜,再花一毛四分钱租借七本小人书,高高的一摞,放在小板凳旁。我感觉守书摊的老奶奶的眼光都分外慈爱,更别提小伙伴们艳羡的目光。我一边细细碎碎地啃着红姜,一边津津有味地看小人书,一个周末一眨眼就过去了。

于儿时的我,那就是神仙日子了。

还剩一分钱咋办呢?我会在家旁边的这家副食品店里久久逡巡,在一个个装满了小零食的玻璃罐前看了又看,最后营业员阿姨实在看不下去了,会凶巴巴地问:"你到底有多少钱啊?"

然后她会绝望地眺望一下蓝天,瞪一眼我指尖上的小钢镚儿,从装话李的玻璃罐里捏出一颗话李,有时还会再捏一颗,放在我手心里。

话李在我的最爱零食榜上一直是高居前二。来美国找到工作后第一次去看牙医,牙医便问我:"你很爱嗑冰吗?"

我很茫然地看着他。他解释道:"你两侧的牙齿磨损得很厉害,爱嗑咬冰块的人常常会这样。"我想了想,恍然大悟,磕磕绊绊地跟他解释我是如何在啃光了话李肉后又坚韧不拔地嗑开话李核,将里面美味的果仁也一网打尽。

他哈哈大笑,利索地给我安排了后续的根管和包牙手术。我一直是美国牙医们喜爱的客人,一口牙齿在我多年不懈的过度使用下早早衰败，惧冷怕酸，早就不能吃话李了。偶尔想吃又不能吃时，常常会想起那个摆出一副嫌弃脸的营业员阿姨如何将一颗小小的话李小心地放在我的小手里。

瞧，在那个满大街传唱"我在马路边捡到一分钱，把它交到警察叔叔手里边"的年代，一分钱也是能购物的。

我第一次跟民警叔叔打交道还是跟吃有关。那时我不过两岁左右，不知从哪捡到一个硬币，捏着这个小钢镚儿我就一个人下了楼梯，穿过菜场。

去干吗？

当然是去买吃的！

我好不容易看到了一个挑着冰棍箱的老奶奶，递上了钢镚儿，老奶奶给了我一根冰棍，然后问道："你住哪啊？"

我吮着冰棍茫然地转了一圈，然后……

我每次在YouTube上看《等着我》这个寻人公益栏目，常常会陪着那些号啕大哭的求助者们落泪。当年的我无疑是幸运的，老奶奶牵着我的手，将我交给了民警叔叔。

吃完了冰棍还不让走，我大哭。民警叔叔忍了再忍，还是出去又给我买了根冰棍。那一天，我吃了哭，哭了吃。我一向刚强的母亲骑着单车在街上找了一圈后也站在大街上号啕大哭。行人问是咋回事，听说是女儿丢了，就有人说："哎呀，那边派出所门口有个小姑娘在哭，你赶紧去看看！"

还好民警叔叔的资金有限，没有能力让我一直吃冰棍，否则我老妈恐怕要哭惨了！后来很多年吃的都是雪糕、冰激凌，再看到白糖冰棍是在长城上。当时我们带着儿子来爬长城，人群拥挤，天气燥热，我们只好决定提前结束对儿子的爱国主义教育，坐缆车下长城，在缆车售票处旁突然发现了久违的白糖冰棍。

再吃，嗯，好像也很平常，毕竟不过是加了白糖的冰棍。但儿子是

喜爱的,吃了还要,吃了又吃,高高兴兴地吸嘬着冰棍坐着缆车下了山。

回美国后,我们问他喜欢长城吗,他说:"喜欢!"问喜欢长城哪里呢,他说:"吃冰棍、坐缆车!"

细细想来,我记忆中这些钟爱的旧日美食,它们的味道我其实已经淡忘,甚至在我一次次的回味中变异了,真正撩人思绪的不过是生命中曾经有意无意地关爱过我的人与他们给我的温情。那是一个清贫如洗的年代,母亲常会叹息:"那时虽然穷,人心却好!"

在每天忙碌的生活中,我们心如猛虎般地在这世上拼抢;偶尔闲暇,能细嗅蔷薇,是一种福气。

时常还能发现久违的珍爱又以新的形式出现,就更是一份惊喜。前不久美国的麦当劳早餐开始提供油条,我一北京的同学立马发了朋友圈。照片上他哥们儿两口子在后院忙碌着炸油条,成品的卖相完败麦当劳的广告照啊!

我看了馋涎欲滴,不由哈哈一笑。

"盛唐"归来

陈瑞琳 / 美国

苍茫雄浑的古塬越来越清晰可见，飞机开始下降，直扑脚下的这座城市。心在悬空，走过万水千山，无数次地从空中接近一座城市，但只有这座"西之长安"每次都让我心跳眼热：大唐，你的女儿又回来看你了！

飞机还在滑行，忽然想起刚到美国时，一个台湾留学生愿意卖给我一部旧车，见面那天钱不够，他问我来自大陆哪个城市，我说："西安！"他拍了拍脑门："大唐美女哈，好，成交！"还有一次在餐馆遇到一群来自日本京都的客人，他们听说我来自西安，竟然起立，还给了一大把小费。故乡啊，无论女儿身在何方，都永远以你为荣。

从咸阳机场进城，心里还在想着"长安"那两个字。一个"长"字，既是长治久安，又感觉庄严悠远，完全是历史名城帝都的气派。沿途看见姑娘们穿着彩色的吊带裙装，就感叹一千多年前，我大唐的少女已是胸肩袒露，浑圆的臂上一抹云纱，那时候的欧洲人还披着麻布呢。

下了机场大巴，绿荫里的西大街车水马龙，我迫不及待地跑去街边的小摊，叫了两碗白里透红的陕西凉皮。我急切地将凉皮送入口中，老板在后面直说："别急，慢慢吃，看把你饿的！"他没看见我扑簌簌掉在碗里的泪珠。

这次回家，与往年不同。从前回来只是看父亲，这次回来却是带了

故乡的云

八个国家的三十多位华文作家,一起来看梦萦千回的"盛唐风采",感受那壮阔的汉唐之美,探索那宏大深远的丝路文化为何能在这里萌发。

有句话说得好:"在世界还不知道中国的时候,就已经知道了长安。"这些年在海外,从早年的"唐人街"到今日的"中国城",人们的话题里总少不了"长安"。每次碰到外国友人,他们都说最想看的古城就是"长安"。想想大唐时期的国际都市,多么恢宏壮美,敞开胸襟对外开放,博采众长为我所用,中华文明的种子不仅传播到西域,更是传播到全世界。

在我心里,"长安"就是母亲,就是家,就是青春,就是爱。怀念从前成长的日子,春时踏进终南,翠华峰下,踩着王维诗中的清泉石流。夏日东临骊山,华清温泉,凝脂芬芳。秋天则向西,那里有老子炼丹讲经的楼观台,看竹林摇曳,望仙雾缥缈,人与自然,气脉如此相合。冬季再去北,涉水过咸阳,踏上五陵原,登乾陵无字碑,长长的汉唐龙脉一直向远方蜿蜒伸展……

天色转暗,行李太大,小出租车装不下。站在路边继续招手,脑子里又开始想象:当年的杜甫每次回长安,也是在这暮色中吧?月儿要升起来了,他终于望见了长安的西门城墙,趁着夜的遮掩,赶紧用袖子抹去眼角的一行泪。据说当年李白就喜欢住在这附近的老回民酒家客栈。那一千多年前的才子佳人们,许是最爱长安的夜色,天黑了,他们才能放开怀喝酒,才能看见可心的艺伎吹奏丝竹之乐。当年的大唐夜晚,曾是怎样的钟鼓齐鸣,乐舞飘香?

终于上了一部车,脑子里还在神游,竟然想起了开元九年,辉煌的大唐拉开了华丽的帷幕,二十岁的王维中了进士,"新丰美酒斗十千,咸阳游侠多少年。相逢意气为君饮,系马高楼垂柳边"。在河南,一个小男孩也在作诗,名字叫杜甫。再后来,青年李白在黄鹤楼为兄长孟浩然送行。离别洛阳南还荆襄的途中,孟浩然吟道:"洛川方罢雪,嵩嶂有残云。"那是一个多么神奇的年代,大唐的诗情如滔滔江河,成就了一个伟大诗国的碧海。

梦里惊魂疑是客，一夜踏尽长安花。翌日晨起，先带着文友们去参观半坡遗址。半坡人创造的尖头陶罐上神奇精美的鱼尾纹让人惊叹不已。再赶去灞水，看的不是折柳，却是专门为鸟儿们修的生态爱情岛。午后相约在清凉的古刹碑林，碑刻环绕，青石叹息，幽谧中骇然一惊，原来我们眼前面对的竟是大文豪苏东坡豪迈奔放的手迹。

在浓浓的唐风汉韵里，一群漂泊多年的海外赤子穿梭在长安城的古街老巷，曲江大唐芙蓉园的典雅庄严，浐灞丝路国际会展中心的恢宏壮丽，陕西关中民俗村的庭院深深，中国唐苑园林的美不胜收，还有城墙寺院的古朴静谧，让我们一次次沉醉、流连。

走在大雁塔前的喷泉广场上，五彩的水色里映着千百年来不灭的光，眼前似乎出现玄奘从西域取经归来的场景，也仿佛看见日本的遣唐使团从东海乘风破浪而来。不禁怀想着当年的马队、骆驼队浩浩荡荡从长安城出发的情景，他们跋山涉水，一路向西，大唐清脆的驼铃热闹了延绵万里的丝绸之路。经济的强大，带来了文化的昌盛，祖先的帝国，雄踞在世界的东方。

转眼就到了分别的时刻，与文友告别的时候长安城忽然下起了雨，氤氲的水汽凝成了头顶的水珠，相聚恨短，有些不舍，有些伤感。挥手时蓦然看见路口立着一组巨大的雕像群，赶紧叫车子停下，众里寻他千百度，这雕像群正是我思念中的"丝绸之路群雕"。

从细雨中望去，眼前是一队跋涉于丝绸之路上的骆驼商旅，满载着丝绸、瓷器、茶叶，正要西出阳关。浩大的队伍中有唐人，也有高鼻深目的波斯人，在十四匹骆驼中还夹杂着两匹马和三只狗，气势豪放，栩栩如生，令人热血沸腾。这其中有多少斑驳的记忆，有多少迷离的故事，我不禁又想起了两千多年前的那位勇士张骞，他就是从这里出使西域，被后世誉为"中国走向世界第一人"。

雨悄悄地停了，我的心情却陡然沉重起来。唐宋之后，人类迈进大

故乡的云

航海的探险时代,叹我九州大地北有雪原阻隔,西有山脉屏障,东南沿海还被昏聩的统治者实施迁界禁海政策,从此闭关锁国,中国的历史走向发生了改变。面对漫漫长夜的昏暗和沉寂,龚自珍发出了"我劝天公重抖擞,不拘一格降人才"的呐喊,呼吁破格录用人才,改变现状。

深夜里与亲友长谈,父亲兴奋地说:"你看看改革开放的几十年,是不是浓缩了西方几百年的历程?"是啊,我也告诉父亲这些年海外华人的形象变化有多快:英格兰裔老祖母记忆里的华人还是只会做"鸡肉炒饭"的大厨,可她大学里念书的孙子却已经娶回了博士毕业的中国媳妇;好莱坞的电影里常常出现东方人智慧的脸;一位老同学描述他们在夏威夷开全球高层学术会,中国的学子竟占了大半,大家几乎都可以用中文演讲了……

舍不得离家,一早父亲带我去看小南门的早市。那小小的门洞,那混合着各种声响的市井声浪,几乎就是我在异国他乡最深的怀念。赶快在街边的小凳上坐下,来一碗我最爱的豆腐脑。再顺着街走,油饼、油条、肉夹馍、水煎包,挨个尝过去,走到最后,我的脚步还迈向老兰家的胡辣汤,父亲拦住我:"小南门一口气吃不完,下次再来!"真的,如今的中国解决了十几亿人的温饱问题,是个非常了不起的成就,世界上又有几个国家能做到?人民在富裕,国家必然强大。

沿着城墙根继续散步,母校西北大学的门前店铺林立,科技楼群拔地而起。听说从前的老孙家羊肉泡馍馆竟然盖起了七层高的大楼,解放路上数百种的饺子宴正在迎接着四海的宾客。好想走进豆花庄,再吃一顿蘑菇火锅,执一杯桂花稠酒,坐在大南门的塔楼上,看脚下的长安城车轮滚滚、气象万千。突然明白:中华文明的伟大就是能吐故纳新,有容乃大。所谓的"盛唐精神",就是向世界开放。如今,从疾驰在欧亚大陆的高速列车,到海上繁忙的贸易商船,陆上和海上丝绸之路又被重新点亮。今天的中国已经走进了"全球化"时代,开启了共建"一带一路"的新篇章,这是历史的呼应,也是未来的希望。

再喝一杯父亲泡的热茶,再看一眼汉唐的明月,黎明中的飞机再一次滑行。腾空的那一刻,俯瞰脚下的城郭,心里默默地说:我是你弓上的箭,但我更是你手中的风筝,无论飞多远,都是为了有一天归来。亲爱的西安,你曾经是中华文化的守护人,如今是西部大开发的先锋。你在走向世界,世界也在聆听你。

久违的感动

秋尘 / 美国

不止一次从温哥华转机，但唯独2012年的那一次经历算得上难忘。

原本以为在温哥华机场有四个小时的时间，还可以逛逛免税店，谁承想，那日的温哥华机场人山人海。转机旅客都和我一样不明就里地聚集在海关大厅内，在一道道紧密相连的之字形队列中如龟慢移。虽然我并未仔细数，但也知道足有上千人了。站在我们后面的一对白人父女，一直处于不安和焦虑之中——他们是途经温哥华去阿拉斯加的，只剩下20分钟飞机就要起飞了。情急之下，他们找了大厅里没完没了地吆喝着的女管理员们，希望得到特殊优待，但无果。他们又找了一位穿着制服，看上去像警察一样的加拿大大汉，还是无果。看来，他们只有错过这班飞机了。和我聊了一通后，两人站在我们后面，不时相互埋怨着，让本来就已经人声鼎沸的大厅像个就要爆炸的高压锅。同情之余，我让父女俩站到我们前面去，两人一惊，停止了埋怨。有趣的是，两人站到了前面，心里似乎也跟着平复了些许，不再斗嘴，安安静静地等着，看上去还显现出了一点既来之则安之的淡然来。

出门在外，大概总是容易心神不宁的。

大约两小时后，我和大儿子终于过了海关。工作人员问我们是否要提行李。我被问蒙了，印象中在中转站是不需要提行李的，但之前有广播说，所有往国外转机的旅客都要提行李，重新检验。我正犹豫着，发现已经晚了，工作人员把我们拉到了一边，开始接待下一位旅客了。我一边埋怨着，一边悻悻然来到问讯处。

接待我们的是一位中老年白人妇女。我的话还没说完，她就已经明白了，二话不说，像在播广播似的字正腔圆地告诉我们，所有的行李都要拿出，重新检验。我正不知所措，心想，我和儿子两人，三件行李，拖来拖去的，恐怕时间会来不及的。我就又解释说，在旧金山时，我们被告知行李是直接到北京的。她一听"北京"两字，忽然像想起了什么，说，哦，到北京的旅客不用提行李。我不敢相信似的，和她再次确认。她十分肯定地又大叫着：所有到北京的旅客，不用再提行李，不用重新检验，航空公司自动处理了。

那时的我，是很想问问为什么的，但我没有。也许当时太心花怒放了，因为我实在没想到，更是不敢相信，怕再多发出一个音，就会听到不同的指示。于是，我拉着儿子赶紧往转机大厅奔去。可路上，我都在琢磨着，这到底是咋回事儿，咱们北京人何时有过这等的优待了？当年，在滑铁卢、卡尔加里的六年里，每次无论是回国还是回加拿大，都必须在温哥华出入境和转机的，我们可从来没有被如此地优待过呀！

直到坐上了飞机，我这颗一直狐疑着的心总算是落下。那时的感觉，真叫一个好啊。想起咱老祖宗那句话来：母以子贵，妻以夫荣。海外的游子啊，又何尝不因祖国的强大而受到尊重呢？

虽说在温哥华受到了格外的礼遇，可到了北京，我们才发现，三件行李只到了两件。我和儿子在行李传送带附近来来回回找了很多遍，也未能看到那个熟悉的小帆布箱。虽说那件行李很小，但里面有两塑料袋从旧金山家门口摘的玫瑰花瓣——那是专门给老妈带的，其中一袋是干花，另一袋是头天才在院子里采摘的。老妈喜欢花，曾经在北京城遍寻玫瑰，终没有找到令她赏心悦目、心满意足的。我这才别出心裁，冒着被海关查收，甚至勒令处罚的危险，带上这两袋私房货，给老人家闻闻鲜。本以为一日之内老人家就能看见我的玫瑰，这下可好，不知道那些

玫瑰花将魂飘何处了。无奈，我不得不走进了机场的行李管理处。

来管理处问询的人不算多，在我前面只有两位客人，管理人员倒有四五位，其中两位负责接待。轮到我的时候，我说明了情况。小姑娘一看我的行李票和机票立马就说："这事儿我们已经知道了，美联航已经通知了我们。"我一听心下一阵欢喜，又见她立马打了个电话，心下更道，如今国人办事效率大大提高了。从小姑娘断断续续的对话中，我知道行李确实没有跟上，大概是在旧金山装货的时候，就出了差错，现在行李还在温哥华，要明日才能到北京。

无奈，只得坐下来，办理了挂失手续。小姑娘拿走了一应文件，询问了一应问题后告诉我说，第二天下午可以给他们打电话。我一想这明天还得跑一趟机场，就"一个头两个大"。小姑娘似乎看出我的不悦，补了一句说，他们会负责将行李送到家。我将信将疑地离开了管理处，与在外面等候的家人会合后，心下依旧茫然若失——不知是否还会见到我那个小行李箱。

第二天下午，一直没有消息。当然，我也没有抱太大的希望。晚饭后，先生忽然告诉我，机场打了电话说行李到了北京，还说晚上就能送到。我当时眼睛一亮：这真是太意外了！那晚，为了我那失散一日的载着玫瑰花魂的小箱子，我坚持不肯睡，一直等到十点半，终于还是熬不住时差的折磨，去睡了。

第三天一大早，走出卧室的我一下子就看见了那可爱的红色小行李箱在客厅里迎接我。大概因为之前和我失散的关系，这次竟然被五花大绑着，无法逃脱了。我急忙上前给它松绑，还没打开来，淡淡的玫瑰香飘散开来，仿佛回到了旧金山湾区我家的院落。箱子打开来，我一眼就看见那两袋玫瑰花，静静地迎接我欣喜的笑容……

那一刻，我整个的身心，已然被一阵阵的花香和久违的感动，熏得如痴如醉了！

我和小爱

孟庆华 / 日本

年轻时,我没能做成好母亲,那时候,净忙着工作和写作了。随着年龄的增长,会在心里产生自责。

我想,年老了,也许我会做个好姥姥。

然而,国外的教育与国内的大相径庭。孩子自然要由母亲带。在外孙女小爱婴儿期间,我几乎没有与她单独相处的机会。

在小爱三岁的时候,我终于有了和她独处的机会。那是因为我的小女儿,也就是小爱的妈妈,来东京读研究生。

晚上的时候,由我负责给她洗澡,讲故事,哄她玩耍,直到睡觉。

一个三岁的孩子,正处在恋母且对事物懵懵懂懂的阶段。自从那个时候起,我便产生了一定要让这个在日本出生的孩子记住自己的根在中国的想法,首先要教她说汉语才成。于是,我很快就编写了很多动物小故事,孩子们都是很喜欢动物的,这个年纪,也正是学习语言的大好时机。每到晚上,我就坚持用汉语给她讲故事,她开始时似懂非懂地眨着一双大眼睛默默地听,不懂时,就会要求我用日语讲给她听。

我干脆地告诉她:"姥姥是中国人,只会讲汉语。"

无奈的她,只好接受了我是中国人,只会讲汉语这个事实。这样,无形中她也开始接受中国文化。

一直以来,小爱晚上都和妈妈黏在一起,如今一到了晚上,就会加

倍警觉地守在她妈妈身边。

起初,我们得想出各种办法来哄骗一个纯真可爱的顽童……事实证明,今晚得手的骗法,明晚一定会失效的。她不会再相信我们的把戏了。

这让我惊异:一个年仅三岁的孩子,不但有记忆,还懂得识破和思考啦。

接下来,温柔的欺骗无法再安慰小爱离开妈妈的焦虑。无奈的小爱先用哭声来捍卫自己,见哭声失效后,她就会乖乖地尾随在我身后,本能地对我这个"陌生"的姥姥溜须起来……

我不由得窃喜,就弯腰抱起她柔软温暖的小身体,很多的往事,便会在心中荡漾开来……四十年前,我曾经这样抱着自己的孩子,一种母爱的幸福、往昔的快乐,却在一日日一月月一年年的忙碌中给遗忘了……

三岁的孩子,她不但能分辨出妈妈不在时谁会是她的靠山,而且还懂得了讨好呢。趁着孩子在这个年龄段有着极高的求知欲望,我把各种玩具拿到她面前,让她用汉语告诉我这些玩具的名字。

"姥姥,米台,卡(car)!"她用汉语、日语和英语,指着夜幕中川流不息的汽车对我说。我禁不住亲亲她软乎乎的小脸蛋,只有我们才懂得她这些特殊的语言。可是,我还要告诉她:姥姥是中国人,只会汉语呀,你说的话,我听不明白。能用汉语告诉我吗?

我抱紧她,感觉得到,她温热的小身体在微微地颤抖着……她眨巴着大眼睛,思索着一字一顿地对我说:"姥姥,看,汽车!"

"小爱,你真棒!"我亲着她,鼓励着她。我接着问:"能告诉姥姥,你的根在哪里吗?"

她学着我的样子,响亮地回答道:"中国。"

"我们给你点赞。你说得好极了。"那一刻,我感到非常欣慰,顿时有了一种失而复得的兴奋。

小爱的进步，同时也在激励着我们家族的每一个人。我们意识到，虽然我们身处异国他乡，我们不会让自己的后代忘记了祖宗的语言。

"我们给你的奶奶打个电话好吗？"我提议小爱给她的奶奶打个电话。我知道她正是喜欢模仿大人的时候，很热衷这种游戏。

小爱听罢，立马跑向玩具电话，学着大人的模样，铃声响后，像模像样地冲着电话里问道："您是奶奶吗？现在是在吃晚饭还是在洗澡呢？可以说话吗？"

然后，小爱又会自圆其说："妈妈现在学习去了，我听话，洗澡去啦！晚安！"

我和丈夫不由得微笑对视，心情在那一刻真的是美极了……

我们紧跟小爱的话题，要求她去刷牙，她的个头很小，只好踩在木雕的大象背上，固执逞能地要自己来完成。

然后，我带她去洗澡，泡在热气缭绕的热汤里。她很享受洗澡的过程，每次都提出要自己洗。

这一切完毕后，睡觉就成了难题。我刚刚说完"我们现在去睡觉吧"，她就会像滑溜的小泥鳅一样，挣脱我的手臂，远远地跑到客厅的一角去，跺着小脚高喊："真真乃木库那—！"日语的发音准确无误，声音清晰洪亮，表达得也恰到好处。

我就会一如既往地告诉她："我是中国人，听不懂你的日语。"渐渐地，她也习惯了，刚开头说了一句日语，马上就意识到不对劲了，自言自语地纠正道："姥姥你是中国人，说汉语！"

那神态和表情，非常认真滑稽呢，弄得我们老两口不禁开怀大笑起来。我们跟着这个刚刚三岁的孩子，在那一阵子不但得到了教给她汉语的快乐，也寻到了远离故乡的温暖。

晚上九点，我只好命令她："到点了，你该睡觉了！"

小爱大眼睛骨碌碌地转动了一下，用汉语提出请求："我饿了，想

吃饭!"

她的这个小伎俩,昨天晚上用过,今晚我想,该让它失效了。不然,她就会把说谎当成习惯了。

"刷完牙,是不可以再吃东西的。你忘了吗?"我看着她乌黑的大眼睛,郑重地对她说。

她的小脑瓜似乎想起了什么,在我的脸上,寻找可否的答案。见我态度坚决,最后,她不情愿地小声地重复着我的话:"刷完牙,是不可以再吃东西的。"

我不失时机地表扬了她。用表扬,加深了她的印象,同时也巩固了她的汉语。

一计不成,她就会又生一计:"给我讲个故事好吗?"

"好的。"我冲她招招手,示意她到床这边来。

小家伙警觉地向我磨磨蹭蹭地走来。我拿出从图书馆借来的《看图说话》,她翻找到喜欢的地方,自顾自地唠叨开了……

看了一会儿书,小爱有些累了。我含笑地欣赏着她稚嫩的小脸,示意先生闭灯。

电灯熄灭的瞬间,小爱多少有些恐惧地将小小的身躯全部贴在我的身上。两条胳膊环绕地抱住我的脑袋,嘴里亲昵地唤着:"姥姥,故事还没给我讲呢!"

我闻到了她的体香,感受到了她的体温,听到了她的心跳声……那一刻,我很感动,忙安慰道:"小爱,不怕,姥姥在这里呢,明天再给你讲好吗?"

"好的,姥姥明天讲。"

"小爱真乖……等你长大了,姥姥带你回中国去看看好吗?……"我不管她能否听得懂我的话,我只管用汉语给她讲下去,我想让她知道:她只有一个祖国,那就是海那边的中国。

……

这些年来，这种对祖国的温情，越来越频繁地在我的心中被唤醒。而对故乡的思念，也随着年龄的增长一日强过一日。

　　我和先生在上个世纪九十年代来到日本。屈指算来，我已经在异国他乡飘零二十五年了。我们之所以成为今天的我们，和日本发动的那场血腥的战争是分不开的。先生作为日本遗孤，从小被善良的中国养父母收留养大，中国也是他的家乡。我们现在常常谈起往事，常常提到过去的朋友，常常津津有味地说起中国的哪个城市的哪一条街道我们走过，哪个地方还值得我们再去看看，哪里的小吃我们很留恋，哪些朋友我们已经联系不上了，不知道他们过得好不好……

　　我还经常会在梦中回到故乡，梦到站在繁华的故乡街头，不安地东张西望着。我呼喊，我自责，我再也找不到回家的路了。醒来以后，泪水就会止不住地流下来。而现在，由于这个小生命的出现，我们的这种情感有了寄托，生活也一下子显得丰富起来。

　　我想，我现在唯一能补给这个小生命的东西，就是在我还没有忘记自己是谁之前，把我是中国人，我来自中国，那里有我的根，把我和我们家族的故事一遍一遍耐心有趣地讲给她听……

风　筝

孙博　/　加拿大

多伦多一年四季之中，秋天是最令人陶醉的。一个天高云淡的黄昏，我徜徉在附近公园的小径上。四周风景如画，美得使人透不过气来。

半途，忽见公园中央的两个孩子向我招手。走近一看，原来一个是我们家的中国邻居小强，另一个是他的同学托尼，都在读小学五年级，均是在多伦多土生土长的移民二代。他们拿着京剧脸谱风筝犯愁，说试了好一阵子也飞不上天。我自夸是一个放风筝的老手，算他俩找对人了，孩子顿时乐开了花。

我边做边用英文跟他们讲解。放风筝首先要知道风的方向，环顾四周，没有旗帜、炊烟。我拾起一把枯叶快速向空中抛去，立刻测出风向。我手握风筝引线，逆风向前快跑，直到感觉风劲够了，风筝向上爬升时才停下来，慢慢放线。他俩见到风筝升腾，马上拍手鼓掌。

眼见风筝在空中稳定飞翔了，我便把引线转交给了小强。我告诉他，如感觉风筝线有拉力时，就要把握时机放线；当风力小的时候则要收线，给予人工加风；如风筝有下降的趋势，需要迅速收回一部分线，直到风筝能在天空挺住不坠。他俩分别尝试，感觉良好……

仰望空中飘来飘去的风筝，我不禁回想起四十多年前在上海的情形。那时才十来岁，跟着哥哥去郊外放风筝。三哥只比我长六岁，但他知识面极其宽广。他告诉我，早在春秋战国的时候，一个叫鲁班的人就用木头做成了木鸢，这就是中国最早的风筝了。而后用纸代替了木，纸鸢就出现了。再后来，又有人试着在纸鸢上系上竹哨，当风吹入竹哨的时候，声音就像筝鸣，所以纸鸢又叫风筝。

小时候还听大人讲，放风筝不但可以作为娱乐活动，还可以"放掉晦气"。每当遇上难题时，就在风筝上写上自己的名字，然后把风筝放上天，再故意剪断引线，让风筝飞走，"晦气"也就这样放走了。有一个发小儿曾经告诉过我，他的母亲有一回生病就是他把风筝放走了才好的。这风筝还真够灵的！怪不得，至今朝鲜人还保留这样的民俗：每当正月十五，在风筝上写着"送厄迎福"四字，把风筝放上天，再烧断引线，任其飞走，以示送走厄运。

整个少年时代，我经常与小伙伴一起玩风筝，简直成了发烧友。一到秋天，周末常去郊外玩个痛快。有次回家太晚，还挨了妈妈一顿训斥。玩到考大学那年，之后再也没碰过风筝……上世纪90年代初，我漂洋过海来到加拿大。几年后成家立业，先后添了两个儿子。等他们六七岁后我才又和他们一起玩起了风筝，似乎返老还童。

记得2004年9月的一天，天气晴朗，万里无云。我们一家四口来到多伦多东北侧的美丽径公园，参加第十届多伦多国际风筝节。造型各异的风筝装点着湛蓝的天空，多姿多彩。多个国家的十余支风筝队应邀参加了风筝节，场上的比赛一个接着一个，一会儿是最快升空纸鸢较量，一会儿又是最长尾巴的风筝搏斗。当一个80米长、由50多片叶片组成的巨龙风筝升到空中时，全场数千老老少少都惊叹不已。原来，这个庞然大物来自中国的"风筝之都"——山东潍坊。浓浓的中国风，引来此起彼伏的掌声。

从此，每年秋天我们全家都会去参加风筝节，其乐融融。年复一年，孩子们在追逐风筝中长大，我们也伴随着他们成长……

最近一次全家玩风筝，还是在2015年的仲夏，那是我们去旧金山

故乡的云

旅游。两个儿子事先在网上查到,有一个放风筝的好地方。那日下午,我们先去唐人街买了风筝,然后直奔金门大桥旁的休闲公园。借着吹过金门大桥的强风,放了好几个小时的风筝。

那天放风筝的人还真不少,几十只风筝在空中盘旋,观赏者数以百计,构成了一幅绝妙无比的图画,不禁想起民间流传的诗篇:"风鸢放出万人看,千丈麻绳系竹竿;天下太平新样巧,一行飞上碧云端。"当引线在握,遥望碧空,看着升腾的风筝时,放风筝的人会觉得风筝是自己的化身,似乎将天地相连,一种融合于大自然的喜悦顿涌心头。这或许正是风筝乘风万里达四海、老人小孩皆欢喜的原因所在。

人们总是向往着能像风筝一样,自由自在地飞翔在蓝天。那时,大儿子就读大学一年级,刚完成在硅谷的暑期实习,他边放风筝边说,自己要像风筝一样在美国翱翔。三年后毕业,他果然如愿以偿。如今,他作为高级白领穿梭于美国和加拿大各大城市,驰骋商界。那个时候,小儿子正在读高中,他说以后要到全世界各地去放风筝。酷爱旅游的他,如今大学已念到一半,已去过不少国家放风筝,正在逐步实现自己的梦想。在有意与无意之间,我似乎也将风筝传到了两个儿子手上……

绚丽的晚霞已挂上天空,风筝慢慢地随风飘动,时而向上升,时而往下沉。我再次告诉托尼,当风力不够时,要快速向后收线,他做得有模有样,似乎完全领悟了精髓。

再次仰望天际,自己何尝不像这只风筝,从黄浦江畔飘到加拿大近三十个年头了。最近十年,我这只风筝频繁来往于中加两地,有过一年飞北京四次的纪录;也有间距不到一个月的,往往是时差还没完全倒过来又要起飞了。一次又一次的穿梭,亲自感受着祖国翻天覆地的变化,内心与祖国的变迁同频共振。

但是,这只风筝无论怎样飞翔,不管在海外传递给几代人,哪怕飞到天涯海角,它的源头依然在上海,始终有一条线牵着我们!

割不断的那份故乡情

梁源法 / 法国

今年是新中国诞生七十周年，也是我离开故乡到法国来讨生活的第四十二个年头。尽管身居海外几十年，但是每年的十月一日，我们也都不会忘记去参加侨社的庆祝中国国庆的各类喜庆活动。这个日子既是新朋老友难得欢聚的一次好机会，也是我们这些生活在异国他乡的"游子"表达对故乡和亲人们的深深思念的一次机会。

四十二年前，我还是一个刚迈入而立之年的青年人，趁着中国改革开放的大门刚刚开启，我迈出国门，来到了一个完全陌生的国度——法国。那时的我，既兴奋，又迷惘；对未来的生活既充满了憧憬与希望，又感到一份莫名的恐惧与无奈。好在凭着自己年轻时的热情和不怕苦的精神，我和千千万万华侨华人一样，慢慢地在法兰西的土地上扎下了根，开始了全新的生活。

时光荏苒，岁月匆匆。转眼四十多年过去了，自己不知不觉中也已迈入了老年人的行列。回首人生走过的路，恍惚只是做了一场梦。人们都说，年纪大了的人，眼前的事刚刚过去，往往转眼就忘了；而儿时的事，回忆起来却一件件都清清楚楚。年纪愈大，思念故乡的情感愈烈。想想，我是不是也到了这样的人生阶段？

一点也没错。近些年来，我一年也有一两次回国。每次回去，总会到故乡去住上一些日子，不单是要回去看望我年迈的老父亲和老家的亲

故乡的云

人,同时,也总是要到那些我儿时生活过的地方去转一转,去寻觅儿时海滩上留下的足迹,去闻闻儿时空气里那股咸咸的鱼腥味……

儿时的记忆

我出生在浙江东海边的一个小渔港,她有一个美丽的名字,叫"金清港"。我至今不知道我的故乡这个名字的由来,但我始终觉得"金清港"这个名字起得好,很秀气,颇有蓝天的风韵、港湾海浪的温情。

金清港同时也是一条入海河流。涨潮时,浩瀚的东海把海水送进来;退潮时,港中的水流回东海。所以整条港中的水是咸的,港面不宽,隔岸可以相望。两岸往来的交通全靠小木船摆渡,故乡人祖祖辈辈沿港而居,除了种地外,织网捕鱼是不少当地居民的主业。上个世纪五六十年代生活条件差,当地老百姓就是用一些小鱼、小虾晒干了,用盐腌一下,放在饭上蒸熟了就饭吃。我的印象里,除了家里来客人会多加一点肉、一点菜,平时每顿饭的菜蔬就是一碗很咸的小鱼、小虾。后来长大了,到北京读大学,再到法国讨生活,一直口味比较重,喜欢吃咸的东西,恐怕就是从小养成的吧。

我的童年、少年都是在金清港度过的。那时的生活虽然过得比较清贫,但是却十分祥和、温馨。许多生活的场景、片断至今想起来仍带有丝丝甜味……

那时街坊、邻里之间关系融洽、轻松,白天每家的大门都是敞开的,从不上锁。邻居相互之间也很熟,随时可以进进出出,像自家人一样。每到夏季,晚饭时,为了凉快,家家户户都将桌子摆到门口,大家一边吃饭,一边家长里短聊天,互相串桌,互尝新菜,谁家吃什么,一目了然。大家坦诚相待,充满温情。这样的场景以后恐怕很难有了。

金清港,因为有了这条港,小孩子们的日常生活丰富、充实了不少。每当涨潮时,小孩子们早早就在港边等着了。当潮水涨上来,最前面的一波浪头翻起一米多高的白浪花,带来一阵阵的呼啸声,很是壮观,往往引起孩子们雀跃欢叫,跟着浪头奔跑。而当潮退时,小孩们提上一个小竹篮,乘着潮水还没有退尽,小蟹、小虾还没有钻到海滩的烂泥里去,快手快脚地将它们一手一个抓了起来。运气好的时候,可以抓到一两斤呢。我那时常常约几个好朋友一起去海滩,深一脚浅一脚地忙碌几小时,满载而归,可以时不时地让兄弟姐妹们尝个鲜,欢乐一阵子。

环境虽变情未变

来法国后,为了适应新环境,为了生计,埋头在陌生的土地上努力地劳作着、奔波着。等到新生活稍有起色,就急匆匆地回国,去看望日夜萦绕在心中的故乡,去看望家中的亲人。出国后第一次返乡,那是离开六年以后的事了。

当我重新投入故乡怀抱的时候,我惊讶地发现,金清港已大变样了!原先的几条老街还在,但是在它的周边耸立起了不少钢筋水泥结构的四层、五层的新房子。原来木结构的两层旧楼房,在它们面前立即显得矮小、简陋了。我两个弟弟都搬进了四层楼的新房子,敞亮而舒适。大弟弟带我到街上转了转,不少街道都是新建的,据说整个金清港比原来扩大了两三倍还不止。记得我当年离开时,金清港街上是看不见小汽车的,现在街边却停着各种牌子的小汽车。想不到十年不到的时间,金清港这样的海边小镇,也开始有了县城,甚至省城的派头了。

我急于想去看看儿时常常抓小蟹、小虾的那条港,但听弟弟说,那条港已不复当年景况,它的河床逐年淤泥沉积,已经没有了潮涨潮落的壮美景色。我听后心里有点失落,"金清港"这个名字还在,但是"港"已经没有了,涛声也不再依旧。当我又过了几年回乡时,原来的港道已经被泥土和石头填平了,上面全部盖起了楼房。没有亲历过当年景况的人,怎么也不会想到这些楼房的下面,原来曾经是一条有过潮起潮落的

故乡的云

港呢。

故乡与全国各地一样,几十年的变化可说是翻天覆地,旧貌换新颜,这是一件多么令人欣慰的喜事啊!且将过去的记忆留在心头,张开双臂去拥抱全新的故乡。

有国才有家

故乡好,让我想起了一个基本的道理:有国才有家。国家的兴旺,人民生活水平的提高,都是因为长期以来国家安定,有一个和平的环境。新中国成立七十年,这中间也有过曲折,但总的说来,国家的全局是稳定的,人民是安居乐业的,近年经济总量跃居世界第二,这些成就确实来之不易。

一个国家,要想谋发展,要让人民过上好日子,国家的安定与和平是首要的条件,没有这一点,一切都是空话。一些国家战火连年,内斗不绝,民不聊生,人的生命如同草芥,难民潮一浪高过一浪,同时也给西欧一些国家造成沉重的负担。我们生活在海外的华侨华人都有一个深切的体会,这些年来,中国国内安定,经济发展,国际地位不断提高,我们华侨华人在国外的社会地位也随之提高。人们常常说,出国后往往更爱国。这句话不是没有道理的,作为中华儿女,不管走到哪里,也不管生活在何处,我们的心总是牵挂着曾经生养自己的故乡,这就是故乡情、民族爱。所以,当我们在异国他乡站稳了脚跟,有了事业后,总想为故乡做点什么,尽点什么力,众多侨团的成立,积极开展各种交流活动,也就是这种情与爱的最好表达。

社会安定、生活水平不断提高,故乡的亲人们过上好日子,也让我们这些海外游子少了一份牵挂,多了一份安全感、幸福感。从这个意义上来说,爱故乡,首先要爱国家。中华民族强大了,故乡才会越来越美好,而我们生活在海外的中华儿女,才会有更坚实的靠山。

这份挚爱,与生俱来

蔚小建 / 加拿大

每次回国与友人聚会,我总免不了对祖国日新月异的面貌发表感慨。有人不解,笑言出国生活的大多数移民似乎比在国内的人更具爱国情怀,要么是生活艰辛所致,要么是华人在他国没有主人翁地位,再不然就是居住国落后造成心理上的落差。

这三种情况的确反映了部分移民的现实状况,但我知道,这绝不是海外华人爱国的主要动因,包括我自己。由于一时找不到合适的答案,对友人的言论我一笑了之,几日之后逐渐淡忘。

2010年6月份,一个偶然的机会,我得知加拿大华人在准备迎接时任国家主席胡锦涛访问加拿大。我立刻进行全家总动员,凌晨四点从多伦多家中出发,驱车430公里,九点左右到达加拿大首都渥太华的国会山庄。

五星红旗在国会山庄前的草坪上飘扬,来自安大略和魁北克省的华人聚集在一起,唱歌的,高呼口号的,热闹非凡,人人脸上洋溢着甜美的笑容,仿佛这是一场华人的盛会。一个男士拿着麦克风站在草坪中央,他身后另一个男士高擎五星红旗,当《歌唱祖国》的旋律一响起,所有人都安静下来,望着五星红旗行注目礼。拿着麦克风的男子以浑厚高亢的嗓音刚唱起"五星红旗迎风飘扬",草坪上顿时汇聚起一股巨大的声浪:"胜利歌声多么响亮,歌唱我们亲爱的祖国,从今走向繁荣富

故乡的云

强……"歌声雄壮、自豪。那一刻，无论男女老少，脸上洋溢的激动是发自内心对祖国的爱。

许多老人唱着唱着不禁泪流满面，熟悉的旋律、浓重的乡音唤起了他们对故土的思念，此时"祖国"这两个字已经不再是抽象的概念，而是流过家乡的一条河、门前的一棵树……而那些中年人深邃的目光中，是两鬓斑白的父母、儿时放学的道路……

我忽然找到了爱国的答案：我们对母亲和故土的挚爱与生俱来，无论在哪，这片土地都承载着我们最动人的记忆和最深切的情感；无论贫富，我们都会牵挂母亲蹒跚的脚步。这份天生的血脉之情就是我们爱国的理由。

钱学森、邓稼先等先辈在祖国最需要的时候回来了，他们把实现中华民族的复兴与富强奉为最崇高的理想，并付出毕生的心血来为这一理想奠基，这是爱国的真谛，这是最真挚的情怀。

距多伦多100多公里的格雷文赫斯特镇有一座极为普通的民宅，百年前，白求恩大夫就诞生在这里。加拿大政府为了方便中国人来此纪念，出资购买了这套房产，保留原样，加盖了展厅，组成约1000平方米的白求恩故居纪念馆。远道驱车前来的中国人络绎不绝，留言簿上一行行深情的话语，谱写了每个人心中的感动，唱出最为质朴的爱国旋律。

到过唐人街的朋友一定会为异国他乡的中国元素而感到亲切，但不少人会发现，现代化大都市的光芒并没有照在唐人街上，陈旧不堪的建筑、缺乏人气的市场，仿佛定格在上世纪80年代，难怪友人会误解。令人痛心的是，部分西方人同样也在误解，他们就像梦中人，宁愿满嘴呓语也不愿意睁开眼看看真实的中国。

我的邻居是个白人，十年前我们只要谈到中国，他都会一脸不屑。在他眼中，中国就是伪劣商品的代名词，还举例连锁店里的廉价货都是"中国制造"。这种陈词滥调在西方世界并不鲜见，西方一些媒体喜欢歪曲事实来妖魔化中国。我见过一份英文报纸，漫画中的中国人竟然是一百多年前拖着长辫、尖嘴猴腮吸着鸦片的模样，背景就是唐人街。这绝不是文化上的差异，也不是意识形态的不同，这是西方某些人骨子里对中国人的傲慢与偏见。唐人街陈旧的外表其实是在折射华人的辛酸史和屈辱史。

但是，今天的华人不会再像先人那样忍受屈辱，祖国的崛起让他们挺起了脊梁。近些年来北美大陆旅行的朋友会发现，很多现代化大都市都有中国的广告，很多旅游景点都有中国人的身影，他们的到来给加拿大带来不菲的收入。不仅如此，"中国制造"开始登上大雅之堂，变为高品质、高科技、优质服务的代名词。

终于，我的邻居收回了他的观点，在惊叹中国高速发展之余，开始计划中国之旅。他说要去看长城感受中国古老的文明，去坐高铁感受中国的速度，他还在手机上安装了中英翻译软件，并提出向我学习汉语。

还有一件事让我感触颇深。多年前，我去多伦多一家医院就诊，一位长得酷似汤姆·克鲁斯的医生接待了我。当谈到我的工作时，他提出想要一本我写的书，我答应了。第二年，我又去找他，并赠送了我的著作，就诊后我正在等电梯，他喊着我的名字跑过来，紧握我的双手不停地恭喜我，搞得我一头雾水。原来，当我出门时，他立刻上网输入书的国际书号，居然看到芝加哥大学和北卡罗莱纳州立大学的图书馆都有收藏，而他恰恰是芝加哥大学医学院毕业的。去年，我再次造访他的办公室，惊喜地发现那本书居然在他身后的窗台上端端正正地摆放着，旁边还有他家人的照片。我不解，问他看不懂中文为什么还要把书放在办公室。他告诉我，这本书摆在这里好几年了，虽然看不懂，但它好比是了解中国的第一道门，通过它可以进入第二道、第三道。我读懂了他的真诚，眼睛不会说谎。

相互沟通是理解的开始，理解才能打开尊重的大门。我知道，没有强大的祖国，华人就不会有话语权，没有话语权就无法沟通，就得不到

理解，最终也得不到尊重。

中国曾经一穷二白，海外华人不仅要遭人白眼，还要忍受不公平的待遇。时过境迁，如今海外华人再也不用担惊受怕，亚丁湾撤侨事件让西方人看到不一样的中国，那些喜欢指手画脚的西方人终于露出羡慕的目光，看着中国侨民登上自己国家的军舰。祖国时刻愿意用自己博大的胸怀温暖呵护在外的游子，这就是我们的祖国。

今年是新中国七十华诞，海内外的中国人都为之欢呼雀跃，爱国不再有距离，爱国也不仅仅靠思念，走进新时代的中国人无论身处何方，都以同一首歌歌唱我们伟大的祖国。回首过去，祖国母亲在七十年里取得了辉煌的成就，航天工程、高铁项目、港珠澳大桥……这些举世瞩目的伟大工程就是给祖国母亲最好的寿礼。展望未来，习总书记提出的"一带一路"倡议将翻开新的历史篇章，我坚信中华民族一定会完成伟大复兴的使命。

我爱我的祖国。

幼儿园里看中国

范秀洁 / 加拿大

大多数出国留学的人,都是怀揣着梦想走出国门,走向异国他乡的。我也一样,在80年代末,我拿到了去加拿大的签证,踏上了蒙特利尔的土地。

从凡尼尔学院幼儿教育专业毕业前夕,我得到了一个应聘的机会。这是一所公立幼儿园,园长是一位犹太人。面试那天,她拿着我的简历站在办公室门前,嘴里试着拼了几次,费了很大的劲才勉强拼出我的中文名字的拼音"Fan Xiujie"。

进得门里,我走上前去主动而大方地跟园长打了一声招呼,清脆的声音使她冷不防吓了一跳,她用吃惊的目光看了我半天才请我坐下。接下来她提出的第一个问题竟然跟工作毫不相干。

园长问我:"你是中国人吗?"

我回答道:"是的,我是从中国大陆来的地地道道的中国人。"

园长说:"你看上去不太像中国人。"

我问道:"那您眼里的中国人是什么样?"

园长说:"他们给我的印象都是非常腼腆,胆怯,不主动与人打招呼,说话的声音很小,而且没有热情。"

我说:"那么从今天起,我就要让您改变这种印象:一个外向、胆大、主动、热情、声音洪亮的中国人就站在您面前。其实,我们中国人

不是都像您印象中的那个样子。"

园长立刻说:"就冲你的这番话,我决定录用你。"

带着改变园长对中国人印象的想法,我当了这所幼儿园中班的老师。

这个班一共有八个孩子,除了清一色黄头发、蓝眼睛、白皮肤的英裔、法裔和犹太裔小朋友以外,只有一名叫汉森的来自北京的小男孩儿是中国人。新学年开学的第一天,在自由活动时间里,汉森受到了全班小朋友的围观。他们把汉森围在中间,好奇地打量着他的黑头发、黑眼睛和黄皮肤,汉森立马不自在了起来。突然,一个犹太裔小孩儿用两只手把自己的眼角同时向上提,指着汉森说:"你有吊眼儿,你是中国人!"汉森"哇"的一声,大哭了起来。

我目睹了一切,走进孩子们围的圈儿里,拉起汉森的手,给他擦了眼泪,对围着他的小朋友们说:"你们看,Lili(我的英文名)也是中国人,有吊眼吗?"所有的孩子都盯着我的眼睛摇头说道:"没有!"我松开汉森的手,请汉森帮我拿教具地球仪,然后我让孩子们就地围成半圆圈儿坐下,把地球仪摆在正当中,我和汉森坐在它的两边。

那天的主题讨论活动就以"地球欢迎你"为题。我指着地球仪上中国的雄鸡地图告诉孩子们:我和汉森都来自中国,虽然现在都生活在蒙城,但我们天生就是长着黑头发、黑眼睛和黄皮肤的中国人。也许你们看过的动画片里面,有中国戏曲提眉吊眼的形象,就觉得单眼皮的中国人的眼睛都像吊眼。生活在地球上的人长相各异,肤色不同,甭管长成什么样子,地球都欢迎他们。接着我让每个孩子轮流坐在地球仪旁边,说出自己的祖籍,我帮他们在地球仪上找到他们祖先的居住地。主题活动结束后,孩子们饶有兴趣地围着地球仪叽叽喳喳说中国的地图真的很像一只雄鸡。

第二天,汉森的妈妈送他来上幼儿园时,神情紧张地告诉我汉森不愿意来幼儿园,并哭着说他不想当中国人。我把昨天发生在班里的一幕告诉了汉森妈妈,对她说,孩子的这种表现是他身心两方面的反应,他觉得在这个群体里自己成了异类，求同心让他不愿意当中国人，这说明他在思考"我来自哪儿，我是谁"，这需要我们共同帮助他构建自己是中国人的认知。汉森妈妈放松了紧绷的神经，把汉森送进了教室。

汉森就在认识自己、认识周围的人和事物中，度过了一年的幼儿园生活。在幼儿园的毕业典礼上，我们中班出的节目，是各族裔的孩子用自己的母语唱"祝大家新年快乐"。汉森不仅用中文唱歌，还用英文说："I am Chinese, and I am proud to be Chinese."（我是中国人，并且我很骄傲我是中国人。）他的歌声和宣言赢得了观众的阵阵掌声。

新学期开学前，我们家搬迁到近郊，我不得不辞去这份在市中心的工作。园长特意为我开了欢送会。欢送会上，她激动地对我说："Lili，你是我们幼儿园有史以来聘用的第一位中国人，你用你的言行改变了我对中国人的看法，你赢得了家长的好评。感谢你这一年来对幼儿园所做的贡献，欢迎你有空进城时来看望我们。"听了园长的这番话，我如同吃了蜜一般。

搬迁安顿妥当后，我随即在居住区受聘于一所私立幼儿园。园长是一位印度人，让我联想到唐僧去古印度取经的故事，一厢情愿地认为她对中国应该有所了解。没想到她对我说她对中国知之甚少，并问我能否在幼儿园庆祝11月20日北美国际儿童节时，教大班的小朋友们唱一首中国儿童歌曲，我欣然答应了她的请求。

庆祝国际儿童节的活动进入了唱歌阶段，我把手工课上做的青蛙头饰戴在大班小朋友的头上，教他们唱《数青蛙》。当孩子们一蹦一跳地跟我唱"一只青蛙一张嘴"的中国儿童歌曲时，一位提前来接孩子的家长看到我正在教唱中文歌后断然喝道："停！停！"她冲着我喊道："Lili，我的孩子不是为学唱中文歌来幼儿园的。我要向园长告你！"孩子们顿时乱作了一团，青蛙头饰被扔了一地。

印度裔园长听了家长状告我的内容后，平心静气地告诉她，蒙特利尔是多元文化城市，请Lili教小朋友们唱中文歌，是她的主意。这位家

故乡的云

长抱怨了几句后对园长说:"以后Lili再教唱中文歌时,请一定把我的孩子安排在其他的教室里!"

斗转星移,转眼进入了21世纪,幼儿园的园长也从印度裔换成了意大利裔。

多年前我在幼儿园教唱中文歌受阻的消息,传到了意大利裔园长的耳朵里。和印度裔园长一样,她问我能否在幼儿园庆祝北美国际儿童节时,像当年一样教大班的小朋友们唱一首中国儿童歌曲。我同样欣然地答应了,说我将教一首《数青蛙》,并请她通知大班的家长,以便活动能正常进行。这届大班的家长接到通知后纷纷来找我,说孩子特别喜欢《数青蛙》这首中文歌,问我能否用拼音把歌词写给他们,把歌曲的谱子抄给他们。我被他们的学习热情所感动,连夜请钢琴专业的朋友把《数青蛙》的简谱译成五线谱,用汉语拼音把歌词拼写好,打印出来送他们人手一份。没过几天,《数青蛙》的中文歌就回响在我们大班的教室里,青蛙头饰就跳跃在幼儿园走廊的四面八方。

随着2008年北京奥运会的举行,各族裔家长在幼儿园见到我都改用中文"你好"跟我打招呼。2009年的春节,整个幼儿园的班级都以自己的形式庆祝中国农历牛年。大年初一那天,我们大班的全体小朋友都穿着红色的衣服,有几个小朋友还戴了牛的头饰,在我敲的鼓点声中高呼"牛年快乐",并在幼儿园里游行了一圈儿。有一个小女孩儿在她妈妈来接她时,对她妈妈说:"妈妈,我会说中文了。你听,牛年快乐!"

在幼儿园这片小天地里,我看到了强大的中国用自己的实力,一点点改变着各族裔小朋友和各族裔家长对她的了解和认识。祖国的繁荣昌盛,是我们每一个海外华人的骄傲。我作为一个华裔幼儿老师,为自己能用有限的能力,为传播祖国的文化贡献出一点点微薄之力而感到自豪,我身后有泰山黄河,有不断强大走向新时代的中国。作为中国人,就算远在海外也改变不了我的中国心,无论何时,无论何地,我和祖国始终血脉相连。

家乡的春节

王雪妍 / 德国

身在德国,自然会受到德国人庆祝圣诞节的影响。来到德国的第一年冬天,12月24日晚上,我学着德国人的样子,在屋里也摆上了一棵小圣诞树,倒上一杯热红酒,在圣诞歌曲《铃儿响叮当》的背景音乐里和朋友们举杯畅谈……气氛热烈,但这种聚会实际上只是一场形式大于内容的并不走心的欢闹。一觉醒来,心里依旧空空荡荡。

不久后的大年初一,白天我在图书馆里看书准备考试,晚上回到宿舍听着《常回家看看》,喝着茉莉香茶,看着电脑屏幕那一端妈妈给我写下的祝福留言……虽然平淡无奇,甚至是有些无聊的一天,然而,对家乡传统春节的思念却在我的心底掀起了狂涛巨澜。

印象最深的春节是在我的童年时代。那时的老北京还没有这么多的高楼大厦,一排排平房之间的空地就是我和小伙伴们的游乐场。那时的春节是满大街的鞭炮齐鸣,特别是在除夕夜将近十二点的时候,几乎家家户户都会出来放上一挂"大红袍",爆竹声震耳欲聋,迸发的火光将黑暗的夜空照得如同白昼。小一点的孩子站在远处用食指堵着耳朵,看到绚丽的烟花又会兴奋地拍手欢叫,大一点的孩子时不时地在旁边放个"二踢脚"助兴。空气里飘满了硫黄气味,我很喜欢这味道,这春节独有的芳香气息。

故乡的云

　　震天的爆竹渐渐息了声响,人们也纷纷回家,围坐在桌前开始包饺子,韭菜鸡蛋的,茴香猪肉的,满怀期待地为除夕之夜守岁到天明。大年初一,我往往是被诱人的饺子香气叫醒的,穿上新做的红棉袄,捧着一碗热气腾腾的饺子,再从点心匣子里挑一块枣泥儿点心,新的一年就这么热乎乎甜滋滋地开始了。门外的爆竹声依旧不断,戴上厚厚的棉帽棉手套走出家门,寒冷干燥的空气顺着鼻孔直入心脾,呼出的气凝结成白色的雾。大街上张灯结彩,红红火火,街坊邻里见了面儿,都会笑容满面地拱着手打招呼:"过年好啊!给您拜年了!"雪地上撒满了前一晚上炸落的红色爆竹纸屑,好像一片片落在白雪里的红梅花瓣,红白相间,甚是好看。按照老北京的规矩,大年初一是不能扫地的,要不然会把扫帚星引来,把一年的财运都扫走。

　　俗话说:"初一饺子初二面。"大年初二,吃完一碗香喷喷的就着黄瓜丝儿的老北京炸酱面,妈妈带着我开始串门儿走亲戚,提上一盒"稻香村"的点心,再在街边买上一箱水果或者一篮鸡蛋。我家人口不算多,但是这个姨姥姥那个舅姥爷的,还是够我们拜访几天的。几乎在每户亲戚家里,我都得耐心笑着听着,"哎哟,这小丫头都长这么高了!那会儿看你还让你妈抱着呢。""学习怎么样啊?考试成绩好不好啊?""来来来,这是二舅妈的一点儿心意,快拿着。还有,这个大白兔,多装点。"我当时虽然像个小大人儿似的,跟妈妈一块儿再三推托,但最后还是把这些或薄或厚的红包装进了衣兜里,还用各种糖果、花生瓜子儿什么的,把衣兜塞得满满的。

　　到了德国以后,我很少再回家过年了,虽然也会和中国朋友们包饺子聚餐,一起在网上看央视春晚,可是家乡的味道却怎么也找不到了。对于生活在异乡的我来说,春节渐渐成为一种只停留在记忆中的儿时欢庆,一份在国外日常生活中不会迷失自己的既甜蜜又酸涩的念想儿,一粒在寒冷冬季使自己内心温暖的火种,一股自心底涌出的与家乡紧密相连的热浪。

  终于，在完成了德国的学业以后，我给自己买了一张春节期间回京的机票。走下飞机取完行李，我看到妈妈已经在机场出口等着我了。几年不见，她那原本就娇小纤细的身躯此时显得更加瘦弱，可是却掩饰不住脸上散发出来的喜悦光芒，我们紧紧地拥抱在一起。我呼吸着妈妈身上的味道，感受着她的发丝在我的脸上轻轻滑过，那是一种久违了的温暖与熟悉，带给我的心灵一种说不清缘由的安定。

  春节前夕，北京的天空开始飘雪，星星点点，稀稀落落。街道两边挂满了大红色的灯笼，五颜六色的装饰彩灯渲染出一片喜庆热闹的气氛。原来我家门前是一片无人看管的乱糟糟的小树林，现在成了环境优美的街心公园，公园的空地上，十几位上了年纪的大爷大妈又唱又跳，像年轻人一样活力四射。

  我跟着妈妈来到超市置备年货，超市里灯火通明，各种各样的新式年货令人眼花缭乱：原来的酸三色水果糖找不到了，取而代之的是来自德国的包装精美的巧克力；传统的花生瓜子儿被摆在了不起眼的角落，美国来的大榛子、大杏仁则占据着干果区的中心位置；法国红酒跟老北京二锅头一起争着成为酒架上的销售明星；甚至在卖年画的地方，红底金字的"Happy New Year"（新年快乐）也格外醒目。几年不见，家乡的传统春节已经变得如此国际化，好像从一个身穿花棉袄、头扎红头绳的小姑娘，变成了一位走出国门、放眼世界的时尚丽人，为家乡的父老们带来各种新奇的商品和体验。超市里每个人的购物车里几乎都装得满满当当的，来到收银台前，妈妈轻轻地扫了一下手机，短短几秒钟就付款完毕了。我惊奇地望着妈妈，她看我睁大眼睛的样子，淡淡地说："你在国外没有吗？移动支付。"我的嘴巴张得老大，好像刘姥姥走进了大观园一般。

  除夕之夜，家人做了一桌子的美食，葱爆海参、清蒸鳕鱼、蓝莓沙拉……很多原来吃不到的美味现在都摆上了餐桌。推杯换盏间我仿佛又回到了孩提时代，感受着全家团聚的温馨美好，只不过祖辈人已逝，桌

故乡的云

前又多了几个新的家庭成员。我们就这样边吃边聊着天——舅舅说他去年调换了工作岗位，新岗位让他很满意；舅妈跟我们讲着她上次出国旅游的经历，虽然已经过去了一段时间，但她的脸上还是洋溢着意犹未尽的甜美笑容；我告诉大家我在不久前完成了德国的学业，过完春节就要开始努力投简历找工作了；表妹则在一旁一边用智能手机照相，一边劝我说："你也老大不小了，赶紧找个对象结婚成家才是正道。"她的话立即引来了在座的一片共鸣……不知不觉，屋里的玻璃窗上已经悄悄蒙上了一层湿润的雾气，把我们一家人包围在一片温暖的橙色灯光之中，将外界的寒冷黑暗隔绝开来。窗外，一片寂静，间隔很久才能听到从远处传来的一两声微弱的爆竹声响，一切安好，便是幸福。

　　这个春节，妈妈没有带我再去拜访亲友，只是用手机传递着对亲朋好友的真诚祝福。老一辈的亲眷大多已经仙逝，很多原来要严格遵守的传统习俗如今被人锁在墙角的古董柜子里，不再被翻出来。尽管如此，人们对来年美好生活的向往和希冀却并未改变。昨天的时尚成了今天的民俗，今日的时尚也许就是未来的民俗。如今的新形式、新习惯，已经被越来越多的人认可、遵守并发扬，成为新时代对传统春节的新的表达。

　　时间过得飞快，又到了离别的时刻，坐在返回德国的飞机上，我不禁思绪万千……回到家里，一家人再次团聚，我在国外曾经经历的种种艰辛与困苦都有了最真最暖的慰藉。时代在进步，人们庆祝春节的方式也发生了巨大的变化，然而，这个融入亿万中国人血液之中的传统佳节，无论以什么样的面貌和姿态出现，都永远是联系海内外华人的不变的情感纽带——只因为她是"家"。"家"的意象消解了历史和当下，并赋予春节从古至今未曾改变的存在意义。透过飞机上的小窗，俯视着灯火阑珊的北京城，我知道，记忆中童年的春节早已在时间的航行中被远远地甩在了身后，更时尚、更现代化的春节正在向海外游子敞开怀抱，并且告诉我，家中的脉脉温情始终未变……

相思雨

暮荣司徒 / 加拿大

温哥华又称"雨哥华",因为一年起码有一半时间是雨季。

记得那年刚到温哥华,是在四月底。轻寒恻恻,朝来寒雨晚来风,樱花还在继续开。满街点缀着大片大片的白色、红色、粉色,绚烂清纯,人行道上也铺满了落红。自在飞花轻似梦,在我与温哥华初遇的惊艳里,美得如同梦里的童话世界。

可雨季是漫长的。雨下了又停,停了又下,周围太安静,空气也总是湿漉漉的。仿佛天空开了一个洞,清清冷冷,阴阴沉沉,不知何时才能真正见到爽朗的晴空,梦里的童话世界很快失去了鲜亮色彩,现实中无边丝雨细如愁,如我沿着雨季延伸的乡愁。

这里的雨同亚热带家乡的雨不同。家乡的雨是多变的,时如刚烈的女子,时如俏皮的顽童,想下就下,而且来得快去得疾。温哥华的雨不大,时常伴着斜斜轻风。慢条斯理,淅淅沥沥,下着下着就停了。不一会儿,不知怎么又来了,绵绵不断,打湿你的发梢,也打湿你的心。

我的故乡位于中国西南,属于亚热带季风气候,也一样有漫长的雨季,那雨声却不是温哥华这样的欲语还休,而是泼辣、喧哗、热闹的。通常到五月,上午高温已咄咄逼人,午后突然降下一场瓢泼大雨,一下浇灭汹涌的热浪,天又悄悄凉快下来,被暑热烘烤得不耐烦的人们便可以稍稍喘口气。

进入六月，电闪雷鸣加入进来，那雨的势头益发猛烈，轰轰隆隆，是盛夏的小奏鸣曲。每一场雨都痛快淋漓，滂沱之下给你浇一身透心凉。这种喧嚣热闹的暴雨，必定要阻断你前进的脚步，让你转进街边的小吃店里，来一碗又酸又辣的"老友粉"。长江以南各地的小吃中多有米粉或米线，比如广西的"桂林米粉"和"柳州螺蛳粉"、江西的"南城米粉"、广东的"炒河粉"、云南的"过桥米线"等，都名声在外，多以当地的地名或主要食材或制法命名。只有南宁的"老友粉"，酸、辣、咸、香兼备，并有祛风散寒、通窍醒脾之功效，其名却无关乎物，也无关乎技，只出于情：来者都是客，吃过这一碗粉便成老友；既成老友，吃完这一碗粉，请下回再来——再来，却不是为吃粉，只是为访友了。

有了这一方人，才会有一方习俗。一碗"老友粉"，显示了我家乡人民热情好客的秉性，一如夏日雷雨的豪爽无遮掩。亚热带的酷暑有多热有多长，这份好客的热情就有多浓烈。

当树上知了的叫声渐渐懒散，短暂的秋天到来了。雨水少了，夏季连日四十几度的高温慢慢回落，空气不再闷热潮湿，这是踏着电单车，穿梭大街小巷的好时节。小时候，母亲踏着电单车载我自由地穿行于这个城市的街巷，这是我最大的乐趣。我贴着母亲的脊背，看过街道两边一幢幢高楼拔地而起，绕过热火朝天的地铁工地，惊叹过竣工不久的新体育馆的雄伟气势，欣赏过园博园的隽秀清丽……

亚热带的冬季没有雪，只有冷雨，而且记忆中冷雨经常在夜里悄然而至。小时候南方的房子里没有暖气，冬雨让屋里屋外一个温度，甚至，屋子里更阴冷潮湿。如今冬天的雨还是会如期而至，但是冬季已然没有童年时的刺骨寒冷，装上了抽湿器和空调的房间里温暖如春。回忆里家乡的冬雨使人愁，但是就像家乡其他让人怀念的一切，因为打上了童年的烙印，我接受它，回忆它，甚至想念它。

"一寸柔肠情几许？薄衾孤枕，梦回人静，侵晓潇潇雨。"家乡的雨，给了我四季的回忆，如青梅竹马的初恋。刚到温哥华的时候，口袋空空，只留着返乡的机票钱，倘若真的无法生存下去，便打算鼓起勇气回到故乡重新开始。那时的家乡，即使是愁人的雨，都让我思念不已。一元钱一分钟的电话费，让我拿起电话又放下，想说的话都放在心里，写在文字间。

于是，多少个凌晨，我在温哥华被敲打在屋檐上的滴滴答答声唤醒，会有一阵恍惚，不知自己究竟身在何处。我究竟是那个远在青春里，穿着雨衣骑自行车，冒雨蹚过街头积水，让水花溅一身的少年人，还是近在现实中，不断回头搜寻故乡雨声的中年人？

慢慢地，我在他乡找到了工作，开始了重新定位、重新寻找自我价值的旅程。由于工作关系，常常要开车驰骋在大大小小的街道，于是在温哥华漫长的雨季里，在雨中穿过这个陌生的城市，在雨中感受这个城市的气息。雨，滴滴答答地打在挡风玻璃上，然后安静地沿着玻璃窗流下，像夜空中无声划过的流星雨。大街上很少有人走路，旁边开过的车辆也都很安静，行过驶过，都不留痕迹。

渐渐地，在时光里，他乡向我张开臂膀，拥抱了我。雨季的空气总是湿的，却不闷，不会让人觉得窒息气短。在雨中欣赏蓬勃的莺飞草长，百花次第盛开。二十年间，温哥华这下下停停、停停下下的雨，终于让我平和安静，心思清明。

他乡已成故乡，作为没有根基的第一代移民，带着对外面世界的憧憬来到这片北寒之地，一切重新开始，那些烦扰我们的困难，比如下个不停的雨，吃不惯的洋餐，听不懂的笑话，没有亲人没有朋友没有圈子，终究成为乐于接受的日常一部分，笑着面对，坦然从容。而家乡的雨也不必只停留在回忆里，想家了，提起行李箱就回去，太平洋的距离在今天并没有多么了不起。温哥华一周有几十趟航班飞往亚洲，非常方便，一个月只需付三十加元便可任意拨打电话回家。世界在飞速发展，我们和家乡也越来越近。

南宁和温哥华，故乡和他乡，都已深深地融进了我的生命里。那个

故乡的云

天不怕地不怕的懵懂青年,怀揣梦想来到这里,在风雨中摸索着方向,再苦再难都没有放弃。即使与最初的理想已经相去甚远,即使国内朋友替自己惋惜,错过了那么多发展良机,我的心还是踏踏实实地落在了这里,靠勤奋和毅力,在连绵雨声中找到方向,走向未来。

如今,我也爱着这温哥华的雨。

温情山柿子

西风 / 加拿大

人到中年，度过了几十载春秋，真正留在记忆深处的日子却并不很多。对我来说，我喜欢秋天。因着秋天收获山柿子，我可以吃上甘美的硬柿子，这种硬柿子经过"揽"的工序去涩后，脆而甜。每年自9月起，礼泉人就开始揽柿子。深秋后，柿子软了，还可以用它和面制作柿子饼。锅底刷些油，文火煎出，冒着甜甜的热气，吃在嘴里香喷喷，我觉得比得过宫廷食品。

我对十九岁那年的秋天，有着一份特别的记忆。参加完高考，我想去看看琳，顺便预订些柿子。可天总是下雨，没完没了。这湿漉漉的天气，见了琳也会被浇成个落汤鸡，一点情调都没有，还是等放晴再说。

琳是我高中同学，住在离县城三十多里远的赵镇。那里属丘陵地带，盛产山柿子，近旁的烟霞镇有唐昭陵。八十年代初旅游业还不十分兴旺，没有给当地人带来什么收入。琳的父亲靠开掘山上的石头为生，家境清贫。秋天收获了山柿子，琳用自行车驮到学校，送给同学和老师吃，如果要得多的话，就在夏天预订好，她收一点钱，价格便宜到像白给。我是她的一个订客，其实住在赵镇的同学还有几个，也可以向他们订购。但琳天生丽质，高挑身材，圆脸大眼，最让我敬服的是她的功课很好，也不知哪里来的灵气，文理科通吃。当然她也很用功。我有点喜欢琳，但说不准这是青春期的躁动还是一向对美着迷。琳家境苦寒，从

不去校食堂买饭菜。吃饭时间,只从食堂打来开水,从土布花袋子里取出玻璃瓶,夹出一筷子雪里蕻咸菜,和着干硬的锅盔一起吃下。

有人跟她说:"琳,秋收后,给我捎二十斤柿子。"琳"嗯"了一声算是应承下来。我凑过去说:"我也要三十斤,行吗?"

琳仍然沉着应道:"能成。"

有同学打趣说:"琳,你们家的柿子那么好吃吗?几天就订出去几百斤,你能拿得动吗?说不定买的人愿意主动帮你拿呢!"

"谁也不用,我大(陕西方言:大指父亲)会送我。"

"也是,背惯了石头,背柿子倒轻巧了。"

"你这是什么意思?"琳显得不高兴。打趣的自知言重了,不再说话。

秋收过后,琳拿给我一袋山柿子,橘红颜色,拳头般大,桃子一样形状,硬硬的,回家一称,快五十斤,多给她钱,她也不要。她说,自家树上的东西,不指着它发财。喜欢吃倒也不殄了天物。琳说得妥帖,这让我高兴。

一晃之间,高中已毕业。我拿到了大学的录取函,也想知道琳的情况。可连绵阴雨从仲夏下到初秋。走向琳家的乡间土路,坑坑洼洼,淤泥已有一脚来深,穿着高帮雨靴,每挪动一步都十分费力。我几番取消了看琳的行动。泥泞的道路阻住了我,却没有阻住苦惯了的琳。9月初的一天,大概是在高校开学前的最后一个周末,低沉的乌云像兜着水库的一层滤布,随时随地都有决堤放水的危险。中午时分,淅淅沥沥的雨丝终于在天空掘开了一个豁口,瓢泼大雨骤然而下。沿街的商铺早早插上了门板,雨水掉落在地上散开朵朵水花,路上已经没有行人。我隔着窗台无聊地观看着雨景。这时,一个披着黄色雨披的身影映入视线。这人低着头看路,两只手推着自行车艰难地向我家走来,自行车后座上横搭着麻袋,鼓囊囊,外面紧裹着塑料布。我愈看愈觉得熟悉——这不是琳吗?

果然,她就是我想着的琳。进门后,琳脱了雨披,搭在自行车把手上，让我卸了柿子。她额前的头发早已湿透，眼睫毛上还挂着些雨珠。

"知道你爱吃柿子，赶在开学前送过来。这次不收钱，算份贺礼。"

"这怎么行？"我继续问道，"你考到哪儿了？"

"西安交大。……不过我放弃了。"看着我因惊讶张大的嘴巴，琳解释说，"父亲托县教育局的亲属为我谋了初中数学老师的职事。9月份就开始挣钱。"

"上大学的前程怎么可以放弃？"我说。

她沉默了一会儿，说："我弟弟今年考取了县一中，父亲在山上采石头，负担不起这许多学费。为了弟弟将来能走出大山，我理应工作。"

我木木地盯着她，原来还想开学后给她写信，进一步联络感情，但这意外的消息让我犹如注射了麻醉药，大脑里空空的，不知怎么办才好。她抬起头拢了拢头发，沉着说道："首先恭喜你，无以为贺，送一袋山柿子聊表同窗之谊。我们虽近为同学，在一个屋檐下学习同样的知识，但却要走上不同的轨道，好在，我也没有什么远大志向，所以不会抱怨什么。"

"你的学业这样优秀，放弃大学岂不可惜？"我惴惴地问道。

"有什么可惜，我考试得分尚可，但功课也谈不上精通，只凭一点死记硬背，算是高分低能类型罢了。天下有才华的人多了去了，成为一个人才需要有合适的环境。"琳说完话，空气也像凝固在那里。

过了片刻，琳指着山柿子说："以后不再给你送了。只是别忘记礼泉有你爱吃的山柿子就好了。"

喝了些热茶，我和琳一起吃了顿饭。外边的雨消停了，一道雨后的彩虹在天空中隆起，琳执意要走，我说："多美的彩虹啊。就是停留的时间和遇见的机会很少，……你不肯多待会儿吗？"琳说："趁着好时光，正好赶路。再会。"

琳走时，我送她一本精装的《飘》。这是我最喜欢看的一部小说。

时光如梭，我为学业、生计、事业和理想奔忙，离故乡越来越远，

故乡的云

也渐渐失去了和琳的联系。2000年,我怀揣着梦想,踏上了异国的土地。每年秋至,看着多伦多街边的枫叶火一般燃烧,我就会想起家乡那橘黄色的山柿子,想起送我柿子的琳。当我的人生经历一个又一个失意的时候,我从不抱怨,因为当年琳的这段往事一直在给我力量。

和琳的再次相遇发生在多年以后。那一年,我回到了礼泉县探亲,县城的变化让我非常吃惊。崭新的高楼、新开拓的柏油马路几乎让久未回家的我迷路了。一条大道西边商铺的招牌上显眼地写着"山柿子批发中心"。我的心一下子激动了起来:啊,久违的山柿子!

这时,一辆小轿车在商铺门口停住,车上下来一个苗条的女子。我定睛一看,一张熟悉的面庞出现在我的眼前,因为久历风霜,昔日白皙的皮肤上刻上了些许皱纹,但那张瓜子脸、那双清澈晶莹的眼睛让我认出了琳。我紧走两步,上前忐忑地问道:"你是……琳?"

"是啊,……是你?"同样吃惊的琳也认出了我。琳和她的丈夫热情地把我带进山柿子批发中心。一场丰盛的接风宴让我了解了琳几十年的发达人生路。

琳告诉我,从高中毕业后,她在乡下教了几年数学,生活依旧清贫,时常要为一家人的生计发愁。随着交通、贸易和科技的发展,家乡的柿子源源不断地运进省城和北京。散兵游勇式的销售已落伍了,需要形成集中交易的货物中心和物流中转站。后来,一批批专业师范生扩充了教师队伍,正规教师越来越多,自己何去何从真是个大问题。一夜无眠之后,琳悄悄地辞职,把家里的固定资产全部抵押,贷款建了山柿子批发中心。随着山柿子越走越远,琳的人生也越来越发达。

琳在与我告别时说:"橘黄的山柿子已经漂洋过海,走得越来越远,也许过不了多久,我们的山柿子就会出现在多伦多的超市里啦!"

临走时,琳又送给我满满一袋的山柿子,依旧是橘红颜色,桃子一样的形状。我把柿子带到了加拿大,在多伦多的家中品味着那甘甜的山柿子,我似乎又增添了前行的勇气。

祖国啊，游子的心灵家园

冯玉 / 加拿大

"爆竹隔屏恍若真，霓裳漫舞起祥云。满堂喜气暖如春。六出飞花铺紫陌，一樽听雪忘红尘。贪欢皆是客乡人。"这是我在春节时与国内家人视频后写的一首词《浣溪沙·春节感怀》，抒发我等海外游子每逢佳节愈加思亲怀乡之情，以及远隔千山万水、思而难见的一怀愁绪。时光流转，岁月蹉跎，离家去国已近二十年。这些年来，我最大的期待除了儿子的成长，就是回国探望父母家人，看望故乡的草木楼阁，以慰远隔重洋的思念和牵挂。家人是游子一生的牵挂，而祖国，则是游子永远的情感依托与心灵家园。

远离故土，最牵挂的是父母的身体和生活状况。每次回国，除了跟父母家人一起品味家乡美食，就是倾听他们讲述自己多姿多彩的退休生活。父母在同一所大学工作，学校为活跃退休职工的老年生活，经常举办各种比赛。喜爱书法的父亲常常参与，偶尔也会拿回奖品。学校每年都出资邀请离退休职工去风景优美的温泉胜地疗养几天，还出旅费鼓励他们每年外出旅游。父母平时散步健身，与老邻居喝茶聊天，加上近两年学会玩微信，每天在家庭微信群里接受孩子们的问候，日子过得舒心惬意。国内的社保医疗政策也很贴心，看病时个人只需交很小比例的医疗费。真可谓老有所养，老有其乐。

故乡的云

去年夏天回沈阳,正赶上酷暑天气。推开父母家门,一阵清爽宜人的凉风迎面吹来。只见客厅角落里立着一圆柱形的电风扇,其电子操作屏泛着清幽的蓝光,圆柱体左右旋转散发着清爽的凉气。也许我孤陋寡闻,在我居住的温哥华和常去的旧金山,还没见过哪位朋友家有如此时尚好用的电风扇。姐姐新换的华为手机也令我惊艳,它不仅照相清晰,还能同时放两张卡,可使用两个不同的微信号。赞叹之余,我还跟姐姐学会了上手机商城,体验了方便的网上购物和快捷的送货服务。记得一次我们在网上点了一份套餐,不到一个小时,几盒热气腾腾香味四溢的地道家乡菜就送上门来。这么方便的生活谁不向往,难怪很多老外来到中国后,就想方设法留在中国。他们喜爱中国美食,喜爱中国购物和生活的方便快捷。说句心里话,我何尝没有留下来的想法。在祖国成长、工作过的海外游子,大家聊起祖国,哪一个不是满怀深情,归心难收!

近些年,我重拾对文学的喜爱,并热心于中华传统文化的传播,先后加入了加拿大中华诗词学会、加拿大大华笔会、加拿大华人文学学会、加拿大女作家协会等几个创办于温哥华的文学社团,并在其中担任副会长、执行会长等职务,同时还参与编辑几个文学会刊,为传扬中华文化、华文文学,我几乎奉献了所有的精力和时间。约稿、选材、编辑、校对、组织文学活动……做文学义工的辛苦,也曾让我萌生退意,但想到几个学会里文学前辈们的信任和托付,想到前辈们曾经的付出,我就又马不停蹄地继续投入工作。我相信我们竭尽全力去做的义务工作,是一项传承和弘扬祖国文化的伟大事业,也是实现文学前辈、加拿大华人文学学会主任委员痖弦先生"把华文文坛建设成世界最大的文坛"愿景的一部分。

纵观中华人民共和国成立七十年以来国民经济的发展,从初期的"一穷二白",到如今成为世界第二大经济体,这是何等伟大的进步,反映出一个民族的智慧。身为中华儿女,我们为祖国而自豪。今年适逢新中国成立七十周年,我们几个文学社团的负责人一拍即合,一起筹划迎接国庆的系列活动，其中包括已经启动的"金秋月，家国情"庆祝新中国成立七十周年有奖征文活动，已进入准备阶段的迎国庆大型诗歌朗诵活动，我主编的《加西周末报》文学副刊《菲莎文萃》也将刊出国庆专版。我们期待通过这些文学活动，来展示和交流海外同胞历久弥新的家国情怀。明朝顾宪成的对联"风声雨声读书声声声入耳，家事国事天下事事事关心"，很好地表述了这样的观点：家国情怀是一种责任和担当，是读书人的精神归属，也是中华传统文化的精髓所在。

在海外成长起来的第二代移民，他们对祖国的感情是怎样的呢？从儿子David（大卫）以及他的几个移民同学身上，我得到了令人欣慰的答案。David是在读小学五年级时跟随我去美国探望他父亲的，当时他父亲已在波士顿完成硕士学业，在当地一家著名电脑公司上班，我们随之移居海外。David很喜欢看历史书籍，无论古今中外。"读史使人明智"，中学时代的David就已对纷纭复杂的社会现象有自己理性的分析判断。在海外生活的孩子一般不太表露自己的政治倾向，但有一天，David很正式地跟我讨论西藏问题，我谈了自己的观点后，他说刚在网上看到一段视频，有些人在举行支持西藏独立的游行。他觉得他们做得不对，有些人并不了解西藏自古就属于中国的历史渊源，他告诉我说他要出来反击。他在视频下面写了一大篇文字，从西藏的历史渊源分析为什么它是中国的土地，据理驳斥那些别有用心的说法。他做得有理有据有正义感。David还告诉我，他的好朋友Tony（托尼）以及几个来自国内的同学都赞同他的观点，在他的帖子后面留言支持。此事让我非常感动，感动之余也甚感欣慰，孩子们长大了，知道爱护自己的祖国，在有人做出不利于祖国的事情时，选择与祖国站在一起。

另一件事也让我想起来就感动。读大学之前，在每年的春节期间，David都会准时收看网上直播的央视春晚，并在过年的时钟敲响之际，给我们深深的拥抱和祝福。记得开播时间是温哥华的清晨四点，他总是设好闹钟提前几分钟起床，然后叫醒我们。一家人披着被子挤在沙发

故乡的云

里，边嗑瓜子边看春晚，仿佛又回到与父母家人们一起看春晚的美好辰光。小小银屏连接着地球的两端，我们坐在屏幕前，与祖国亲人们一起，向为建设中国做出贡献的人们致敬，为中国的逐渐繁荣进步喝彩。看到有趣的相声节目，仨人就开怀大笑……那些温馨的场景，一直是我心中最温暖的记忆。David看春晚的习惯一直保持到他中学毕业，去东部读大学后，因作业、考试太多太频繁，就改在有空时看重播。David一直是品学兼优的好学生，在大学实习期间多次荣获"出色实习生"证书。如今，当年那个爱看中国春晚的大男孩，已成为美国硅谷一家著名科技公司的电脑工程师，在公司里承担重要工作。在这号称世界科技发散地的美国硅谷，还有很多华人后代在各公司里担任重要职务。

前几天在筹划端午节文化活动的聚会上遇到一位朋友，她的女儿即将在哈佛大学的城市规划设计专业毕业，美国、中国都已有设计公司要聘用她。在进行了工程规模、资金状况、工作效率等多方面综合比较后，她认为中国才是施展才华的好地方，最终决定回国发展。我的外甥们，还有很多朋友的留学海外的孩子们，现都已回国发展。他们经常在微信里感慨中国经济发展之快速，感慨回到祖国，英雄才有了用武之地。

这是一群受过良好教育、拥有专业技能、品行端正而又意志坚强的华人后代，他们继承了中华民族优秀的基因和文化，他们在世界各地、各行各业均以出色的工作业绩和精神面貌，向世人展示炎黄子孙年轻一代的卓越风采。我们的后代在茁壮成长，我们的民族会越来越兴旺，我们的祖国将越来越繁荣强盛，祖国的前程将会越来越美好。

近日多梦，所有的梦都与远方的故乡和故乡的家相关：嘴里唠叨、脸上绽放着慈祥笑容的父亲母亲，操着乡音娓娓倾谈的姐妹，香味诱人的家乡菜，David骑车驶过的北陵，沈阳到大连飞驰的动车，面貌日新月异的祖国……家是温暖在游子心底的那份安稳和牵挂；祖国啊，永远是游子的情感依托和心灵家园。

我的骄傲

穆紫荆 / 德国

说实话，在我当年（1987年）出国的时候，是想不到自己的祖国会这么快就有像今天这样的进步和变化的。

但是，说想不到，却不等于心里不盼望。因为在我心底，自从踏上异国土地，一看到外面的世界和家乡的差别时，我就无时无刻不在盼望着有这样的一天——就像今天这样，可以在西方人，乃至全世界人面前抬得起头和挺得起胸来。

原因很简单，因为无论我的外语说得多么流利，我的言谈举止和生活习惯有多融入当地社会，我的外貌——黄皮肤、黑头发和黑眼珠，始终标志着我是一个华人——一个来自中国的，有着华夏之根的，和中国命运紧紧相连的人。所以，祖国的兴衰是和我息息相关的，这种共荣辱的滋味只有身处海外的人才能深切地体会到。

和许多上世纪出国的海外华人一样，我出国也是为了寻求一个更好的生活环境，然而，似乎正应了"三十年河东，三十年河西"这句老话，在我生命接近花甲之年的今天，中国在很多方面都走到了西方国家的前面，中国的崛起已经令世人刮目相看，中国的生活环境甚至令欧洲人艳羡。而西方国家的社会生活，我经过三十多年的切身观察和体验，越来越觉察出其局限的一面。就拿请律师这一点来说。在西方，法律是为富人们提供保障的，因为只有他们才请得起律师。对一个中产以下阶层的人来说，请律师时是得好好掂量一番的。很多时候，昂贵的律师费用，打消了普通人想要获得公正平等的念头。生活中，欧洲民众的安全感这些年来也在渐渐消失。比如我生活的德国，治安也远不像我三十多年前刚到达时那样。我所居住的小村镇人口还不到两万，我那个二十岁的女同事晚上带狗出去散步或者下晚班时，都要由她男朋友陪伴和接送，用她的话说是："我父母和我男朋友可都不想我发生点什么事。"

而与此同时，当我回到中国时，却发现，科技的发展和运用，几乎使中国成为世界上最安全的国家。比如我的家乡上海，以前家里是要防小偷来偷东西的，现在已经极少有这方面的担忧了。不仅因为安防设施多、力度大，我想也是因为老百姓生活水平普遍提高了。现在的西方国家，都将吸引中国游客视为发展经济的重要手段，都在旅游点动脑筋招揽和接待好中国游客。比如可以使用支付宝支付，就已经成为主要旅游点商家们的必备。从这方面说，中国带领了欧洲支付方式改革的新潮流。

走笔至此，不得不提到华为手机在欧洲市场的登陆和随之而来的5G通信技术的绝对领先。中国的5G技术已经走到了世界前列，如果不用中国的技术，欧洲的5G时代恐怕要延后多年。

而今天的我，时时刻刻因祖国的兴旺繁荣感到骄傲和自豪，内心的欣慰感和荣誉感恐怕是国内的同胞难以想象的。特别是当我看见自己的两个在德国出生和长大的孩子所流露出的对中国的向往时，我由衷地热爱我的祖国。

女儿在读中学时就主动提出要作为交流生到上海去读半年书。她去之前，在德国已经吃了一年多素，我每天忧心忡忡地在家里为她荤素分开地做菜。没想到，到了中国后，中国的美食使她改变了在饮食上的偏执。小笼包和生煎馒头成了她的最爱。回到德国后，她很快便中学毕业从家里搬出去读大学了。之后她自己从网上学习了做饺子和红烧肉、糖醋排骨等菜肴，隔三岔五地做中国菜吃。2018年夏，她在法国留学的一年间,她所做的中国菜让她的法国女房东大饱口福。每每看见她从手机里传回来的她自己做的中国美食照片,我都异常开心,甚至当我写下这些时,忍不住眼眶湿润。

接下来,我的儿子在读大学读到需要去国外做交换生的时候,和他所在的德国大学对口的有美国旧金山的斯坦福大学、新加坡的新加坡国立大学和中国的同济大学。按照西方的习惯,孩子年满十八岁成人后,父母就不得干涉他的个人意志。所以我听说这三个地方后,也不敢多说一句,生怕丈夫说我有干涉和诱导的嫌疑。结果,令我喜出望外的是,他最终的选择竟然也是上海。

儿子要到上海去生活一年。那一刻,我对"认命"这两个字有了新的体会——这两个孩子的身体里都流淌着我的"中国血液",这让他们萌发了去中国的念头——即使没有我的意见。他们的人生定会有寻根的召唤,那是刻印在生命里的。儿子在上海的这一年,也是他的思想和人生经验发生巨大变化的一年。他在中国同济大学留学时的几个来自德国其他城市的同学,也都成了他的好朋友。他们聚在一起时,常常一同回味在中国读书的日子。为什么呢?因为中国好呀!

所以,我为今天的中国,为我生于斯长于斯的故土而深感自豪,更为我的孩子爱上中国而倍感欣慰,这也许是我这个来自中国的母亲一生最大的骄傲。谢谢祖国母亲!

归去来兮，田园将兴胡不归
——我为什么选择"归根上海"

周善铸 / 加拿大

晋宋文学家陶渊明在他的抒情小赋中说："归去来兮，田园将芜胡不归？"诉说了他辞官归隐后的心情感受。我今天借用他的话做文题，把"芜"改成"兴"，同样表达我去国多年，"渴望回到祖国家园"的内心感受。

乡镇学徒　海外游子

新中国的诞生是我个人命运的转折点。新中国成立前，我失去了上学机会，在一家木材行做学徒，整日沉溺在看不到前途的迷惘和苦涩之中不能自拔。新中国成立后，国家对所有有志、有能力的青年敞开了大学的大门，不仅学杂费全免，连食宿、医疗也由国家全包。于是我发奋自学，考上了杭州六中高中部，接着踏进南京大学物理系，圆了我重返校园的多年美梦。在解放了的土地上，从乡镇小学徒，成长为"天之骄子"，直至后来成长为中国科学院上海原子核研究所的研究员、法兰西国家科研中心的高级访问学者、奥尔塞地区中国留法学生学者联谊会副主席和巴黎学术会议国际顾问，我的人生在新中国的和煦阳光下发光发热，实现价值，能为祖国的科学发展尽一份薄力，我深感荣幸。

退休二十多年来，我"三分天下"，在上海、巴黎和蒙特利尔三座城市轮流生活，汲取东西方文化的精华，悠游于中外文明之间，尽情享受新中国带给我的幸福生活，被纽约《世界周刊》喻为"快乐老海鸥"，说"神仙过的日子也不过如此！"

但是，海鸥老了，十多个小时的长途飞行，已经有点不适应了，摆在现实面前的实际问题是，必须选择一处栖留下来，作为养老和终老的地方。然而，这是一个艰难的选择，三座城市各具特色，犹疑徘徊十余年，一直难做最终抉择。

2017年春，我和老伴在漂泊海外多年后飞抵上海，汽车从浦东机场驶往市区的一路上，树木繁茂，鲜花盛开，移步换景，芳华绽放，处处散发出青春和亮丽的光彩；路上行人个个衣着得体、式样新颖，脸上尽溢欣喜和满足；沿街的店铺里，商品堆积如山，琳琅满目，令人眼花缭乱。睽违多年的故乡，美得让人心醉，醉得让人痴迷。

岁月苍茫　往事如烟

不尽往事红尘里，回忆我三十八年前首次出国的寒碜情景，不禁感慨万千。那时我连一件完整的衬衣都没有，衬在毛衫和外衣里的是"假领子"，外衣也是我妻子用缝纫机自己裁制的。每月几十元人民币的工资，再加布票紧张，根本没有条件购置好点的衣服。出国，代表中国科学院出访，总不能穿这种衣服出去吧！

政府考虑到了这一点，给每个公派出国人员发放500元人民币的"置装费"，并开具证明，让我们到当时只对外国人开放的"友谊商店"购置出国衣物。我手头有一张我老伴1982年公派赴美时，被批准去"友谊商店"购物的清单。这张编号08649的通知单规定，出国进修两年，可以购买"呢大衣一件、毛料制服三件、雨衣一件、箱子一只、袜子四双、香药皂十五块、皮裤带一条、皮鞋二双、礼品三十元"；并注

明，不得购买上述物品以外的商品；同时还规定，只能8月6日进去一次，不得携带家属，如果发现"借用""冒用"，将报告有关单位追究。以上种种严格细致的规定，也可见当时物资的紧张。

五年后，我再赴巴黎，与法国国家科研中心开展合作研究。一下飞机，法国给我的第一个月工资是7000法郎，约合8400元人民币，而我当时的国内工资是72元人民币，也就是说，飞机起落之间，我的收入一下子陡升了一百多倍。我在法国一天的收入等于中国两个月的工资。在法国工作一个月，就相当于在中国工作五六年，如果在海外工作一年，回国后就可以"颐养天年"了。

海外的高收入，对于当时月工资只有十多美元的中国人来说，无疑是"一步登天""一夜暴富"，其冲击和震撼是很大的。所以人们羡慕出国、争相出国、出去后滞留不归，都是不足为怪的。

春回大地　万物复苏

"忽如一夜春风来，千树万树梨花开。"1978年，改革开放开启了中国经济快速发展的历史。如今，中国取得的成就举世瞩目，中国人民用自己的双手谱写了国家和民族发展的壮丽史诗。

回国不久，参加一位老同事的聚会，他去国外三十多年后终于叶落归根了。酒酣耳热之际，有人提问主人是否记得当年离国时决定不回国的表态。他激动地站起来动情地说："是啊！做梦也没有想到，国家的变化会有如此之大。当年国内物资匮乏，精神文化生活单调枯燥。改革开放之初，移居国外，曾令多少人倾倒神往。我当年是把房子卖了，刚刚起步的事业也放弃了，远涉重洋去的。然而，现在不同了，中国崛起，国泰民安，物资丰富，文化繁荣，不出国门就能追随世界潮流，享受现代化的物质生活，又能感受家乡的亲情、文化。卅年风水轮流转，当年一窝蜂竞相出国的人中，像我们一样开始考虑叶落归根回家乡安度晚年的老人愈来愈多了。"

大家对他发自肺腑的即席发言感同身受，在地球上转了大半生和一大圈之后，还是感觉家乡最好。于是，我和老伴决定叶落归根，留在上海不走了，放弃了加拿大老年金。

叶落归根　享受晚年

在上海，我发起组织"侨界读书会"，十八年长盛不衰，去年，被上海市侨联授予"四星级特色侨之家"荣誉称号。我本人则多次荣获中国致公党中央"先进个人"、致公党上海市"优秀党员"和"新民晚报金牌读者"等等多项荣誉称号。

我一生不沾烟酒，不上牌桌，不下舞池，在上海尽情地享受读书和写作的快乐。虽然我只是把它看成是闲暇时的消遣、苦闷时的寄托，但它带给我无限的乐趣。中共上海市委统战部《浦江同舟》，致公党中央和上海市委《中国致公》《上海致公》等刊多次刊登介绍我的文章。褒奖和荣誉接踵而来，奖品和奖状塞满了我的橱柜，也充实了我的晚年生活。

在上海这座充满朝气和活力的城市生活，与海外生活的孤独和寂寞形成强烈的对比和反差。在这里，我生活丰富多彩、富含情趣，忘却了自己的年龄。古今中外的医学都证明，生活充实美满，内心就会快乐，精神就会充沛，产生出更多活跃的细胞来击退医学手段无法打败的病魔。这也就是坐八奔九的我，腰不弯、背不驼、思维敏捷、步履轻快，连头发都保持天然乌黑的原因。

我庆幸自己长寿，能够亲历新中国的成长壮大，赶上充满希望的好时代。加上"绿叶对根的情意"，我和老伴一致决定，叶落归根，留在上海不走了。上海市老市长徐匡迪最近说："在中国最辉煌的时候跑开，会终身遗憾！"我下决心在高水平全方位改革开放的新上海，再燃青春，活出晚年的精彩。

印　象

胡刚刚　/　美国

漫步在阳朔西街。

雨如碎珠，在青石板路上丁当蹦跳。层层雾气朦胧着马头墙上的蝴蝶瓦、雕花廊柱前的红灯笼、檐角风铃下的竹藤椅，还有一间间错落别致的店面。街上的空气混合着桂花茶、罗汉果、芝麻糖和沙田柚的芳香，而我的神思却无法完全为此沉醉——因为我惦记着一个小时后的演出《印象·刘三姐》，怕它会因下雨而耽搁。据说，这是在世界上别的地方都看不到的演出，从地球上任何地方买张飞机票飞来看再飞回去都值得。我想，这次从亚特兰大辗转二十个小时到北京，又飞了三个小时到桂林，再坐两个小时的汽车来阳朔，算不算是对此话的一个印证呢？

雨依旧不紧不慢地飘洒，就像江南小镇平稳的脉搏。漓江山水剧场前的喧嚷声早已屯街塞巷。我同其他游客鱼贯而入，领到一件雨衣，也感到一些宽慰："看来演出应该能够照常进行。"三千多名观众席梯田而坐，面前是浓郁夜色中十二峰环抱的漓江。

十月的风吹得我瑟瑟发抖，雨似乎越下越大了，刚刚平复的心又惴惴不安起来，不由得裹紧雨衣，左顾右盼。终于，当悠扬的开场曲徐徐奏响时，我心头的一切顾虑踪影全无。

唱山歌哎

印象

> 这边唱来那边和
>
> 山歌好比春江水哎
>
> 不怕滩险弯又多
>
> ……

夜幕被空灵的歌声点亮，如明媚韶光，唤醒了漫山茶树，逗笑了娇羞的凤尾竹，撩拨着书童峰的衣襟，婉转如蝶舞。这天籁之音来自身穿碎花布衫、手挽竹篮的采茶姑娘咯咯的笑声，来自阿婆跨过木桥时足底的笃笃声和在江畔浣洗衣物时的哗哗声，来自壮、侗、瑶、苗族小妹头饰上银铃的碰撞声，叮叮咚咚，呢喃着岁月的秘密，轻语着淳朴的愿望。

苍穹空旷，点缀着波澜的碎光，一弯新月从氤氲水汽中升起，洒下一片清辉。月之仙子婀娜起舞，婆娑着千万缕芬芳。探海、卧鱼、展翅、射燕，抬手间轻盈的回旋，俯首时优雅的舒展，胜过琼楼玉宇中的轻歌曼舞，是梦里最飘逸的幻象。天河勾勒出重重的山峦、细细的雨丝、尖尖的斗笠、长长的船篙，还有因月之仙子而驻足的脚步——惊鸿艳影映渔舟，磐心也化绕指柔。

幻境退去，蒙蒙云雾中，数以百计的火把自天际蔓延，在堤岸的每个转角处跳动。红绸展翅，以排山倒海之势横跨广阔的江面，覆盖住一排排竹筏，熊熊燃烧起赤色波浪。崇山峻岭衬托着一个个强壮的身影，每个身影都承载着来自别处的期盼。意气风发的个体环环相扣地交织着，具象与抽象的元素重叠起来，组成一个象征意义上的、更为博大的生命，与山水融为一体，与天地融为一体，与万物融为一体，你我相融，不分彼此，融合成文化传承的命脉。

我的心突突地跳着，浑身如电流穿过般酥麻起来，自告别孩提时代后就禁锢在灵魂深处的自由，似乎被一点一点释放出来。我听到江水的耳语、山泉的呼唤，感受到明明灭灭的霞光洋溢着七种颜色的温存，轻

故乡的云

轻抚摸着臂膀上每一个毛孔。我看到墨紫色的晚云从鱼鹰飞过的倒影中折射出辉煌的宫城。我在山峦之巅翻滚,在瑶池之底浮沉,在丛林之中呐喊,在荒漠之上奔跑,身畔风雨依旧,我早已浑然不觉,等到回过神来的时候,才发现额头上已覆了一层薄薄的汗珠。

悠悠诉说间,灯暗光弱,歌止舞歇。尚未到万籁俱寂之时,火树银花再度绚烂,引来谢幕的沸腾。我的心也在沸腾,为这创意的绝妙和感官的震撼。莫大的敬意如浪花澎湃,久久不能平静。

后来我得知,《印象·刘三姐》的六百多名演员都是当地居民。他们白天务农,晚上演出,淡季每晚一场,旺季每晚两场,除冬季最冷的两个月停演之外,其他时间,风雨无阻。钦佩之情再次油然而生。这次,是为演员们多年如一日的敬业精神。

其实演出开场前,我对于下雨的担忧是有原因的,它来自另一场演出——奥兰多迪士尼乐园的《今夜星光灿烂》五年前在我脑海中留下的印象。

那是仲夏的一个夜晚,我和许多千里迢迢来到佛罗里达州的游客一样,满怀喜悦之情,翘首以待演出的开始。时间一分一秒过去,拉开序幕的钟声已敲响,舞台依旧寂静,只有天空中游荡的几朵乌云,低低徘徊在睡美人城堡上,戏弄地俯瞰着观众席。我的焦急和忍耐、想象和期待渐渐聚成了一个五光十色的肥皂泡,越涨越大,突然啪的一声,被大喇叭里传来的通知一下子捅破:"根据天气预报,今夜有雨,所以演出临时取消,希望大家谅解。"

顿时,全场发出了人们难以置信的、经久不散的叹息。失望的抱怨声从四面八方涌起,仿佛扭成一条黑压压的巨龙,蓄势待发,试图吞掉天上的乌云,但是一切愤懑都无法挽回已定的局面。终于,几千名观众缓缓站起身开始向外挪动,一个接着一个,一排接着一排,也许花了半个小时或者更长时间才离开场地。所有人都脚步沉重,垂头丧气。

其实,那几朵乌云不久后就散去了,整整一夜没有掉一滴雨。

对于那次迪士尼乐园之旅，很多可圈可点的瞬间都被我淡忘了。绚丽缤纷的彩车游行、高潮迭起的马戏魔术、梦幻神奇的小小世界、惊心动魄的电影特效……似乎所有令人回味的精彩叠加起来，都抵不过错失《今夜星光灿烂》的演出带给我的遗憾，仿佛一个孩子没能尝到期盼已久的糖果，或者一个舞者弄丢了心爱礼服上的一颗纽扣一样郁郁寡欢。

但是，《印象·刘三姐》的演出在我脑海中留下的印象则是截然不同的，我不会在意旅途如何劳累、风雨如何萧瑟、座席如何冰冷，我只会一遍又一遍回味那一幕幕令人叹为观止的美丽：气冲霄汉，破风之羁绊；云卷云舒，守雨之缠绵。这种美丽是旷古绝今的，是无与伦比的，是刻骨铭心的。

虽然是同样的局面、同样的状况，但是采取不同的思维、不同的态度，便会有不同的处理方式。也许迪士尼演出的主办者更多地为自己的演员考虑，而《印象·刘三姐》演出的主办者更多地为广大观众考虑。我不想对其中任何一方妄置可否，但于我而言，这两种做法的对比，多少可以体现出西方文化向内收敛的利己主义，与东方文化向外发散的利他主义的区别。《礼记·坊记》有言："君子贵人而贱己，先人而后己，则民作让。"我们自幼便知凡事要优先考虑他人利益，在面临危机的时刻更是要牺牲自我顾全大局。该观念在日常生活中的一个简单投射便是汉语中常常出现的词"舍不得"：新买的大衣，母亲舍不得穿而留给女儿；主人舍不得享用为远客精心准备的美味佳肴；演员冒雨演出是因为舍不得观众带着遗憾离开。然而在英语中，却没有任何一个单词可以直接用来表达"舍不得"的意思。西方人一切类似于"舍不得"的举动都会被标榜为崇高的奉献精神，因为他们一向信奉的是"God helps those who help themselves"（自助者天助）。在他们眼里，利他之情并非自发而是刻意为之，所以他们对于东方人在言行中自然流露出来的一些换位思考，常常感到难以理解。

故土的河川中，静静沉淀着许多瑰宝，水芙蓉、红艳蕉、黄金蚬、

珍珠蚌,她们也许会被走马观花的异乡客无视,但她们的典丽始终熠熠生辉,并且迟早会如晨曦般绽放,如星火般燎原,直至绚彩漫天、芳馨遍野。

当我随人流踱出漓江山水剧场的时候,雨已停歇。玉兔坐在月晕的光环里巧笑嫣然。亮晶晶的小巷缭绕着薄霭,夹杂着桂花飘落的余香。岑寂冷却了繁华喧嚣,吹灭了漫天星斗,拂散了袅袅炊烟,为城市涂上微醉的倦容。曙光将在短暂的沉睡之后翩然降临,而新日伊始的劳作和前行不息的步履,一定会给秀美如歌的阳朔与勤劳无私的人们带来源源不断的幸福。

萌娃在加拿大学中文

张云涛 / 加拿大

13岁的大儿石光宏和11岁的小儿石光远，在加拿大出生，在加拿大长大。舞台上，大儿抑扬顿挫地背诵王勃773字的千古名篇《滕王阁序》，小儿流畅地背诵张若虚36句的《春江花月夜》。想起孩子们这些年在加拿大学习中文的经历，我这个华东师范大学对外汉语专业毕业的学生感到无比欣慰。我们毕业的时候，立志在海外以传播中国文化为己任，如今我先从自家娃娃做起。

2018年6月17日，北京大学的赵延风副教授在蒙特利尔举行公益讲座"国际潮流的人生方向——海外中文教育的深远意义和方法"。她说，经济崛起的背后是文化的复兴，目前中国已经在134个国家和地区成立了500所孔子学院、1000所孔子学堂，全球现在有1亿人在学习汉语，而10年前还不到3000万。她还说，华裔学习汉语有一个窗口期，5岁之前必须开口讲中文，5岁之前必须喜欢中国文化，喜欢上一部中文动画片。我对自己说，好幸运，自己都按照这样做了。

2012年，我们全家去多伦多玩，走访了我先生的几个大学同学。他们都有稳定的事业，买了大房子，孩子读书也很好，可是我发现他们所有的孩子都不讲中文，而是操一口流利的英文。我当时觉得很奇怪，略带责怪地说，应该让孩子说中文，否则他们不知道中国和中国文化。他们有点不屑地对我说，你不要讲我们，等你的孩子到了小学三四年

故乡的云

级,他们自然就不讲中文了。我那时突然意识到,在小学三四年级的时候,多伦多的孩子们都能够读《经济学家》、《时代》周刊,而中文还停留在简单的对话,比如"我家有六口人,爸爸、妈妈、爷爷、奶奶、弟弟和我"的水平,孩子们的认知和语言水平严重不匹配,他们自然会选择运用与认知水平更加匹配的英语或者法语。

那时候,我暗下决心,要和时间赛跑,在他们上三四年级的时候,让他们的中文水平和法语水平比肩。那年大儿5岁多,小儿不到4岁。听力为先,我先让他们大量听中文童话故事,看中文动画片,包括《孔子》《三国演义》《西游记》《巧虎》《三十六计》《孙子兵法》,带着他们阅读"影响中国的十大古典名著"少儿版,包括《春秋战国故事》《岳飞传》《杨家将》《三国演义》《封神演义》等。小朋友对中国文化非常感兴趣,会用成语和典故,对《三国演义》《西游记》的一些故事了如指掌。在海外学习中文,必须强化写字和阅读训练,我通过《悟空识字》这个动画软件,让孩子在游戏中集中学习了1200个汉字,并让他们每天坚持写65个汉字。兴趣是最好的老师,《欢乐喜剧人》《我为喜剧狂》《相声有新人》和《吐槽大会》等中文综艺节目让孩子们在开怀大笑中感受到中国文化的幽默和风趣。他们还喜欢上了金庸的《射雕英雄传》《天龙八部》和《笑傲江湖》等电视连续剧,对里面的人物如数家珍。从2019年开始,我坚持让他们每天抄写、朗诵《西游记》和《三国演义》这两本文学名著,写日记和读后感,希望孩子们能够通过坚持写作和阅读名著经典,提高中文水平,全面掌握这门语言。

这期间的2014年,我们从温哥华坐豪华邮轮去阿拉斯加,孩子们英文一般,但是和船上美国华裔的孩子可以用中文交流。两小儿再次意识到中文的重要性,他们感叹道:温哥华、西雅图、阿拉斯加和邮轮上到处都是中国人。我们回来的时候,在温哥华再次停留,在一个公园玩耍的时候,巧遇了一群当地法语学校的小学生。两小儿在船上一天到晚听说英文和中文,终于有个机会说法文了,便兴奋地跑上去找老师说法文。然而老师虽然表面上很有礼貌，但很淡然，甚至有些冷漠。我看孩子们满脸热情，却遭冷遇，有些为他们难过，但我那个时候也清醒地意识到，哪怕我的两个孩子生长在加拿大，哪怕他们说一口流利的法文，但他们长着一张中国人的脸，他们永远都是中国人，这就是他们的身份认同，他们永远改变不了是中国人的事实。所以与其削尖脑袋，学好法文、英文，融入当地社会，不如在学好法文、英文的同时也学好中文，树立文化自信，在蒙特利尔这个多元文化的土壤中，兼容并蓄，成为学贯中西的人才。我们作为移民的第一代，将自己连根拔起，移植到北美的土壤中，生根发芽，也使我们的孩子自出生起就面临挑战：他们是这个国家的少数民族。我们有义务帮助孩子树立远大的理想，以天下为己任，有全球视野，赋予他们中国文化的知识和底蕴，在中国经济和文化崛起的今天成为贯通东西方文化的人才。

当美国总统特朗普将联邦调查局局长炒掉的时候，我感叹道："他太过分了，如果不是由于局长在总统大选前几天，重新启动调查美国前国务卿希拉里的'邮件门'，特朗普不可能在所有的摇摆州获得选票，在比希拉里少两三百万张选票的情况下，当选为美国总统。现在当了总统，却要将其解聘，真是忘恩负义。"我的大儿光宏，突然来了一句："妈妈，这就叫'飞鸟尽，良弓藏；狡兔死，走狗烹'。"

我惊喜地发现，他居然会用中国的典故解释美国的政治，而且还很贴切。这就是我的目标，无论身处何地，都拥有中国文化的智慧，在北美文化本身的视角之外，多一个中国文化的视角和判断。中国有着巨大的市场，中外贸易交流和文化交流愈来愈多，世界需要更多贯通中西的跨文化人才。现在海外学习汉语的人，比十年前多了7000万，这是中国经济实力的体现，也是大势所趋。我们的孩子生在海外，就应该立志成为跨文化的人才，"路漫漫其修远兮，吾将上下而求索"。

爱在深秋

谭雨铃 / 加拿大

小时候一年四季中最爱的是夏季，虽然汗流浃背，暑气逼人，却因为可以穿裙子，吃冰棍，去小河里游泳、抓鱼，晚上在躺在竹床上摇着蒲扇纳凉、谈天说地的大人们之间穿梭、捉迷藏、玩游戏，不亦乐乎。青春妙龄时期最爱的却是春季，春潮涌动，百花吐艳，草长莺飞。哪个少年不钟情？哪个少女不怀春？良辰美景，花样年华，春色撩人，不负春光不负卿。人到中年，本应生活妥帖，岁月静好，安享层林尽染、枫红菊香的秋光之美，但由于远离了故土和亲人，在遥远的异国他乡客居漂泊，疏离了骨子里根深蒂固的中华文化，化解不开的乡愁夹杂着不同文化和价值观的碰撞，人情世故的无奈苟合着柴米油盐的琐碎，中年油腻的危机感在秋花惨淡秋草黄、秋风秋雨愁煞人的萧索和凄凉中，愈发让人觉得惆怅和伤感。然而，去年深秋夜晚的一场名为"大海啊，故乡——王立平经典作品全球巡演"的音乐会，让我觉得秋天其实是最美的。翩翩蝶自老，澹澹叶深红，石径深幽幽，眸中秋意浓。秋天不仅是色彩斑斓的一幅画，更是承载了对童年、家乡、祖国的爱，承载了亲情与故乡情的一首歌。

如今，有海外经历的华人除了"海外华侨"外，更有一系列"海"字辈的称谓：学有所成回流的"海龟"，在国内四处找工作的"海带"和"海藻"，来回两头跑的"海鸥"，在国内成了香馍馍的"海鲜"，或是大师级的业界权威"海狮",以及落叶归根的"海根"……大海与我们如影相随,处处结缘,因为海是故乡,海是母亲,海是童年。宽广辽阔的大海承载了太多的回忆、情感和爱!所以,这场主题为"大海啊,故乡"的全球巡演,计划历时三年,跨越北美、欧洲和澳洲众多华人聚居的城市,总共八十场的系列音乐会引发了海外华人社区极高的关注度和参与度。来自波士顿的华人音乐家乔万钧策划并担任指挥,把中国著名的音乐家和作曲家王立平的经典音乐作品改编成合唱曲目,每个城市的华人音乐爱好者组成百人合唱团,用合唱这种西方流行的音乐表现形式来演绎东方含蓄而有诗意的作品。

"小时候,妈妈对我讲,大海,就是我故乡,海边出生,海里成长。大海啊大海,是我生活的地方。海风吹,海浪涌,随我漂流四方。大海啊大海,就像妈妈一样,走遍天涯海角,总在我的身旁……"亲切的叙述是秋夜母亲哄儿女入梦哼唱的摇篮曲,深情的表白是游子思乡的肝肠寸断,是秋天枫叶对大地母亲一片赤诚之爱的绚丽绽放。悠扬的旋律,唤醒了无数童年的美好回忆。伴随着朱明瑛《大海啊,故乡》的歌声,年幼的我跟随父母到过海南三亚的天涯海角,在银白色的沙滩上留下了小小的脚印,去过北戴河观日出,凭吊曹操观沧海的地方……三十年后有幸作为一个参加了合唱的人员,站在枫香晚秋静的加拿大舞台上,重温这首萦绕着爱的歌曲,心在震颤,鼻在发酸,眼在湿润,台下的观众很多都自发加入了合唱的歌声里,游子归客梦断故乡云水之间,秋水无痕聆听落叶的倾诉……

在这个落英缤纷的深秋音乐会上,除了几位专业的歌手独唱和领唱以外,有很大一部分参加合唱的人员都是60后、70后和80后。人到中年,岁至深秋,他们已经走过了春的青葱与明艳,走过了夏的繁华与热闹,步入了秋的丰盈与静美。经年的工作劳累和家务操持虽然使他们失去了春花般娇艳的容颜,然而,时光和阅历也收敛了他们盛夏的浮躁与悸动,内心对家人、对朋友、对世界深沉的爱和对一切美好事物的追求

使他们如同秋天般澄澈温暖，怡人妥帖。他们在台上唱道："天尽头！何处有香丘？未若锦囊收艳骨，一抔净土掩风流。质本洁来还洁去，强于污淖陷渠沟。尔今死去侬收葬，未卜侬身何日丧？侬今葬花人笑痴，他年葬侬知是谁？……试看春残花渐落，便是红颜老死时。一朝春尽红颜老，花落人亡两不知！"观众仿佛眼前有一个画面：黛玉满眼的泪痕，手持花锄，一个人面对满地落花，轻轻拾起，连同自己的苦难与失落，还有前世今生的爱恋，一同埋葬。无怪乎，"红楼"之后再无书可读，"葬花"之后再无曲可吟，这种中国古典文学的诗意美，悲天悯人的人文情怀的美，孤独灵魂自由的美，只能是心中有爱的人才能创造出来，有如曹雪芹心中最爱的是冰清玉洁的黛玉，王立平爱的是喜欢他音乐的观众，用音符向他们讲述了这部一朝入梦、终生不醒的《红楼梦》，漂泊在异国他乡的合唱团员和观众爱的是源远流长的中国民族音乐、博大精深的中国文化。

那晚音乐厅飘荡着熟悉而亲切的《葬花吟》《枉凝眉》《大海啊，故乡》《驼铃》《太阳岛上》《牧羊曲》《少林少林》《江河万古流》的音符，首首是经典的传唱，句句是情感的倾泻。童年、少年和青年片片的生命回忆，爱秋天，爱大海，爱故乡，爱故乡的音乐，爱亲人，爱自己，爱美的人和事……深沉的思念和爱犹如深秋枫林里漫天飞舞的叶子，流光溢彩，一地金黄，满城丹红，赶走了深秋的寒意和肃杀。身处异乡为异客的海外游子们的人生秋天因此而绚烂多彩，温润如春。

爱在深秋的夜风中疯长……

海二代的别样中国行

海伦 / 美国

几年前,我们让好友帮忙预订了旅游团组织的中国十日游。我想借这个机会,让在美国长大、即将大学毕业的儿子杰姆斯亲身去感受一下他一直向往的中国好风光。没想到,此次的中国之行,除了观光,杰姆斯还有了意外的收获。

我们飞回中国后,先来到唐山看望双方的长辈。先生的生母已去世多年,公公又组合了新的家庭。继母是一个很外向活泼的人,她看到一米八高的杰姆斯,先摸摸他的鼻子,笑道:"杰姆斯这孩子鼻子长得比我们的鼻子高,说中文也跟老外讲中文一样,洋腔洋调的。"继母的好奇心,弄得杰姆斯不知所措。杰姆斯在家里能和我们用简单的中文沟通一些日常用语,来到唐山后,热情的新奶奶用地道的唐山方言腔向他问这问那,杰姆斯根本听不懂,急得头上冒汗,但还是有礼貌地用他会说的几个词,不停地跟新奶奶说:"好,好,大家都很好!"这一老一小词不达意的对话,不时引起哄堂大笑。

来到家乡,总是受到亲朋好友的热情款待。杰姆斯对中国的美食很感兴趣,对朋友们在饭桌上的问话"中国的饭菜好吃吗",他总是回答:"好,好,都很好吃。"朋友们就说:"你喜欢吃中国饭,就多吃点!"因此,杰姆斯的盘子总会被夹满鱼肉。加之回国有12小时的时差,一家人的肠胃还不适应新的作息时间。在国内吃过几天后,杰姆斯说:"妈

妈,我想饿一天,不吃饭了。"我问他为什么,他说:"我的胃不想吃东西了!"我想起来了,我们在美国吃得比较素,回国后,每天被朋友和亲属大鱼大肉招待,是吃腻了。我便让妹妹给杰姆斯做了小米粥和咸菜,我带他去附近的中药店,买了山楂片。我跟杰姆斯说:"这是助消化的中药,回家泡水喝,你的胃很快就舒服了!"杰姆斯半信半疑,回家后按照我教他的方法做了,很快缓解了胃不舒服的问题。

晚饭在饭店里聚餐时,我问杰姆斯:"喝了中药后,你的胃舒服了吗?"杰姆斯说:"中药真的很神奇,我的胃舒服多了!"他跟我们说:"我长大后,想做一名医生。在读高中时,去美国的医院里做义工,听到一些亚裔的病人,问美国医生医院里有中药吗。医生总是说,没有,因为中药没有在美国做过临床试验,按美国的法律,是不可以进入美国的医院的,人们只能在市场上以食品的方式购买。我真的没想到,中药这么神奇!"在座的朋友中,正好有一位对中医颇有研究的朋友,他听了杰姆斯的话,接茬说:"杰姆斯,等你长大做了医生,一定要给我们老祖宗留传几千年的中医中药做个宣传。"杰姆斯点点头,用中文回答:"那是一定的,可我得先知道一些中药的事情。"

听了杰姆斯的话,朋友先介绍说:"杰姆斯,你若想了解中药,要先知道什么是中药。它不仅是你们美国医生眼里的食物,也是指用中医药理论为指导,有着独特的理论体系和应用形式,用于预防和治疗疾病并具有康复与保健作用的天然药物及其加工代用品,主要包括植物药、动物药、矿物药中药。它的英文名字是TCM(Traditional Chinese Medicine),也就是人们所说的传统中医或者传统中医药。在中国很多医学院校里,中医是被划分成一个医学专业的,学中医学这个专业的人,要用四到五年的时间,来攻读所有的课程。"

因为杰姆斯对中文词汇知道得有限,对朋友讲的中医学专业术语不太理解,学医的先生就用英语翻译给他听。杰姆斯听懂了后很高兴,继续问朋友:"你是说,在医学院校,中医学专业要学四五年?为什么要学这么久?"朋友又耐心地给他解释中医的历史,并用手机里的百度找到一些信息,借助英文的翻译器,告诉杰姆斯:"中国人几千年来和疾病做斗争的过程中,通过行医实践,不断认识,逐渐积累了丰富的医药知识。在远古时期,还没有发明文字,这些医学知识只能依靠师徒口授。后来,发明了文字,才将中医的宝贵经验逐渐记录积累下来。有好多中医学理论是用古典文字记录的,很高深,要花费很多时间才能读懂并熟记配方。"

在座的另一个朋友还告诉杰姆斯:"中药不光是采集草药,中草药大都是生药,在出售之前一般都要进行加工炮制,你妈妈给你买的助消化的山楂片,也是经过清洗,然后进行了加工炮制的。有的中草药是需要煎煮的,采用适当的煎煮方法对药的疗效的发挥也是很重要的。比如,中药煎煮一般要煎煮两三次,最少应煎两次。在煎煮时,还要掌握大火过后,再用小火煎煮的方法,煎煮时还要用砂锅。"听了朋友的话,杰姆斯很好奇,问我们什么是砂锅,为什么要用砂锅而不是铁锅、铝锅。朋友说:"因为砂锅的主要成分是硅酸盐,不会与中药中的成分发生化学反应而破坏药性。而市场上的铁锅、铝锅很容易在煎煮过程中和中药发生化学反应而产生毒素。砂锅另一个好处是受热均匀,传热慢,煎药时水分不易蒸发,不容易煳锅,这会对保持药的疗效起到重要作用。"杰姆斯对饭桌上学到的医学知识,惊喜不已,连声向热心的朋友们道谢。

我和朋友们边吃边聊,饭菜吃到一半时,服务员端来党参枸杞煲鸡汤,让大家品尝。我告诉杰姆斯:"这个炖汤的锅,就是刚才叔叔说的可以用来煎煮中药材的砂锅。"闻着满屋飘香的鸡汤,杰姆斯问我:"那汤上漂着的红色果实是什么?是中药吗?"我告诉他:"那是枸杞和红枣,大的是红枣,小的是枸杞。"杰姆斯说:"红枣,我认识,它还是中药?"朋友笑着告诉他:"看你是个小老外吧!从中医理论上讲,红枣可以补气养血,是补养佳品,食疗药膳中常加入红枣,能提升身体的元

故乡的云

气,增强免疫力。枸杞子有滋补肝肾、益精养血、明目消翳、润肺止咳的作用。这就是你们美国医学院校没有的中医专业,你现在明白为什么中医学专业要学四五年了吧?"

在饭桌上聚会的朋友,大部分是有医学背景的,大家对中医中药如何跟国际社会接轨进行了一些探讨。几位朋友一致认为:中医药学是中国古代科学的瑰宝,在防治常见病、多发病、慢性病及重大疾病上,其疗效和作用是有目共睹的。若想尽快得到国际社会的认可和接受,实现中医药跨出国门,惠及全球百姓,进入国际医院,还有很多工作要做,比如不仅要加速推进中医药标准化,还要加强科研投入等。朋友告诉我们:"近年来,中国中医药主动寻求发展渠道,相继成立了中医、针灸、中药、中西医结合、中药材诊治诊疗等标准技术委员会,为中医药标准化搭建了权威的组织交流平台。中国制定的中医药标准正在逐渐得到欧美认可,有的已被《美国药典》正式采纳,有的已进入《美国药典》复核与审定的环节,《欧盟药典》也收纳了个别中医药品种。"得知国家对中医中药的重视和发展,我作为一个学医的海外华人,感到非常自豪和荣幸,也为自己的儿子杰姆斯有机会了解中医而感恩。

光阴荏苒。结束此次中国之行后,杰姆斯又继续深造,而今他已读完了医学博士课程,子承父业,开始了他的住院医生生涯。每逢我们有机会相聚在一起,他就会让我们讲一些中文的医学术语给他听,包括中药的名字等。因为一直在美国生活,他已不会写复杂的中文医学术语,便用拼音代替汉字记录在小卡片上,用来帮助一些居住在中国城里不会讲英文的老年病人。杰姆斯告诉我们,当年的中国之旅,不仅让他见到了最美的风景,更重要的是让他得到了中医学启蒙,打开了新的视野,拓宽了思路,这对他的医生生涯太重要了!现在他希望通过自己一点一点的努力,为推动中医学走向世界做出一点贡献。作为母亲,看到儿子用自己所学的知识服务社会,虽生长在海外,但用自己的方式主动去弘扬祖国的传统文化,还有什么比这个更让我欣慰的呢!

古镇新韵

汤蔚 / 美国

姑姑家住朱家角。我每次回国都去探望她，每次都看见新气象。姑姑说，朱家角如今有一个美名叫"上海威尼斯"。

我去过威尼斯，走过威尼斯运河岸边的石板路，坐贡多拉听船夫咏唱那不勒斯情歌，看金色月亮在碧波上荡漾。置身其景，我想起古镇朱家角。朱家角和威尼斯同是千年水乡，朱家角的风景是小桥流水，威尼斯的风情是飞桥仙境。然而，走遍海角天涯，谁不想夸咱祖国最美？

姑姑妙龄时爱上一位朱家角小伙子。那时城乡发展不均，生活质量有差距。奶奶不舍得让女儿嫁到郊县，极力劝阻。姑姑择善固执，出逃似的嫁到朱家角。

那年暑假我完成高考，姑姑接我去朱家角小住。白天姑姑和姑父上班，我在古镇各处游走。青石板街面，鹅卵石小路，漫步其间，满目小桥流水，小楼盈风，似一幅明清水墨画卷在眼前徐徐展开。

姑姑家是一栋砖木结构的两层小楼，黛瓦粉墙，乌漆大门，窗棂镶嵌着古朴木雕，小小的露台临着河边。从露台望出去，一排房屋半枕着潺潺河水，左邻右舍于青瓦飞檐之间传递乡情。

湖光山色，小桥流水，风光无限，然而美中不足的是生活设施陈陋。旧宅老屋外墙陈旧，油漆斑驳，镇内没有进水管和下水道，镇民打井水做饭，蹲在河岸边洗衣服、刷马桶、倒痰盂，煤炉冒出浓烟，呛鼻迷眼。

姑姑勉力干着家务活,生疏又笨拙,疲惫辛苦。姑父心疼妻子,抢先倒马桶、洗痰盂、生煤炉,却犯了婆婆的忌讳——婆婆认为男人洗刷马桶不吉利,姑父便背着母亲悄悄地为妻子分担家务。

姑姑曾经是语文老师,落户朱家角后在文化馆工作,工资比从前少一小半。然而,姑姑喜欢这份工作,常带我去文化馆看书,我读青浦历史津津有味,看文物惊喜连连。朱家角是江、浙、沪三地之间的交通要道,环境幽雅,气候宜人,古时文人志士纷纷在此建宅定居,认为这里是一方读书立业的风水宝地,明清时期诞出几十位进士和举人。朱家角鱼米丰饶,水陆方便,商贾络绎不绝,形成民居和商铺共荣的市镇。

记得那天姑姑带我在镇上游逛,一家摆着各式草编制品的小店吸引了我,不禁驻足观望。店堂内站着一位穿蓝格土布衫的老伯,手里拿着细丝草叶,手指灵活地穿插编织,转瞬间,一个有鼻有眼、翘着尾巴的小狗跃然而现。店堂深处的货架上摆着草叶编制的包袋鞋帽和猫狗虫鸟,精巧朴素、千姿百态,我禁不住啧啧称奇。

姑姑告诉我,这就是被誉为"中国民间一绝"的草编艺术。心灵手巧的艺人将草叶剖成细丝,编制成精巧的手工艺术品,这项技艺代代相传已有一千多年历史。而古镇的历史更为悠久,淀山湖底曾发现有新石器时代至春秋战国时代的石器、陶器等,由此推算,朱家角在几千年前就有人类居住了。

几千年啊,古镇有过多少说不尽的历史,道不完的故事?如今又将迎来怎样的发展?

上世纪七十年代末,国家实行改革开放,举国经济腾飞,朱家角被列为中国历史文化名镇,秀美的风光被搬上银幕,一度成为海内外影视竞相拍摄的热点。各地游客络绎不绝,乘兴而来,高兴归去,台湾女作家三毛也曾在朱家角流连忘返,买了一只当地人手工制作的铜针箍,欢欢喜喜地戴在手指上。

千禧年之后，上海市规划局与青浦区政府联合推出保护、振兴、开发朱家角古镇的计划，面向全球征集建筑设计方案。朱家角深厚的文化底蕴和美丽的自然风光，吸引了全世界的目光。

在保护历史文化景观的前提下，建筑设计师对朱家角老镇进行了一系列改造。断墙陋瓦被重新垒砌，破落门户被修葺一新，老街陋巷被修建得美观整洁，输水管、污水管和煤气管道的铺设大大方便了居民的生活，电信系统传输通畅。与此同时，朱家角开启了新镇区的建设工程。新镇区内高楼林立，民居公寓、精品建筑、幽雅别墅以及大型商场错落有致，呈现出欣欣向荣的现代化景观。

姑姑搬进了新镇区水电煤卫齐全的新公寓，煤炉和马桶等成了历史纪念品。姑姑接奶奶到朱家角小住，奶奶从最初犹豫到后来主动，成为朱家角的常客。婆婆在古稀之年过上了舒舒服服的日子，笑起来皱纹开了花。

朱家角美名远扬，婆婆心情舒畅，精神抖擞，自愿为游客指路，介绍风景典故。朱家角的每座桥都有故事，组成了水乡特有的"桥文化"，婆婆最爱讲"放生桥"上放生活鱼的故事。放生桥建于明朝，是江南最大的一座五孔石拱桥。据说当年河上没有桥，一个女人搭渡船过河，不幸溺水身亡。寺庙住持收养了她的儿子，将他抚养成人，法号"性潮"。多年后，性潮和尚用化缘得来的积蓄，在母亲溺水的河上建筑了"放生桥"。性潮和尚以此告慰母亲亡灵，并让南来北往的人们不再畏难，安全过河。

令人惊奇的是放生桥的桥基是木桩，却历经数百年没有腐朽。河水浩浩荡荡穿桥而过，气势恢宏，朱家角的优柔也因着桥和水显出几分豪迈。游客相继下桥放生活鱼，我想，放生的不只是生命，也是人活在世上的一份心情、一种愿望，放生之举滋养了人的慈悲之心。

我和邻座乘客谈论着朱家角的今昔，很快抵达终点，姑姑已在站台等我。我说我是小半个朱家角人，能认得路。姑姑笑答"未必"。我跟

着姑姑一路走，一路看，朱家角的旧貌果然又有了不少新颜。

朱家角山水风景如故，但天空更清朗，空气更清爽，流水更清澈。一条绿色长廊把老镇和新镇划成两部分，老镇小桥流水，风景如画；新镇高楼林立，车水马龙，一派生机勃勃的景象。

姑姑带我参观新开发的"寻梦园香草农场"，农场里种植着来自世界各地的两百多种芳草。首先吸引我眼目的是一大片紫色薰衣草，优雅的花朵在晴空下散发出阵阵浓郁的芳香。这些带着异域风情的花草在中国的土壤上盛开，显示出无比旖旎的田园风光。朱家角不仅向世界游客展现中国的传统之美，更以开放包容之态拥抱来自世界的美。

姑姑带我参观的另一个地方是东方绿舟。它占地五千多亩，绿荫苍翠，风景秀美。它由八大园区组成，分别是智慧大道区、勇敢智慧区、国防教育区、生存挑战区、科学探索区、水上运动区、体育训练区、生活实践区，吸引着各方人士到此休闲娱乐、挑战自己。

晚清小说家陆士谔是朱家角人。陆士谔曾经以梦境为载体，写下一部书名为《新中国》的幻想小说。书中描写主人公梦游中国大地，假设百年之后的中国景象将是："上海的租界早已收回，法庭律师皆为华人，马路异常宽广，洋房鳞次栉比。"陆士谔写完此书，自嘲是"南柯一梦"，却又满怀希望地写道："休说是梦，到那时，有这景象也未可知。"

而百年后的今天，"南柯一梦"竟化为了现实。改革开放为祖国带来了经济繁荣和文化昌盛。今日中国的景象正如陆士谔书中所言：马路宽广、高楼林立、百姓安康、国家强盛。

朱家角的今昔变化正是新中国腾飞的一个缩影。它不是威尼斯，胜似威尼斯，是东方世界的璀璨明珠。

如今我侨居异国他乡，游子漂泊，乡音无改。我游览过世界各地美景，欣赏过无数异域风光，唯独祖国的山水人情一直牵动着我的心，不是久别情疏，而是历久弥珍。

东方巨人，我的祖国

陆蔚青 / 加拿大

我在加拿大已经生活二十年了。蒙特利尔是一个多元文化的城市，有不同的民族、不同的族裔，经常有人问我是哪国人。

"中国人。"我每次这样说，他们的眼睛就会显出不同的表情。

经过二十年的变化，当这些眼神中越来越多羡慕的时候，我知道，我不只是我，我身后站立着一个越来越强大的祖国。

19世纪80年代，中国人大批出现在加拿大，那时的中国人是以华工的身份出现的。他们为修建太平洋铁路，来到这个遥远的国家，远离祖国和亲人。华工对太平洋铁路有卓绝贡献，"这条铁路的每寸铁轨下，就有一个中国劳工的亡灵"。可是，当太平洋铁路的最后一个道钉砸进铁轨，盛大的竣工仪式上，有人留下了珍贵的历史照片，在人头攒动中，却找不到一张中国人的面孔。

不仅如此，幸存下来的华工还受到了不公正的待遇。他们拿不到合理的报酬，买不起回国的船票，而当他们要求留在这个国家时，他们被迫缴纳人头税，人头税的价格一涨再涨，价格是一个华工两年的收入。更加毫无人性的是，政府拒绝任何华人女性进入加拿大。"排华法案"中规定，很多行业不允许华人工作，他们只能做手工洗衣、加工三文鱼等艰辛的工作。他们不仅没有情感的依靠和精神的寄托，甚至连活下去都很困难。

故乡的云

加拿大政府为控制中国移民,从1885年至1949年实行《中国移民全面注册法案》。这期间,有8万多中国移民注册,共缴人头税2300万元。"排华法案"有100多个歧视性条款,包括华人没有政治投票权,不得开业当律师或医生,不得成为政府官员,不得在公共设施内工作等。

加拿大人头税历史持续了130年。130年,几代华工的生活支离破碎。

当时的祖国风雨飘摇,贫困落后,民不聊生,更有战火频仍。他们从家乡走出来,为了帮助家人的生活,辛苦奔波。蒙特利尔华人谢景炜先生在他近期出版的英文著作 Being Chinese in Canada (《在加拿大做中国人》)中,描写到他的祖父当年生活的情景。他说,祖父在寒冷的冬天拎着布袋子,挨家挨户地去收脏衣服,受尽白眼,饥寒交迫,还会挨小孩子们砸雪球。华工过的就是这样艰苦的生活。有些人用积蓄在家乡置的一点产业,也在军阀混战、日本侵略中被毁掉了。

那个时代华工们艰辛的生活状态,正是因为身后是一个赢弱多病的祖国。

历史巨变,沧海桑田。1949年新中国诞生以来,尤其是改革开放以来,海外华人的历史正在改写。上世纪80年代出国的留学生,很多人怀揣着几十美元闯天下,到今天,华人已经成为影响当地经济的重要力量。越来越多的留学生来到异国接受教育,他们不再像父辈一样辛苦工作,正相反,祖国正以它强大的政治和经济力量,影响着我们这些海外游子。我们看到,在非洲,在新西兰,在亚丁湾,在世界各地,每当发生天灾人祸的时候,祖国以她强大的力量接收侨民、保护同胞,我们心中的激动和安慰,是无法用语言表达的。

这是一个国家强盛的标志。只有国家强盛,才有力量保护自己的公民,让他们自由骄傲地行走在世界各个地方。

在马德里高速公路的两侧,很多大幅广告招牌是用中文写的。在魁北克,中国大型公司拥有了越来越多的项目。而中国文化和语言,也吸引着更多人的关注，汉语变成了新热点。

近年来，我经常奔走在中国与加拿大的路上，在飞机场看到越来越多的同胞，这与二十年前是不可同日而语的。那些年轻人，操着流利的英语，脸上是自信的表情。而许多年老的中国人也一改"在家千日好，出门一时难"的老传统，而且也有条件尝试着走出国门"看一看"。有一次在北京机场，我遇到三个衣着朴素的老年人，看得出来他们来自农村，他们要去欧洲旅行。导游是一个年轻小伙子，保存着老人们的护照，并向他们介绍这次去欧洲的路线和主要景点。他们脸上兴奋而有些害羞的表情、无限期待又有些不安的样子，让我想起自己第一次出国。

时代发生了巨大的变化，随着经济的发展，人民生活水平的提高，越来越多的同胞走出国门，一睹大千世界的千姿百态。华人们继承了祖先行走世界的传统，但这种行走已经从根本上发生了改变。越来越多的同胞，出国不是为了谋生，不是为了帮助国内的家人，而是为了发展自我，开拓视野，丰富人生。国内日新月异的经济发展，也支撑着在国外求学的游子，让他们生活得自由满足。这样的改变，在几十年前，是根本无法想象的。

而世界上的其他国家，面对中国的发展，更是惊讶不已。加拿大朋友皮埃尔曾对我说，中国的发展是人类历史上的奇迹。他说在几十年前，他曾经站在香港的高楼上眺望深圳，那时候深圳还是寂静的渔村，现在他是站在深圳的高楼上望香港，他的感慨中充满复杂的感情。就像变魔术一样，一个现代化城市拔地而起。他说。

今年是新中国成立七十周年。七十年间，祖国人民走过了艰苦奋斗的道路，让满目疮痍的半殖民地半封建的中国，变成了强大的世界第二大经济体。沧桑巨变，我为亲眼目睹这样的奇迹，为生在这个伟大的时代而感到幸运。

中国像一头从沉睡中醒来的狮子，他站起来，屹立在世界东方。他是一个巨人，他是我的祖国。

告 别

安静 / 奥地利

这时我们离家去流浪，长发宛若战旗在飘扬，俯瞰逝去的悲欢和沧桑，扛着自己的墓碑走遍四方。

——周云蓬

1

"真的没有乡愁吗？"弗雷迪疑惑地问。

"乡愁？什么乡愁？"你轻飘飘地一笑，转过身去，看着窗外，天鹅和野鸭在湖中追逐嬉戏，雪花在童话般斑斓的小屋上舞蹈，浓郁的咖啡味与烤箱里圣诞饼干香气氤氲，收音机传出莫扎特和舒伯特的天籁之音，歌者在门口唱完祝福的歌刚刚离开……几个月前你兴高采烈地登上越洋飞机，来到这绝尘脱俗的音乐之乡，如今正乐不思蜀呢，反正每天可以和国内家人视频聊天，天涯若比邻。乡愁？太可笑了！

这样做梦的日子过了三年，你陶醉在新生活带来的欣喜和新奇中，根本不知道什么是故园之思，也没有感受七旬老母的忧伤和思念，尽管她一再表示想到奥地利与你们同住，可是医保呢？居留呢？这都是不可能解决的问题。还有很长的时光呢，以后总有机会孝敬母亲的，你如此自我安慰。

直到那一年初春，暖黄的灯下，你一笔一画勾画彩蛋上的兔子和花草，母亲曾为你缝衣钉扣的身影和她脸上的沟壑，忽然映现在你的眼前，乡愁在一瞬间复活了，沉甸甸的泪水泛上脸颊，故乡紫红的三角梅刹那漫卷眼帘。你转过身去，面向窗外，湿润的目光穿过苍苍莽莽的匈牙利平原，越过波涛汹涌的黑海里海，一路向东南，看到遥远的家乡雾色缭绕，在太阳升起的地方向你招手。遂急忙订票，收拾行李，偕夫君一道快快飞去。

2

回到家乡，挽着母亲的手散步、拍照、贴春联、包饺子、上山采笋、访亲探友、跳广场舞、唱卡拉OK……原来，中国春节如此独特热闹，弗雷迪被东方的民俗民风迷住了。妹妹妹夫所供职的医院举办春节联欢会，人声鼎沸，喜气洋洋，妹夫和其他医生护士一道化了妆，涂着大红脸大红唇上台合唱，令弗雷迪大开眼界：你们的工会是这样的，哇，太好玩了，欧洲何曾有"联欢晚会"一说呀！

演出开始，歌声缓缓响起，温柔的和声轻易击溃你内心的冰封雪冻："谁不爱自己的母亲，用那滚烫的赤子心灵……亲爱的祖国，慈祥的母亲……"平日不在意宏大叙事的你顿时泪珠滚滚，眼中的暖色一点点变冷，开始重新端详自己的母国故土：那潮湿秀丽、瓜果丰满、海鲜肥硕的东南沿海——春天门前结着枇杷，夏天阳台开着茉莉，秋天窗外雨打芭蕉，冬日枝头依然葱郁；女人腰肢柔软，身材娇小，男人体贴温和，擅长厨艺；这里有朱熹宋慈，有武夷山水，有桨声灯影；夜幕降临，邻居朋友或走街串户，或聚于江畔，品茗聊天，谈古论今。

以前眼中家乡的种种不是，忽然烟消云散，你自责自己过往的苛刻，一遍遍地为它辩解：菜市场味道难闻，那是因为品种太丰富，除了

故乡的云

绿叶蔬菜外,有活鸡活鸭活鱼活海鲜;街上太吵太乱,是因为人们行色匆匆、孜孜不倦,充满勃勃生机……只有长期穿梭于海内外的游子,才能深切地体会母国生活的便捷、高效和温暖。

你一边享受着亲情友情和故乡风情,一边数着分分秒秒,生怕日子过得太快,一下就蹉跎了时光。好端端的,你会突然恐慌地惊叫:哎呀,只剩两周了!善解人意的弗雷迪,怜爱地把你额上的碎发拢到脑后:"应该倒过来想——我们还有两周。"

又过了一周,愈加惶惶不可终日,想到快要离开母亲和故土,走在路上,忽然泪如雨下。弗雷迪体贴地拥你入怀,温存地拍着你的背,大庭广众之下你趴在他的肩上嘤嘤呜咽,泪水沾湿了他的衣裳。

终有一别。你和母亲、妹妹相拥而泣,不愿离去。你哭了一路,丧魂失魄,后来才知道,母亲哭了一宿。有歌曰:漠漠长野,浩浩江洋,吾儿去矣,不知何方。苍山莽莽,白日熹熹,吾儿未归,不知其期……

对于身在祖国的人来说,家与国是密不可分的,而对于远离故土的人来说,骨肉分离却是常态。你第一次理解了告别的含义:平平常常的骨肉相依,却成为奢侈的、遥不可及的幸福。

3

你走后不久,母亲垮了。数度中风。帕金森。失智。瘫痪。肺功能衰竭。

仿佛与母亲相呼应,你也病魔缠身:胃病、焦虑症、抑郁症、强直性脊柱炎……都和免疫系统、精神状态有关,这时你突然想到那个英文单词homesickness,直译为"思乡病"——一种与生命之根、血脉之根渐行渐远的愁思。

当你拖着病体逐风天涯、放牧江湖之时,你那沉默老迈的母亲,睁着空洞而浑浊的双眼,孤独地躺在自己的苍苍白发上,将牵挂熬成日夜，将思念煎成苦药，每一个白天都像黑夜，每一个黑夜更是黑夜，儿女家事之情、聚散离合之思，统统被无边的黑暗所吞噬。

你每年只能飞回去一两次，短暂地停留，用虚弱的手臂将她抱上抱下，成为这些年最大的享受和慰藉。当你把一管管食物打进她鼻腔，当你提着一袋袋污秽的纸尿裤扔进垃圾桶，心里却是别样的幸福和充实。

母亲在，人生尚有来处；母亲去，人生只剩归途。眼前的母亲，虽然貌似一具只会喘息的躯壳，却像一条苍老而坚韧的根，牢牢拉住一家，将你深深扎在故乡的土壤中。

每一次无奈地飞走，你都更深地领悟告别的含义：所有层层叠叠的分离，都是后会无期的前奏序曲。

4

隆冬时分，忽然传来恶讯，妹妹在为她换纸尿裤时，咔嚓一声，母亲的大腿竟然被生生折断，骨头疏松到如若枯枝朽木。不祥之兆袭上心头，达摩克利斯之剑高悬头顶。母亲啊，还能撑多久？

挨到春和景明草长莺飞之时，更坏的消息传来，母亲连续几天无法进食，从鼻孔打进去的食物被悉数吐出……此时，你正在参与筹备一个欧华作家与中国作家的对话会议——维也纳文学对话，身为欧华文学会秘书长和《欧洲时报·欧华文学副刊》主编的你正准备讲述欧华文学现状，与文友们一道搭建这个中欧华语作家交流的平台，来自德国、匈牙利、西班牙各国的华语作家将要到场，对话各方满怀期待，你如果缺席，比重失衡，对话不易成立。天大地大，母亲最大，孰重孰轻，不言自明；可是海报请柬已经发出，身后是文友们殷殷期待的目光，一诺千金，责任如山。你归心似箭，和兄妹们开网上家庭会议，长期照顾母亲的妹妹建议再观察看看……家与业，哪一头都放不下，沉重和艰难的抉

择,将你几乎逼到绝境,你内心在呐喊:母亲啊,请一定等等我!多年来她就像一个优秀的马拉松选手,顽强地抗争,与死神的拉锯战,相信这次还能扳回一局……

可是,在这个阳光普照的清明,母亲却永远闭上了眼睛,光阴已将她耗尽。在生命的最后十天里,失忆的她有没有片刻的清醒,想起远方心爱的女儿?弥留之际,暮色沉沉的双眸里,有没有突然亮出星光,隔着万里的迢递,指引女儿的归途?此刻,东方以东,南方以南,被冻在冰块上的母亲啊,穿上了四季衣裤和鞋帽,盖着丝绸被子,是不是还无法抵抗蚀骨的寒冷?

再见到母亲时,她已经长眠在殡仪馆的鲜花丛中。一阵青烟后,兄长脸色苍白地捧着青花瓷坛,从台阶上一步步庄重地迈下。你悲恸地明白告别的含义:那是痛如断肠的生离死别。母亲走了,告别了血脉之根,你离故土是不是更远了?

5

十几天后,欧华作家与中国作家的文学对话如期在维也纳中国文化中心举行;之后,又一场与北美华文文学评论家的对话接踵而至。当你走上讲台,向大会介绍和点评那些优秀的欧华作家时,紫藤在窗外探头探脑,蝴蝶在空中翩然起舞。母亲已化作花冠璎珞佩在你的胸前,化作雾霭流岚收藏你的泪水,化作甘泉雨露洗濯尘世的谎言和污浊,化作天使摘下翅膀当梯子,让你爬出千仞绝壁继续前行。世界在喧哗中,而她在寂静里,这寂静蕴含着无穷的力量,让你的心永系故国山河。

一个人真正的消亡,就是被遗忘,而母亲,始终活在你的记忆里、灵魂里,在异乡如蛭附骨的孤独生活中,赋予你隐忍的勇气。冰雪消融,母亲与母国浑然一体,带着暖人的体温汇入你的血液之中;乡愁与乡恋,更深地融入你的文字,对故土的情感已然转化成生命基因,支撑你今后的文学人生，将中华文脉传给远离祖国的华夏子孙。

如此，你彻底明白了告别的终极含义：那是一种解脱，也是一种重逢，更是一种升华，逝者的生命与生者或平行或交织，在另一个维度徐徐展开。

海外中文育儿记

洋美 / 日本

出生在中国东北的我,在那片沃土上度过了青春时光。冬天的鹅毛大雪,夏日的绿草青枝,现在还会经常浮现在我的脑海里。

二十二岁那年,我得到了来日本东京读书的机会。

日本是个街道干净整齐、办事井井有条的国家。我喜欢上了这里妩媚多姿的樱花、碧海蓝天,清洁新鲜的空气中夹着海风的气息。

在日本上学,在日本工作,每天紧张的节奏,让我忘掉了许多往事,那个生我养我的家乡的往事。就连过年这样的大事,有时也因中日假期的差异,在忙碌中几乎忘记得一干二净。

这些年来,在异国他乡,能如愿地吃上一顿饺子,已经是一件奢侈的大事啦。我就这样,在艰难拼搏中,一天天地淡忘自己原来的生活,一天天地在日本严酷的现实竞争中艰辛地生存着。

我再次回味那个生我养我的故乡,了解故乡的每个细小的风俗,每个温馨的画面,是在女儿出生后的事情了。

那时的我,突然感觉到我不仅是"我",而是"中华民族"的一分子。我感到作为父母,有责任告诉孩子,自己的根在哪里。

由于我工作的原因,女儿一岁半时,不得不进了全日制幼稚园,开始了她在幼稚园说日语、回家说汉语、电视节目是英语的现实生活。

女儿所在的幼稚园里,有位专业是"脑与语言"的妈妈。她好心地告诉我，太多的语言环境，容易造成孩子的失语。但我考虑再三，还是不忍心停下她的汉语学习。

我无法想象，将来不会讲汉语的女儿，无法和最爱她的外公外婆在一起交流的情景……那悲伤的不只是两个双鬓花白的老人，年幼的女儿也会无奈和不安，而作为母亲的我，也是一种失责。

起初和女儿用汉语对话，总是有进无出的感觉。

我用汉语问："你渴了吗？喝水吗？"

她的回答永远是日语："渴了。"

看不到希望的我，有一段时间很沮丧，不知道还该不该跟她继续说汉语。因为不了解年幼的女儿到底懂不懂我说的汉语，也看不出她对汉语的兴趣。我向母亲倾诉我的烦躁，聪明的外婆兴奋地答道："当然，她懂你说的一切了。如果不懂汉语，你用汉语问她，她不会答复你的。只有她懂了，才能用日语答复你呀。她用日语答复，是因为你没教她汉语的回答方式。"

在老人家的启示下，我意识到了学汉语要有系统性，不能随便跟她说一说就算完成任务。

为了调动女儿学汉语的积极性，我开始和女儿一起过中国的传统节日。

日本只过阳历年，不过阴历年的。不过这不成问题，阳历年我们也一起包饺子，吃火锅，听网络上的爆竹声，让女儿感受中国春节的祥和与欢乐。节日的每一个细小的环节，对孩子来说，都是那么的新鲜而有趣。她会问，爆竹是什么，饺子为什么这么好吃，妈妈的家乡在那里吗……

她的每个疑问、每次关注，无形中都增进了她对根、对我们中华民族的认识。

我会耐心地告诉女儿：爆竹是为赶走叫"年"的怪兽的武器，再告诉她日本的除夕夜、大年夜的很多习俗也都是来自中国，辽阔的大海对

面，那个被妈妈称为"根"的国度，就是妈妈出生的地方。

中国的饺子为什么好吃，是因为它从皮到馅都凝聚着中国人的智慧。人人都说日本的饺子没有嚼头，那是因为它的皮不是手工做的。不会做饭的我，在网络上下载菜谱，开始和女儿一起动手学做。女儿愿意和我一起做肉馅，她一岁半小小的手指，小心而认真地完成每个饺子。虽然我们的饺子个个都是奇形怪状，她还是很乐于吃下肚子。

渐渐地，小小的她也知道了"过年"的意义。

过完年，我们过端午节，过七夕节。

端午节我们一起吃粽子，看日本九州和神户的龙舟比赛。

我借着吃粽子的机会，就会告诉她：中国的这个节日，是为了纪念一位叫屈原的诗人。

与此同时，我们也过日本的上巳节、女儿节、重阳节等等，这些原本来自中国的节日，在日本的国土上只是变化了一些形式而已。

通过不同的节气与节日，女儿也渐渐爱上了中国文化。她愿意通过微信和我国内的朋友通话，汇报她每天发生的小故事。

对她的举动，我很吃惊。以前我和她说汉语时，她是不愿意用汉语来回答的。一般我说汉语，她答日语。但通过一起过节日，了解中国文化，她渐渐地肯说汉语了。她也变得自信了，性格也比以前开朗了很多。老师弹《冰雪奇缘》的主题歌，她能用英语、汉语、日语三种语言歌唱。回家时她很自豪地告诉我，今天老师和小朋友又邀请她单独演唱三语歌曲了。

她会在操场上告诉小朋友，我们家做的饺子最好吃啦。

由于她的广告打得太响，一年数次，我们开始在家里举办饺子大会，邀请幼稚园的小朋友和妈妈们，一起来了解我们的中国文化。

一向腼腆的日本人，也会在女儿举办的饺子大会上，激情地唱歌跳舞，让我想起了"入乡随俗"那句老话，来我家时他们一定有到了中国的感觉。他们还不断地夸奖我说："这是正宗的中华料理。"

我珍惜这种非比寻常的感受，曾经只是我在"入乡随俗"，现在我也有力量让日本人"入乡随俗"了。哈哈。

很快有些日本小朋友的妈妈，希望能和我的女儿一起学习汉语，并先后加入了这支队伍。

虽然那只是一周一次的简单会话，我也已经很满足了。对日本妈妈们了解中国而言，这只是一个小小的窗口，一个小小的始发点，但对我来说，似乎终于找到了一个在异国他乡播种的希望。

我身边也有一些在中国出生的妈妈，常常说孩子学习汉语没有用，浪费时间和精力，不如多学点日语和英语。我想说，对于失去了自己根的人，一生将是多么寂寞和无奈啊。

语言是根据经济地位的不同而被划分为不同等级的，美国的语言学者对此做过调查，但人怎么能将给予自己生命的父母划分等级呢？我们的根，是在我们出生的那天钉进我们身躯里的，植入灵魂的，是我们涂不掉、抹不去的事实。只是我们要明白这个道理，需要很多的时间。

女儿也许有一天从学校归来，会问我："妈妈，这里是日本，我们为什么要学汉语呢？"我想，到了那一天，我一定会告诉她："不要忘记我们的根在哪里，妈妈喜欢我们生活的这个国度，但也要记住我们的根只有一处，那就是中国。"

新中国马上要过七十周岁生日了，这个节日对中国、对海外的游子来说都是一个重要的日子，让我们再次来追寻我们的血脉之根吧。

心,随祖国母亲一起跳动

阿心 / 匈牙利

二十多年前,我曾在匈牙利一家较有影响的华文报上发表过一篇题为《娘家》的散文,该文曾被国内多家报纸转载,最近的一次登载在2016年底的《人民日报》(海外版)上。文中写道:"出国后,每当想起祖国就想起娘家。作为祖国母亲的孩子,我们的心与娘家息息相通。我们爱娘家又护着娘家,不允许任何人诋毁她。若娘家被人耻笑,我们脸上也无光。我们真诚希望娘家富强繁荣。每一个游子身体里都跳动着一颗滚烫的中国心……"

当时一位华人朋友看了文章说:"阿心,你的比喻不太恰当,中国是娘家,难道匈牙利是婆家?"

我竟一时语塞。多年身居布达佩斯的我,对匈牙利有着深深的情感,但是,祖国是母亲的感觉确是真真的。自踏上异国的土地,我无时无刻不在关注着祖国母亲行走的脚步,牵挂着祖国的一切。有亲友从中国来,我总是问起国内的情况。每次回国探亲旅游,都能感受到老百姓的生活明显地改善了,最为显著的是科学技术、基础设施、交通与通信等方面的飞速发展。经过几十年的发展,中国正以崭新的面貌展现在世人面前。

单说我的故乡郑州,几十年来,从一个历史悠久的中等城市,一跃成为拥有上千万人口的大城市。郑州新郑国际机场是中部地区第一大国际机场，现代化设施齐全，宽敞明亮，几次进进出出，工作人员服务周全，办事效率高，感觉与国际大都市的机场没太大区别。建设中的郑州航空港，将成为国际航空货运枢纽、现代国际综合交通枢纽和通达全球的"空中丝绸之路"航线网络的重要节点。郑州高铁的建设一日千里，已形成"米"字形构架，辐射邻省东西南北几大城市。从北京乘高铁到郑州，两三个小时就到，太方便了。回国曾几次自驾游，无论是到福建武夷山，还是到四川九寨沟，高速公路四通八达，高山河流已不是障碍，给出行带来了很大的便利。

如今的郑州不愧为绿城，街道整洁，绿树成荫。过去的郑州，只有市区三个公园，现在修建了许多新园林和公园，如郑州植物园、园博园、绿博园、黄河国家湿地公园等。那年回国，去了趟郑州最老的人民公园，花草繁盛，绿意盎然，人们唱歌、唱戏、跳舞、走模特步、踢毽子、打羽毛球，歌声、笑声交融在一起，从他们脸上，我看到了快乐与满足。

每次回去，家乡的变化日新月异，总有惊喜。人也比过去更讲文明了。上公交车，看见我这白发老太，基本都让座。过马路，行人耐心地等待红绿灯。一次遇红灯，有个孩子欲挣脱妈妈的手，妈妈拉紧孩子的手说："不能走，要等绿灯。记住，要守规矩！"一次与家人聚餐，我把背包忘在饭店了，手机和钱都在包里。返回路上，饭店的工作人员用我的手机打了电话，唤我拿包。我再三感谢，给钱，他们不要，令人感动。

有一年回国，飞机上遇见一个在比利时留学读研的上海女孩，出国半年，想家想得要发疯。问其留学生活，她回答得很妙："我们天天过年。"看我不解，她说："都说在国外过年时才想家，我天天想家，不就是天天'过年'吗？"我们笑了，是苦涩的笑。问她毕业后打算，女孩不假思索地说："当然是回上海了。"说到上海，她眼里闪着光："上海这几年变化太大了！像我这样的回国找工作不难。"

故乡的云

从国内回到匈牙利,许多朋友第一句话是:国内怎么样?不管多忙多累,同胞们心里都惦念着我们共同的家。自从装上卫星天线,能看到来自祖国的节目,能听到母语播音,就有了血脉相通的感觉。刚出国时,看春节晚会录像带,不是托人从国内捎,就是借别人的。那年中央电视台第四频道开始现场直播,家中只有我一人。独自看春晚,却不感到孤独。遥隔万里,同十几亿人一起同欢共庆,感觉心与祖国母亲一起跳动。有位朋友出国数年,说到她将第一次回国过年时,兴奋地说:"我要回家了!"说罢,口唱小曲,手舞足蹈起来,像是中了大奖。

过去,与家人联系靠写信,对"家书抵万金"深有体会。后来,打国际长途,变成"言而无信"。再后来是发邮件,现在有了微信,与家人聊天,亲友群里天天问候,感觉与国内亲人零距离。

在异乡闯荡打拼的日子里,经商之余,我在匈牙利多家华文报刊发表了百余篇文章。多年前,以文会友,我加入了匈牙利华文作家协会。2016年秋,祖国母亲没有忘记在异国漂泊的游子,邀请我到北京参加第二届世界华文文学大会。看到大会正式邀请函时,内心充满了温暖。文学是我的精神家园,这次文学大会为我的华文创作提供了精神滋养,是祖国,给了我支持和力量。

对于大多数国人来说,过去出境游是遥不可及的梦。现在,无论想去哪里,报个旅行团,说走就走。前些天去奥地利旅游,与中餐馆女老板聊天,她说:"过去来吃饭的亚洲人,大多是日本人和韩国人。近些年来,更多的是来旅游的中国人,说明中国人比以前富裕多了!"我说:"是啊!人有钱有闲,才会出国旅游。"因为旅游市场需求大,匈牙利的中国旅行社越来越多。旅游旺季,许多朋友一个团接一个团地带,马不停蹄,乐此不疲。许多匈牙利人对变化中的中国越来越感兴趣,一些华人的旅行社变为双向业务,既接待中国来的旅行团,也组织匈牙利人去中国旅游。问起对中国的印象,身边的匈牙利朋友,凡是去过中国的,脸上都挂着震惊与欣喜,说中国的发展真快,太了不起了!中国太美了,下次还要去!

　　全世界的炎黄子孙,无论走得多远,无论在外住多久,心底永远惦念那块土地,那是我们的根。我们打心底里希望祖国富强,祝愿祖国的明天越来越美好。祖国强,游子们底气足,腰板挺得直。祖国美,游子们心里更美,因为血浓于水。

寻找家乡

张奥列 / 澳大利亚

我一向以为,清明时节都会雨纷纷,但今年的清明节却是艳阳高照,使我的首次回乡祭祖之行,带着一抹特别的暖色。

自打出世那天起,我好像就和家乡没有关联。我在广州出生、长大,祖父母早已去世,不知他们的名字,更不知爸爸口中的"家乡"在什么地方,后来也只知道籍贯栏填写的四个字——广东大埔。家乡对于我只是个概念而已,没什么感觉。如今我已年过半百,旅居澳大利亚多年,却从未回过家乡,没有踏进过老家的祠堂,更不用说祭祖了。所以今年,老爸无论如何一定要我回国一趟,随姑姑回乡下扫墓。

我明白老爸的心意,他今年92岁了,姑姑也八十好几了,一旦他们走了,我连回乡的路都没法辨认。他们既是希望我以本房长孙的身份,代他们向祖先祭拜,更是希望我认祖归宗,记住自己的根。

在我脑海中陌生的故乡,其实是一个名人辈出的地方。新加坡开国总理李光耀、烟台张裕葡萄酒公司创办人张弼士、香港慈善家田家炳、中国远征军司令长官罗卓英、抗战名将吴奇伟、中山大学首任校长邹鲁等,都是大埔人,是咱老乡呢!

大埔地处粤闽交界的客家山区,离省城不到五百公里。车出广州不到一半路,就是连绵山岭。过去乡人去省城一趟,隔山隔水,都要中途过一夜,但如今走高速公路,五个小时就到了。一路上,都是郁郁葱葱的山林，陌生的故乡，慢慢向我浮现。

怎么见不到半点黄土坡地？我问姑姑：不是说家乡是穷乡僻壤吗？她笑了：家乡过去确实穷，男人都出外读书、从军、下南洋，女人留家守着那块瘠地耕种，所以过去生产队长多是女的。现在虽然还是贫困县，但一年一年在变化，如今已是"全国最美小城"了。最美小城？我有点意外。

穿过一个山谷口，豁然开朗，迎面一块巨石上写着：大埔欢迎您！秀丽的梅潭河畔，高楼簇新，街道宽阔，青山绿水环绕，果真有点世外桃源之意境呢！我还没看清小城美貌，车就穿越城区直奔虎山中学了。因为老爸特地交代，先把他捐赠给母校的书送去，才回老家祖屋。

虎山中学创建于1906年，现在的学校主楼，就是由罗卓英于1936年捐资修建的。如今这栋教学大楼里的课室、楼梯甚至水磨洋灰地板，都是当年的模样，没有损毁。以我父亲名字命名的图书室，就在这栋洋楼上。父亲就是从这里走向社会，进省城读大学并参加党的地下工作，成为文化人物的。他深知读书是客家人的传统，学习知识是山里人的出路，所以离休后多次捐钱捐书给母校，帮助母校建好图书馆。这次我送上父亲的捐款赠书，校方还特地举行了仪式及座谈会以表谢意。

这座百年老校，如今更胜当年。旧楼四周，被一幢幢由校友捐建并命名的新校舍环绕着，而田家炳捐资的高中部大楼，倚山而立，气势尤为恢宏。虎山中学不再是当年的山区小校，而是国家级示范性高中，校长自豪地向我介绍，本校一直获各方校友的资助支持，不少学生考上清华、北大等全国名校，走出了山区，有的甚至去了国外深造。

虎山中学旁边不远，就是湖寮老街了。大埔县城过去不在湖寮，而在茶阳镇，但茶阳经常发洪水，1961年只好把县城迁至湖寮。湖寮过去只是一个小镇，其实就是一条老街。从老街到我家祖屋所在的旧田村约五华里，如今旧田就是县城的一角了。

旧田其实就是张家围屋。围屋是客家地区的典型居所，有着独特的

建筑风格。围屋有圆形有方形,都是一间间、一排排、一层层连着,以宗族祠堂为中心,团团围起,形成壮观的堡垒型民宅。随着现代生活的发展,抱团式防御式的客家围屋越拆越少了,渐成保护文物。

所幸张家围屋仍然屹立,我迈入带屋檐的大门,穿过大大的天井,来到了张家祠堂。祠堂"敦睦堂"的金字黑匾下,供奉着众多的祖先牌位。仔细一算,我该是第27世了。墙上贴着一些大红纸,哪家人生了娃,就把名字写在上面,告知全族。姑姑说,我在广州出世时,这墙上也曾贴上我的名字呢!我突然觉得,我就是从这个祠堂走出去的人了。原来我自出生起就与这里有了联系。

祖父母的房子还在,木门紧闭。隔壁就是父亲三兄弟读书的小屋。我从木窗的木条缝隙往里张望,想象着当年他们挑灯夜读的画面。大埔有个家喻户晓的典故"一腹三翰林",说的是清朝的时候百侯镇的杨家一母所生的三兄弟都是翰林的故事。我对姑姑说,祖母也厉害呀,"一腹三进士"呢。因为按民国初年对清末学历的认证,秀才相当于小学毕业,举人相当于中学生,进士则是大学生了。父亲三兄弟都是大学生,父亲甚至是族人中第一个大学生。姑姑笑了,说风水也是轮流转的。隔壁堂叔一家原是吹喇叭专做红白喜丧事的,现在也出了几个大学生,而且都是学医的,还有在省城大医院工作的医学博士呢!

这张家围屋,原先有几十户人家几百号人,可如今都离开了围屋。围屋早已空空如也,只有逢年过节或祭祖的时候,族人才回来相聚于祠堂。这围屋没有作为文物保护,是因为三分之一被政府征收拆迁了。祖屋傍着梅潭河,政府规划县城扩建,要在河两岸修建堤坝、马路,所以把祖屋征去一大块,还把张家的田地改建为西湖公园。当时族人多有不满,认为坏了祖先风水。父亲也因此生气而再也没回过家乡看祖屋了。但我实地察看,祖屋虽未保留全貌,但新建的马路、堤坝让县城漂亮多了,方便多了。绿水闪闪的河流,绿树成荫的马路,曲桥水榭的公园,加上晚上霓虹灯到处绽放,真是美不胜收。小小山城之美,不也有张家的一份吗？

　　族人带我上山扫墓，拨开树枝、踏着野草一路走去，好不容易钻进山腰，终于见到张家祖坟。祖父和两位祖母合葬于一大坟，再往上走一段，是曾祖父和曾祖母的两个小坟。回头望去，对面是一座笔架山。姑姑说，这是风水先生选的墓址，说是风水宝地，保佑家里出读书人呢！其实我知道，人的命数就是性格、学识和运气的混合。但有时命运似乎真的与风水契合呢！曾祖父一心读书，两次为乡人代笔考上了秀才，换回了猪肉养家，而且自己开设了私塾；祖父是镇里的书记员，拿笔记账；父亲也算是省里的文豪；而我呢，也干着摇笔杆的活儿。是不是冥冥之中有定数呢？

　　我在族人的指点下，按照乡规，先拜过土地爷，然后给曾祖父母烧香，把他们"请"下来与祖父母相聚。当族中辈分最高的叔公宣读祭文："今有长孙张……"我眼眶忽然一热，觉得无论走到何处，我的血都是从这山里流淌出来的。我诚心三跪三叩：祖宗啊，我来看你们了，请原谅我的迟来……

　　父亲因高寿不便回乡，特出钱让我请近百位族人吃一顿。一位堂姐也来了，还送了一大堆山货。姑姑说，自己人，别破费了。她笑笑说，现在不同以往了，别小看我，出得起。原来，当年她去香港看她父亲的时候，异母妹妹总是说，乡下女又来要钱了，她听得很不是滋味。她对姑姑说，哼，现在看见那妹妹，我就不再怕她了。我也想起了小时候，乡人来省城我家坐，走的时候，父亲总是拿出钱和粮票给他们带回去。如今乡人出来，都会捎上糍粑、萝卜粄、算盘子等一大堆客家小吃及山货，倒让我们城里人受惠。

　　依我观察，绿色生态是大埔得天独厚的资源。大埔森林覆盖率80%，富含负离子的空气、洁净的水源、原生态的食材是大埔人健康长寿的三大法宝，大埔人平均寿命79.55岁，高出全国4.72个百分点。咱张家不就有好几位90多岁的寿星吗？大埔不仅是"中国长寿之乡"，还

故乡的云

正申请"世界长寿之乡"呢!

客家人是个特能吃苦的族群,从中原地区迁徙南方客地,面对穷山恶水的环境,练就坚韧的性格。由贫困县成为"全国最美小城""中国长寿之乡",家乡正在越变越好,曾经遥远陌生的家乡,在我眼里是那么可亲可爱。

回到广州后,我把家乡新貌的照片给老爸看。他拿起放大镜,细细端详。我说,您老皇历中的家乡已经变了模样,但我却找到了家乡的感觉。他呵呵一笑:真的?!

中国的铁路，我为你骄傲

高关中 / 德国

对海外华人来说，家国情怀永远是精神世界的基石，家国情怀的抒写各有各的不同，而我最想写的，是中国的铁路。

我是50年代出生的人，当时新中国成立不久，旧中国只留下2.1万公里铁路。试比较一下，面积不到中国4%的德国那时已有4万多公里，而且旧中国的铁路主要集中在东部，辽阔的西部只有仅通到宝鸡的陇海线和滇越铁路，而后者还是法国人为了掠夺云南资源修建的窄轨铁路。

新中国成立后，开始大力建设新铁路，宝成铁路、兰新铁路，一条条铁路向远方延伸。我那时正在上学，好几次写作文讴歌铁路建设成就，还被老师在课堂上作为范文朗读呢。但由于国家经济底子薄，加上各种干扰，一直到1978年，全国铁路通车里程才大约5万公里。铁路速度也很慢，记得有次从西安到上海出差，乘坐直达快车还用了27个小时。

改革开放使我国的铁路建设迎来了更加明媚的春天，特别是进入新世纪以来的高铁建设，取得了举世瞩目的巨大成就。对此我有切身的体会。

那是2012年底，继京沪高铁之后，世界最长的高速铁路京广高铁全线通车，此前西安至郑州的高铁也已投入运营。读到这些消息，我非常兴奋。我在国外旅居多年，由于担心春运大潮车票难求，一直未敢在

春节回国。有了高铁,我决定回家乡,陪父母过个团圆年。2013年初飞回西安,春节还没到,就张罗着买节后去上海的火车票,从那里飞回汉堡。果然,高铁大大减轻了春运的压力,车票一下子就买到了。

售票员特别叮嘱我,高铁发车站不是西安站,而是北客站,不要搞错。北客站是为高铁新建的专用站,建成还不久,但在春运期间,已发挥了显著的分流作用。

市中心有地铁连接北客站。出地铁就是北客站的地下层,与高铁实现了"零换乘"。来到车站南广场,大气磅礴的北客站展现在眼前。其立面取意于唐代大明宫的含元殿,凸显唐风汉韵,盛世华章。铝合金屋盖系统和钢框双层玻璃幕墙,又表现出高铁站的现代风貌。北客站建有34股道,不仅满足需要,还为将来发展为"米"字形高铁网枢纽预留了位置。据了解,西安北客站是全亚洲最大的火车站之一。

就在这里,我踏上了前往上海的动车,列车飞快地行驶在高铁线路上。这让我心潮澎湃。我喜欢旅游,乘坐过好几个国家的高铁,如东京到大阪的高铁,那是世界上的第一条,1964年开通的。1983年、1991年法国和德国相继建成首条高铁,我也坐过。当时就盼望,何时能坐上中国的高铁!似乎遥不可及。

想不到这个"中国梦"这么快就实现了,我怎能不激动?当即我就写了一篇报道《高铁,中国的骄傲》,发往德国,后来刊登在《欧洲新报》上。

高速铁路上,"白色子弹头"就是中国高铁的形象。我乘坐动卧。21:02发车,次日7:48到达上海。全程10小时40分钟。当时郑州到徐州这一段没有高铁,影响了速度,否则会更快。

这次旅途之后,我开始关注中国的高铁建设。我查到了专业网站"高铁网"(gaotie.cn),每天都要浏览一下,每年还买一本新版的《中国地图册》,了解高铁建设的新进展。看吧,贵广高铁、兰新高铁、京福高铁、沪昆高铁……路网一天天延伸,一年一变样,五年大变样!

2016年9月，郑徐段高铁通车，这样西安到上海的高铁就全线打通了。2017年春天，我飞到上海，参加海外文轩文学大会；然后到徐州开华文文学与中华文化海外传播国际学术研讨会，再回西安探亲，两段都乘高铁，加在一起，不到7个钟头，比起四年前的动车，又缩短了近一半的时间。回想七八十年代的直快，竟要27个小时，更是不可同日而语。

这几年来，我年年回国，多次坐高铁，深深体验到高铁带来的"快生活"。2014年10月，我陪同德国画家到南京办画展。从上海到南京约300公里，最快67分钟就到了；而从汉堡到柏林，同样的距离，却要用近2小时，这让以高科技自负的德国人对中国刮目相看。2016年11月，我们欧华作协的7位文友在河南采风，结束后，一起乘高铁从郑州赴西安，2个多小时就到了。游览后又乘高铁，约5个小时后来到北京，参加第二届世界华文文学大会。大家备感旅途轻松，直呼高铁快捷舒适，太棒了！会后我到重庆，忽然接到通知，让我第二天赶到成都西南交大，与德国专家会面。记得90年代，我曾坐过成渝卧铺，得一夜时间。而这次，上午8点多坐高铁出发，不到10点就到了成都东站，换地铁到校区犀浦，赶上了与专家一起吃中饭。这要是放在从前简直是天方夜谭！

高铁列车不仅风驰电掣，而且运行顺畅平稳。放在桌板上的一杯水，也没有晃动之感。车厢里随处可见高科技与人性化服务的结合体。穿着整洁、大方的乘务员像空姐一样，穿梭于各个车厢，为旅客服务，使人由衷地赞叹："就是不一样，坐火车却有坐飞机的感觉。"

最近几年接二连三又读到新消息，宝兰高铁、西成高铁正式通车，加上前些年已通车的西郑、西太高铁，西安北客站已是4条高铁交会的枢纽大站。而西安通往银川、延安、重庆、武汉的高铁正在施工或即将开工，再过几年，西安将成为"米"字形高铁网的中心，前景令人振奋！

陕西高铁的发展是全国的缩影。中国高铁2008年起步,京津高铁在奥运会前通车。十年来,高铁从无到有,总长度已增加到2018年底的2.9万多公里,高铁密织成网,占全球运营里程的三分之二,雄踞世界第一。这是多么了不起的成就。国家规划的"四纵四横"的高铁网已经完成,如今又提出了"八纵八横"的新目标。

目前中国的铁路通车总里程已达到13.1万公里,在世界上仅次于美国,是新中国成立之初的6倍有余。近年来,中国倡议"一带一路"建设,复兴"丝绸之路",铁路发挥了巨大的作用。火车运送集装箱,经过中亚到欧洲,即中欧班列,已经常态化,从西安通汉堡只需要十几天时间,比海运快捷,比空运经济。这在从前都是不可想象的。

中国铁路不仅产生了巨大的经济效益,而且正在引领世界潮流,成为中国形象的亮丽名片。年近七旬的我目睹体验了新中国成立以来铁路的飞速发展。我相信,未来,它还将继续书写辉煌。

凤凰浴火必重生

依一 / 美国

还记得那年我三岁,在凤凰城中国文化中心的春节庙会上,

我穿着大红的锦缎刺绣小袄,撑着货摊上刚买的红油纸伞,摇晃着唐朝的丝绸折扇,

在炎帝黄帝的石碑前,在"天下文枢"的牌楼底,在沧浪亭的八角飞檐下,

我领略着历史江河的上下五千年;

在《西游记》的石雕群中,我想象着孙悟空大闹天宫的传奇魔幻;

在平湖秋月、三潭印月、小瀛洲的涟漪中,我感受地球另一边的柔美江南。

……

什么?那对威风凛凛的石狮子被搬走了?

那美丽的庭园被丑陋的铁丝网圈住了?

那些黄澄澄的琉璃瓦要被拆掉?

那"天下文枢"的牌楼要被推倒?

这一片风景我们永远都见不到了?

故乡的云

  为什么？为什么？
  妈妈，你不是说，
  每一片琉璃瓦都是用特别的黏土特殊技艺手工烧制，
  拆毁了就无法再造？
  这里的一庭一檐都是"香山帮"的工匠远渡重洋亲手打制，
  拆毁了就无法重建？
  为什么要拆毁这一切？
  为什么？

  我哭了，急切地哭了，
  停下来，不要折断，不要拆毁！
  花朵折断了无法重续，文化中心拆毁了就永难再现！
  请把它留下，让这座美丽的文化中心在凤凰城陪伴我们，
  一代又一代！

  听，交织着中华文化的声音，
  凤凰城历史文化的交响乐多么博大恢宏；
  看，点缀着中华文化的色彩，
  凤凰城文化大花园多么繁盛璀璨！
  凤凰城上，凤凰于飞，琴瑟和鸣，五彩呈祥。
  愿美丽长存！愿文化常在！
  祝福你，凤凰城，我挚爱的家园。

  在如泣如诉的中国古乐声中，孩子们含泪诵念我为他们写的诗作《愿美丽长存，愿文化常在》。这首诗是为纪念保卫美国亚利桑那州凤凰城中国文化中心一周年而作，听到孩子们深情的朗诵，我潸然泪下。

  2017年8月，美国亚利桑那州凤凰城华人社区得到消息，凤凰城中

国文化中心被转卖，买家要拆除文化中心的一切中国元素。凤凰城华人社区震惊了，凤凰城震惊了，世界各地华人圈震惊了。世界华人媒体，亚利桑那州主流报纸、电台、电视台纷纷追踪报道。凤凰城的华人们游行抗议，到凤凰城市政府与市长、市议会对话，甚至孩子们都行动起来。这座始建于1997年的凤凰城中国文化中心，是一组包括12间店铺、8间餐馆、1个超级市场、1家银行，以及写字楼、健身中心、公众会议室的建筑群，中间的江南园林式花园庭院涵盖5座江南古城中最负盛名的30多处名胜古迹的仿制景点。文化中心的琉璃瓦屋顶和花园都是二十年前由"香山帮"工艺大师亲临美国制作和安装的。他们的祖先承建了明故宫三大殿和天安门，这些"香山帮"的工艺大师在凤凰城中国文化中心的建造中使用了同故宫一样的材料和技术，使凤凰城中国文化中心成为全美独一无二的中国传统建筑文化的优秀遗产。华侨华人纷纷在凤凰城议会和媒体上力争："请保留这座全美独一无二的精美的中国文化中心。和园所用的建材都已绝版。雕刻神兽等用的苏州金山石早已禁止开采。屋顶的100多万块琉璃瓦是当年专门在宜兴的小窑里手工烧制的。完全按照苏州沧浪亭原型设计制作的沧浪亭已经是绝版，自2000年，苏州沧浪亭被联合国教科文组织列为世界文化遗产后，再也不允许复制……"

转眼就到了中秋节，世界各地的华人举杯邀月共度团圆夜，但这一年，凤凰城的华人心里却充满着别样的愁绪：美轮美奂的中国文化中心正面临被拆毁的危险，凤凰城的华人苦苦抗争已经两个多月，但还是没有结果。明年，不知100多万块黄澄澄的手工精制的琉璃瓦还在不在，不知和园里先圣孔子的雕像会流落何方，不知小三潭印月的池水是否枯干，池中的鲤鱼是否安好，不知"天下文枢"的牌楼、"天下第一江山"的影壁、沧浪亭是否还完好无损，不知园中的青龙、白虎、朱雀、玄武的雕像和孩子们喜欢的唐僧、孙悟空、猪八戒、沙和尚的石像会漂流何方……

故乡的云

趁凤凰城和园沧浪亭还在,就算是美景已经被丑陋的铁网圈围,被打上了触目惊心的施工记号,在2017年10月4日中秋团圆夜,我们凤凰城的华人相聚中国文化中心,陪伴蒙难的和园,共酌一壶酒,共饮一壶茶,共品中秋月饼,共尝四川火辣辣的菜肴,共听中华音乐,共唱思乡歌谣。然而,明年此时,我们会在哪里把酒共叙?此时,萦绕在我们心里的诗句是:"此生此夜不长好,明月明年何处看。""绝景良时难再并,他年此日应惆怅。"

尽管华侨华人百般争取,凤凰城中国文化中心终究没有保住,如凤凰般离去了,消失了。长吁短叹中,人们不停地追问:为什么?为什么?我们究竟做错了什么,才失去了它?我们本该做什么,才能留住它?

凤凰逝去还能再归来吗?不知道。但是,这里是凤凰城,是传说中凤凰浴火重生的地方。都说凤凰在烈焰中化作灰烬,又将在灰烬中凝聚成一个新的生命,一个超越过去、凝聚十万火焰精灵的新生命;都说信心、盼望和爱是呼唤凤凰归来的神奇力量。我相信,只要各个族裔、各种肤色的人们学会彼此包容、尊重、欣赏、珍惜彼此的文化,千万颗心,心心相印,就会共鸣,激荡出神奇的力量,这神奇的力量将从灰烬中托举起重生的凤凰,翱翔天宇,五彩呈祥!

凤凰城上,凤凰浴火必重生。

回故乡

黄宗之 / 美国

我的故乡衡阳位于湖南的蒸水、耒水和湘江汇合之处。这个位于中国南方的城市对许多人来说，是个遥远而陌生的地方。然而，由于它是我的出生地，便成了我的亲切的故乡。如今，我是一个远离故土的游子，每当我听到"衡阳"二字，心头都会不由得感到一阵温暖，身体内那条最敏感的神经就会被触动，从而在我的心底激起一阵波及全身的涟漪。

1

我对故乡的记忆从童年时期开始。

我家住在城西一个有着六十几户人家的村子里，一排排砖瓦房之间狭长的空地上种着一些苦楝子树，掉了叶的树干披着厚厚的积雪，静静地伫立在冬日的雪地里。冬天的村子是沉寂的，白雪掩盖住原本黑色的瓦屋顶。房屋的外墙是糙白色沙土粉饰的，有些地方沙土剥落，裸露出底部的砖块。裸露的砖块在沙土与白雪的衬托下呈现出炉窑烙下的色泽，血一样鲜红，给萧瑟冬日苍白的天地和色彩单调的村子点缀出生命的光泽。

我家的南边有一座庙。庙不大，庙里只有一座供人烧香许愿的陶瓷

故乡的云

菩萨，面无表情地孤独守护着没有和尚、尼姑住持的庙宇。两个哥哥大了，他们已经离开了家。还在小学读书的三个姐姐每天轮流带我去庙里捉迷藏，几间房屋、几截断墙，我东躲西藏，乐此不疲，享受着被寻觅的愉悦。可惜，这座庙在我四岁那年被拆掉了。因为那座庙宇凝聚了我童年的许多欢乐，它的砖瓦是从我的心坎上被一块一块拆掉的。

拆掉了庙宇，我的心空出来一块地方。视线没有了遮挡，我可以看得很远。站在我家门口，可以看到远处郊区的农舍。农舍的墙是泥坯砌成的，屋顶用稻草遮盖，十几户人家屋檐相连。农舍前有一条长长的泥走廊，走廊边缘用褐色石块砌成台阶。一条不宽的小路在台阶下边，一直通到村外。农舍后面有一间间矮矮的猪栏，土墙齐腰高，平平的屋顶盖着稻草。每一间猪舍都圈着两三头大肥猪。农舍前面有一大片水塘。水塘长满了荷花，碧绿的荷叶之间绽开着一朵朵染着水红色边的白荷花。有一些荷花凋零了，顶部弯着翠绿的莲蓬，孕育着一轮新的生命。夏日无云的夜晚，我常跑到水塘边玩耍，听荷塘四周风歌蛙鸣，看荷塘上空月明星稀。

平常的日子里，爸妈出去工作，姐姐们做完功课还得做家务。一到晚饭时，我们就端着米饭高高兴兴地从一户家门串到另一户家门，吃一家又一家人餐桌上的菜。每当夜幕降临，全家老少挤在一间屋里，我和姐姐们便早早爬上同一张大床，吹熄油灯睡觉。

周末，姐姐们与一群女孩子欢欢喜喜跳橡皮筋、踢毽子。我则与一帮男孩一块儿疯玩，或者玩挑小木棒，或者一伙一伙地围在一起摔跤，或者到猪圈外看牵猪老头与猪的拉锯战，或者跑去湘江岸边的木排上，短裤衩一脱光溜溜地跳进清澈的江水里游泳。

此后，我慢慢长大，离开了家乡到外省求学。研究生毕业时，父亲说，母亲身体不好，我是学医的，还是回家乡照顾母亲为好。

父母在，不远游。为回报给了我生命的母亲，我回到了故乡，在当地一所大学的医学院任教。

没想到，因为疏忽，我居然没有发现与我朝夕相处的母亲患有高血压病，在我回到故乡仅一年时间，她突发心肌梗死去世了。临终前，母亲哀伤地望着我，泪流满面，挣扎着张大嘴却发不出声来。我抱着母亲放声大哭，怎么也不愿意撒开手放她走。

回到家乡，母亲却离开了！我悔恨交加，悲伤难忍。几年后我打算自费出国，父亲罄其所有，把一辈子全部积蓄两千元人民币交给我带到国外生活。我离开了故土，飞往了美国。万万没想到在我抵达洛杉矶的第十天，父亲因惦记我而病倒住院，骤然告别了人世。

惶然惊悉父亲病故，我悲痛万分，跪在太平洋的此岸，面朝故乡的方向望天长哭。父母双亡，我的根从故乡的土地上被掘断，我成了一只断了线的风筝，失去了依靠。二十多年漫长的海外生活，我承受着自责的煎熬，与忏悔长年为伴。我痛悔自己学医，却没能尽责照顾好生养我的父母。痛苦的泪水时常打湿我的枕头，我很长时间不敢轻易去触碰心头难愈的伤口，不愿返乡探望那一片曾经养育过我的热土。

2

时光慢慢愈合了我失去双亲受创的伤口。2018年，我应作家出版社的邀请去北京出席《藤校逐梦》读者见面会。正值4月，我计划回一趟故乡，祭奠我的父母，重拾童年旧梦，时隔二十余年，我终于踏上了回乡探亲的路。

记得二十多年前，我从故乡坐火车，在拥挤的车厢里站了整整一昼夜，才抵达北京，然后乘飞机飞往美国。如今由北京返回故乡，高铁才用了六七个小时，以300公里的时速风驰电掣地把我载回到了衡阳。我带着两只大行李箱，激动地与早已守候在月台上迎接我的姐姐和侄子互拥相见。

侄子开着车载我们在笔直宽阔的马路上朝市区飞驰而去，车窗外来

故乡的云

来往往的汽车和不断涌现的几十层高楼大厦让我糊涂了。

这竟是我的故乡?！它与我离开的时候完全不一样了，我一时恍惚，仿佛处在梦中一般。

街边一幢幢高楼的店铺招牌上，不断清晰地闪现着"衡阳"两个大字。望着车窗外完全陌生的城市，我寻觅一直萦绕在我心头的原乡的踪影。家乡已经完全不是我记忆中的模样，变得不再熟悉。我犹如一个流落异地的孤客，身归故土犹在他乡，心中既兴奋，也不由涌出几缕失落的惆怅。

"念故乡，念故乡，故乡真可爱。风正轻，月正朗，乡愁阵阵来。"车窗外大街一侧高楼毗邻的缝隙间，一轮初升的皓月时隐时现，在海外曾无数次吟唱过的那首思乡曲，在我的心底缓缓地流了出来。

侄子的车子停在了姐姐家附近的餐馆大楼下。姐姐说，家里的二十几位亲人都在里面等着我的归来。我记得过去这块地方曾是一条狭窄的小巷，巷子两边拥挤着低矮的小店铺。而今，眼前是一条华灯林立、宽阔笔直的大街，街两边耸立着一幢幢二三十层的商住高楼。

推开玻璃大门，走进张灯结彩的餐厅，在长长敞亮走廊一侧的大包厢里，两个大圆桌边坐满了我一大家子亲人。见我到来，大家立刻起身把我团团围住，问长道短，握手拥抱，好不热闹。姐夫从摆满了菜肴的大圆桌上拿起一瓶米酒，打开盖子喜气洋洋地倒满一只玻璃杯挤了过来。他把酒杯递到我的手里，那浓浓的香气从酒杯里不断溢出，那味道好熟悉，我深深地吸了一口。

那飘满了整个包厢的酒香勾起了我的记忆。二十多年前告别家乡去美国的前一天晚上，姐姐姐夫就在这地方巷口的一家小餐馆里为我饯行。姐姐买的就是同样的一瓶家乡酿酒。这故乡的醇酿啊，蕴藏了家乡对我的慰藉和安抚，每当走进洛杉矶的华人超市，走到陈列酒的货架旁，我都会不由自主地联想到那味甘香醇的家乡米酒，那酒香总会引出我难耐的乡愁。

3

在衡阳的三天里,我和姐姐们祭拜了父母,圆了我多年的心愿。侄子开着车陪我四处逛,带我看看家乡发生的巨大变化。

我曾经住过的衡阳城西已经成了高新开发区,道路宽阔,高楼林立,一派现代化大都市的景象。在侄子家住的十八层高楼里,北面的整个墙面全是大玻璃,玻璃墙外一派秀丽的景色。楼下是悠悠的蒸水河和绿树成荫的大道,昔日难觅桥影的蒸水河上架起了一座座桥梁。对岸全是几十层高耸的住宅大楼。极目远眺,我看到高速公路四通八达。

一环和正在建设的二环把整座城市连成一体,新建的机场让衡阳与各大城市连接得更加紧密。曾经拆掉破庙的城西区,不仅有了生态公园,更有了大型儿童游乐场。衡阳城内遍布供人们休闲的绿地,我们去了占地三千七百多亩的南湖湿地综合性公园,还去了一趟正在建设中的面积二千多亩的酃湖公园。途经我出生的医院,好几幢二十来层的诊疗大厦非常气派;城里其他几家大医院也都新建了不少二十多层的高楼。一路上,侄子如数家珍地向我介绍家乡的一切:白沙工业开发区、松木工业开发区、衡山高科技园、科学城、大学城、无人机研发生产基地……

姐姐让侄子把我载到了我儿时常去游泳的湘江边,昔日经常洪水泛滥的堤岸,已经被江边公园取代,到处郁郁葱葱。站在江边,姐姐对我说,湘江这一段曾经只有一座铁路公路两用桥,这几年新建了四五座大桥,目前正在开掘江底隧道。她指着远处的一座大桥说,那边有一座五十多层的大楼即将拔地而起。

我感叹道:"变了,家乡完全变了。"

姐姐笑着说:"当然也有没有变的。你看,这江水不是没变吗?我们家附近的那条蒸水河不是也没变吗?"

故乡的云

是的，没变，它们都没变。

环绕城市的蒸水河还是那样秀丽清澈，身边的这条湘江仍是那样宽阔碧透。

站在江边，我很感慨：蒸水河、湘江，我的母亲河！祖国巨变，我的故乡巨变，可滋养这片大地的江河没变。它们始终坚强不屈、一往无前，流向远方。无论我身处何方，它们都如同我的母亲一样，永远在我的心里温暖着我。

告别了亲人，我乘坐高铁列车依依不舍地离开了家乡，从北京乘坐飞机回美国。登上飞机，飞上蓝天，透过舷窗，望着北京城万千摩天高楼和纵横交错的高速公路离我远去，我的眼眶湿润了。当飞机冲破云层，飞上碧透开阔、一望无际的高空时，我心中感慨万千。我在心头呼唤着：中国，我的故乡，生养我的地方，我这个海外游子期待着下一次回归，你会带给我更大的惊喜。

黄河的支流

竹心 / 美国

很久以前，曾经听说过一个故事。说的是20世纪40年代，彼时的中国大地上正在进行着一场艰苦卓绝的全民抗战。身在海外的华人没有置身事外，而是以另一种形式参与了抗战。他们在世界各地掀起了一波又一波的募捐活动。十几年里一笔笔捐款流回中国，犹如一颗颗海外华人的赤子之心。此间一位华侨喊出了"每一个华人都是黄河的一条支流"的口号，据说这句话曾经激励了许许多多的海外华人，捐钱捐物，援助战火中的祖国和同胞。

多年前听到这个故事时，我还生活在北京，虽然也曾被感动被激励，但总归没有亲身经历和体会，所以对于"黄河的支流"的提法也只是一听而过。

又过了很多年，我也成为海外华人，定居在了四季潮湿闷热的墨西哥湾。在2008年5月那场巨大的地震灾难里，亲眼目睹和经历了海外华人与祖国人民同呼吸共命运的悲情时刻。从5月12日的清晨，上班路上广播里听到的那一刻起，巨大的悲伤从四面袭来，整个思想、情绪、灵魂无时无刻不在关注着灾情和救援进程。那一天，我是流着眼泪走进公司大门的。从此在每天的祷告里，都在祈祷同胞们的生命平安。看到电视新闻里救灾在紧锣密鼓地推进，灾民们秩序井然地排队领取救济物资，我深深地为我的同胞们欣慰点赞。而每一次听到死亡和失踪人数更

新,我的心就会猛烈地痛一次。那一段时间里,为四川、为汶川、为灾民、为救灾时时刻刻在祷告,祈祷上帝恩待眷顾那片土地和土地上的人。那个时候,身在海外心系汶川,便记起关于"黄河支流"的那句话,身在其中,心同此感,"黄河的支流"不再是一个空洞感人的口号,而是一种身临其境的生命体验。

我从更深层次上理解了"黄河支流"的含义。纵有千山万水的距离,总有一条河道连接彼此,也总有交汇之处;纵然天涯海角相隔,也总是血脉相通,丝丝缕缕地与生命的源头和根基交缠融汇。身处异乡的海外华人,心里总也忘不了曾经生活过的故土,总有割不断的家国情怀,对骨肉同胞的牵挂和关心,以及对那片土地的深情热爱和美好祝愿。

那段日子,平日里松散的各自为政的整个华人社区围绕着救灾配合协调起来,从未联络过的华人为了救灾,开始联系并且熟悉起来。每一次聚会,每一次相遇,总是离不开汶川。说起汶川,很多人的眼里也总是蓄满了泪水,悲情难以自抑。休斯敦领事馆开通了捐款热线,提供了捐款方式。海外华人的心凝结在一起,为着受灾的同胞日夜祈祷。从5月12日的清晨,我流着眼泪走进公司大门,告诉同事们在我的国家,刚刚发生了一场毁灭性的大地震开始,我的形象在同事们的眼里就彻底改变了,从前的我是温和的、含蓄而内敛的、喜怒不形于色的,典型的温良恭俭让的传统中国人性格,可是那一天,我无法掩藏内心的伤痛,任凭眼泪流淌,悲情释放。

儿子问我,世界上的灾难天天都有发生,这一次,你怎么如此动情和投入?我说,因为那里有我们的家人,那里是我们的祖国。于是对儿子讲了有关"黄河支流"的故事。我当然知道,儿子作为移民二代,他的家国情怀不像我们这么深重、这么厚实,但是无论如何,应该让下一代知道我们的祖先生活在黄河流域,我们是黄河的子孙,是黄河的一条支流。血脉相通,筋骨相连,我们与那片故土有着割不断的关系。

黄河的支流

黄河被称为华人的母亲河，发源于中国青海省巴颜喀拉山脉，流经青海、四川、甘肃、宁夏、内蒙古、陕西、山西、河南、山东九个省区，最后于山东省东营市垦利区注入渤海。从抗战时期的华人喊出"每一个华人都是黄河的一条支流"，与国人共赴国难开始，到汶川大地震时全球华人与祖国同胞共同面对，几十年的时间长河里，黄河的无数条支流回归母亲河，也有无数条支流向外流淌，远至异乡。

黄河是华人心中的母亲河，可以说任何一个华人，无论走多远，离开多久，心中一定保存着一种关于黄河的怀念。黄色的河水，携带厚重的泥沙从西到东，昼夜不停地流淌。每一个华人的心里也都流淌着一条黄河，那里有故乡，有母亲，有童年，有回忆，有根有家。那就是一个念想，一种思念，生命的源头，风筝的引线。

每一个漂泊海外的中华儿女都好比黄河的一条支流，这些数以千万计的黄河支流，携带着祖先的印记，在所流经的土地上，滋养土壤，养育儿女，逐渐孕育出各具特色的文明。黄河文明开枝散叶，与世界文明接轨相融。因为世界上的水是相同的，无论是泰晤士河还是黄河，最终都流向蓝色的大海。黄河的支流即使有千条万道，最终都将与黄河的主流汇聚而入海。在蓝色的大海文明里，我始终看到一抹黄河文明的瑰丽色彩。

苏南苏北：我看中国新农村

孟悟 / 美国

2018年的秋天，我参加了"北美华人作家江南行"的采风活动。采风团不仅去了上海、苏州、南京等发达城市，也走进了乡村——常熟的蒋巷村。记得那日空气里萦绕着桂花的浓郁香气和芳草的清香。江南水乡的画卷在我们眼前慢慢铺开，润了眼睛，醉了心扉。田园阡陌纵横，稻花和格桑花一起在开放，水塘星罗棋布，白鹭飞过亭亭的荷叶，荷叶下面热闹着鱼、虾和螃蟹。岸边芳草萋萋，鸡、鸭和羊群在悠闲地散步。枝繁叶茂的石榴树和橘子树果实成熟了，有的落在了地上，被阳光晒出了浓香。栽着花树的别墅小院，气派而别致，院子前面有三五只狗，懒散地趴在地上。

蒋巷村的村民都搬进了花园别墅，家中有电话、电视、有线广播和燃气灶，自己不用掏钱，全部由集体出资。年轻人可以去村企业上班。小孩子上学有补助，若是读了研究生，每年能拿到一万元的赞助。最幸福的是老人，可免费搬进老年公寓，还能领取养老金。村里的新鲜蔬菜和粮食，全都是绿色生态产品，供人们享用。蒋巷村的姑娘是娇贵的，外嫁的少，上门的女婿倒是排起了长队。蒋巷村实现了幼有所教，老有所养，人与人相互关爱，温暖和谐，这就是我心中最理想的社会。常德盛，这位70多岁的老人，是他带领村民把梦想变成了现实。他精神矍铄，声音洪亮铿锵，却谦逊低调，每次一听见赞扬，他的脸就会微微发红，略带羞涩地说，是国家的政策好。

穿越到上个世纪70年代，你能想象那时的蒋巷村吗？贫土恶水，河沟满是淤泥，血吸虫横行。村民们住的是泥墙草房，若是刮起狂风下起暴雨，房子外面是大雨和汪洋，草房里面则是小雨和小河。这样的地方，哪个姑娘敢嫁过来，有点法子的都跑了。那时的蒋巷村是远近闻名的"光棍村"。但是常德盛认定天无绝人之路，"穷不会生根，富不是天生"，凭着一股子干劲，带领村民从"农业起家"到"工业发家"，再到"旅游旺家"。他改变的不仅是自身的命运，更是一群人、一个村庄的命运。

我们面对他，就像面对一个传奇，一个神一样存在的人物。我相信有的人是上天派来的使者，一出生就有特殊的使命。

回到美国后，我对朋友说，中国的新农村有多好，不妨去蒋巷村看看，那里民风淳朴、物产富饶，当你徜徉在山水如画的生态园，你会发现中国的农民甚至比美国的农民还富足。他们说，江浙那一带的农村，在上个世纪90年代就发达了，那里不能代表中国。众所周知，苏南是富庶的鱼米之乡，经济实力雄厚，发展起来总是走在前面。苏北怎样？苏北的乡村是什么模样？

探访苏北的机会很快就来了。2019年春天，《散文选刊》的黄艳秋女士给我发来全国作家笔会的参会邀请，这一届笔会在江苏睢宁召开。艳秋对我说，走进4月的睢宁，去看看苏北烂漫如画的春天吧！我听了很是向往，便欣然赴邀。大巴车沿着黄河故道岸边的公路前行，我从没想到黄河故道的水会这样清亮干净。河堤两岸，垂柳吐绿，那醉人的嫩绿携手槐树的新碧，映照着樱花的千娇百媚。放眼望去，一片片青翠的田地和波光粼粼的水塘向前伸展着，水塘里荡漾着蓝天白云和金黄耀眼的油菜花。这是哪儿？不觉间还以为到了江南水乡，我不敢相信这就是苏北农村。有人问，水塘里面养了鱼虾吗？副县长李先生告诉我们，睢宁推广生态种植，发展稻虾、稻蟹等共生系统，不仅水塘里面养鱼养

虾，稻田里面也养了虾、鱼和螃蟹，实现了"一地两用、一水两养、一季双收"。

1194—1855年，黄河曾经在这片土地上奔腾过。黄河任性霸道，肆无忌惮地改道和泛滥，泛滥之后留下白花花的盐碱地，种不了绿油油的麦子和水稻。以前，我对苏北的印象是从新闻和影视里获得的，苏北曾经是贫穷和落后的：破旧的土屋摇摇欲坠，泥泞的小路走不到尽头，许多人背井离乡外出逃荒，被人歧视。就是这样的一片土地，如今彻底变了模样。

今天的黄河故道乖顺温和，心甘情愿听从指挥，造福两岸子民。李先生说，治理河道是个巨大的工程，国家政策好，调动了广大民众的积极性，不仅发展了经济，更保护了环境。众人正聊着，窗外的画卷变成一片繁茂的果树林，这场景让我想起加州的果园农场，也是这样生机勃勃地绵延无边。李先生告诉我们，果园实现了计算机管理，监控自动化。

穿过果树林，我们来到村民居住的新社区参观。新社区典雅大气，一排排雪墙黛瓦的小别墅别有韵味，别墅前有流水缓缓淌过，樱花和梨花安静地绽放。来自北京的作家很羡慕，因为这样的居住环境在北京就是天价。社区的图书馆宽敞舒适，有电子系统管理。明亮的舞蹈大厅里，小朋友正跟老师学习民族舞。老人在挂着玲珑宫灯的长廊里打牌，不远处还传来两三声华丽的地方戏唱腔。

作家的脑子里总有"十万个为什么"。有人问，农民的土地被集中起来管理，进行机械化耕作，进行温室大棚智能化培植，那农民的收入从哪里来？陪同作家采风的王小姐说，农民的老房被国家征收后，国家对村民有特别补贴，房价是300元一平方米。每户人家都有一小块自留地，这样能满足他们对土地的依恋之情，他们依然能够享受耕种的喜悦。村民的土地被集中起来统一管理，他们每年都能收"地租"，这只是收入的一部分；其二是集体办了企业，村民每年都能分红。有作家说，靠着这两部分收入，完全有资格"游手好闲"，躺在床上吃饭。王小姐说，更多的村民愿意工作，他们选择在附近的企业上班，在劳动中证明自己的价值，靠自己勤劳的双手挣得工资。老人们也不闲着，除了打理自留地，还承包了各村的环保工作。有的老人七八十岁了，还闲不下来，去服装厂做装饰花边。一个作家说，能为社会创造价值就是幸福；另一个作家说，这印证了"幸福都是奋斗出来的"。

2019年的春天，注定是个难忘的春天。我们站在黄河故道岸边，看着清亮的河水，感慨这里发生的巨变。一个作家对我说，黄河是碧绿的，油菜花是金黄的，他要写一篇小说，题目就叫"绿色黄河流过油菜花田"。我说，碧绿与金黄，两种颜色对比强烈，很有画面感，特别是绿色的黄河，给人的感觉就新颖别致，你一定要写一个独特的故事才配得上这个题目。他说，中国新农村在古老的土地上兴旺昌盛，背后的故事一定动人。

轩辕城亲情园记

张晓至 / 美国

余客居美东四十载矣。须发渐华而乡思益烈。戊戌冬月返京省亲。廿日，余随友人北出德胜门西行两百余里而游于涿鹿。是日晴好，碧空如洗，日艳风和。甫至其处，举目舒怀，顿觉高爽。其地凭幽蓟而揽妫洋，拢拒马而倚太行。北临燕山，南望中原。山青水丽，毓秀钟灵。此地人云，待至春光朗日时令，桃杏芬芳，繁花十里；秋气金风季节，黍麦婆娑，禾香千畦。诚仙家之景，膏腴之乡也。

其阿有轩辕故城之遗基。虽历五千岁月，余垣犹高盈丈。堑壕依旧，沟壑俨然。登高而望之，城垣方正，负斗牛而仰翼轸；衢舍井然，合八卦而含阴阳。固万城之先也。

故城之北乃三圣堂，飞檐斗拱，气势恢宏。中立炎、黄、蚩尤三祖神像，皆须眉生动，神气飞扬。曩昔龙虎争锋，有熊立纛，黎首拥戴，诸侯归伏，神州遂逢圣主；炎黄盟誓，釜山合符，女魃助威，蚩尤臣服，一统初现中原。伟哉我祖！

城西数里新建中华亲情园。地广万亩，果木成林；松竹掩映，溪池相通；曲径交错，卧桥如虹。建园者朝阳田英启也。田氏少孤贫而有大志，多谋善断，事母至孝。母忧后创业。知命之年，因见世人多重财利而轻仁德，顿生建此园之念，以图达者兼济之意。遂倾囊赁宅而为之，至今已十余载矣。惟工程之巨，非一蹴可就。然已成之景，足窥全豹。

余观此园，有沧浪之乐，严濑之隐，辋川之丽，孤山之幽。且山水之余，可怀祖仰先，书谱立规，修身养德，实余久梦之仙境也。乃以四韵聊纪此行。

易水微风拢碧涟，晨曦半露照燕巅。
三王霸业开华夏，两战烽烟起阪泉。
厚德英灵今尚在，亲情世代共前缘。
子昂莫作幽台叹，来者从容继古贤。

步出此园，气爽神清，立电美东数华裔知己，告以所见。闻者无不动容，皆言欲速亲见之，以了寻根问祖之愿也。

故乡·母亲

老木 / 捷克

(一)

梅花又开
新年又来
轮回的生命
期待着又一轮雁来

漂泊的诗歌
回望彼岸
先祖的胸怀和魂魄
滋养了五洲花开

词句的船儿
载着汉唐之心
隔空的情意
盈满兄弟姐妹的心海

洁净的诗意童心

无瑕的真情厚谊
一片没有功名的净土
一群不沾红尘的精神"婴孩"

柏拉图有乌托邦
武陵山有桃花源
我面对着满天繁星
有的是难忘彼岸情怀

(二)

母亲
你就在前面不远处
微笑着张开温暖的臂膀
轻声把我小名儿呼唤
抬起头
是你深深疼爱的眼神
和你甜蜜慈祥的笑脸

母亲
我多愿返回婴孩的样子
天天在梦里
享受你的臂弯
那里有我久违的气味
有我习惯了的心跳
是我最安全的港湾

思乡雨滴心

杨坚华 / 德国

风吹着雨
滴进游子的梦
淅淅沥沥
落满故乡
走不到边的
青石板路

谁在低声吟唱
那亘古不变的歌谣
颤音悠悠
就像当年
妈妈轻语
抚我安睡

我伸长双臂
想要拥抱
这久未亲近的
温存

却惊扰落叶
飘入秋窗
撒满一屋
春夏的眷恋

那是
池塘边的年少
炉火旁的沧桑
那是
堂前归燕的呢喃
雨巷恋人的衷肠
那是
告别的风雨
返家的星辰

这样的人间烟火
印在心上
成了天涯
永恒的路牌

我枕着异国的山水
故乡的四季之花
在心里
五彩斑斓

掬一把妈妈的声音

 故乡的云

藏在望乡的夜里
因为母亲
居所才成了家

远方的端午

饶蕾 / 美国

苇叶，糯米，一根根馨香马莲
异乡，异国，一缕缕华夏炊烟
剪不断，发黄的旧时光
包不完，民族魂魄，岁岁年年——

摇起《离骚》《天问》，两排龙舟的桨，听两千年的浪涛滚滚
捋一捋长髯，抖一抖长袍，看五万里路走来楚国屈原
故乡已远，那凝固的诗篇——
《九歌》悠悠，回响在我心里面

一双手浸在粽香里，抚摸你骨感的诗句
掬起一把把米，遮挡汨罗江的风寒
端午，一个大写的人字，逆流而上
碾碎时空；正义馨香若兰，伫立在天地间

西 塘

厉雄 / 西班牙

（一）

在水边，西塘人把岸拔高
收藏一幅《清明上河图》
淳朴的民风，一粒一粒地撒在画里

豪爽的客商，打开水乡的首页
每一寸顶棚，听惯了吆喝
每一滴情绪
暗藏着月光和女儿红的缠绵
历史的足音，以黑色，沉淀椽的高度

一千多里的绵延，廊棚，刻在天空
春去秋来，将晨钟暮鼓的影子
泡在九曲的水里
舀一杯，喝尽人生百味

我不忍说破一滴泪的真相

西 塘

琳琅满目的词语
可以不醉，一排排陈旧的时光
娓娓叙述着爱情不老

廊棚，窄窄长长的流年
在隐退的江湖之前
热闹的空气，摩肩接踵
喋喋不休烟火，随处都是千年风尘

低矮的屋檐，喝醉历史
活跃的水波跌落深潭
旧事与现在，只是一刹那
我还原了一滴水的宿命
东方的留白，是我一生的倾听

(二)

水，都是行走的
村子就在水边，燕子掠过水面
滑翔鸣叫声，全村都听得见

所有的水源，交汇，繁衍
水流的速度，个性自由，散漫
时而与岸边的灯火依偎
时而一闪而过，来不及沉思
就把人们送到花开的地方

 故乡的云

每个人的骨子里
都有潺潺流动的水声，从不结冰
从不老去
更多的是本本分分
偶尔有细小浪花，探出水面
点燃相思，点亮杨柳岸

水流弯弯曲曲，苗条秀气
风一吹，就皱起眉头
向前走一走，又弯了弯身子
她在疼
疼到游子的心里

梦里的村庄（组诗）

张书明　/　美国

斑衣蜡蝉

秋风初起的黄昏
你像天外来客般突然出现
宛若流星划过寂寥的乡情夜空
惊讶和欣喜的一刹那让人
穿越到遥远的故乡遥远的从前

那时候只知道你的小名——花大姐
就像称呼前街后巷俊俏的大姐一般
你漫步嬉戏在粗粝的树干或者石墙
不时撩动斑斑点点紫灰或者粉色的外衣
还有红蓝黑三色妖冶艳丽的内衫

而在这将你称作多斑灯笼虫的异乡
自打你现身便被毫不客气地判定为罪犯
尽管你初来乍到在此并无任何前科
尽管我搜遍记忆的角角落落

故乡的云

也记不起听谁骂过你作恶多端

当然作为素来生活在遥远之地的外来之物
你无可避免要被贴上破坏生态平衡的标签
报章上"入侵已经开始"的标题赫然在目
人们大呼小叫要把你斩尽杀绝防患于未然

也许来年的秋天就见不到你熟悉的面容
就像数不清的邂逅注定都只是昙花一现
无论如何你写就了平淡岁月里绝美的重逢
存留下一段别后经年偶遇他乡的奇缘

斑衣蜡蝉　斑衣蜡蝉
一个美得让人浮想联翩的名字
在秋天清凉单调的思乡画卷里
添抹上一笔几近残酷的斑斓

一碗水　微温

一碗水　微温
碗沿轻触儿时干红的嘴唇
端着水碗的手　一如柔水
曾轻轻触摸你发烧的额鬓
慈爱的神态依稀仍在那里
那是养育你成长的亲人

一碗水　微温

梦里的村庄（组诗）

将少年时火辣的喉咙滋润
站在路旁简陋的矮墙小院
问候声里透着淳朴的乡音
那是长途跋涉的求学路上
给你歇脚解渴的陌生人

一碗水　微温
那水已与你相隔漫长的经纬
时至如今　你依旧能够感受
从那碗里升起的袅袅气息
透过一万里的荏苒时光
和几十载岁月的烟雨风尘

梦里的村庄

每个人梦里都有一座村庄
你还记得小时候她的模样
桃花杏花开了杨花柳絮飞扬
五月的田野里麦子一片金黄

每个人梦里都有一座村庄
那里居住着亲爱的爹娘
也许还在院子或者田间劳作
也许已去了高过山顶的天上

每个人梦里都有一座村庄
她还是不是你小时候的模样

 故乡的云

每个人梦里都有一座村庄
你还记得小时候她的模样
溪水蜿蜒长流小鸟花间欢唱
明亮月光下伙伴们在捉迷藏

每个人梦里都有一座村庄
那里居住着久违的爹娘
也许节假日还能够回家看看
也许老房子在漏雨空空荡荡

每个人梦里都有一座村庄
她还是不是你小时候的模样

花　雕

方青　/　美国

今夜，乡愁醉了

不是因为田纳西白兰地的热烈
不是因为俄勒冈红酒的香甜
握着三分北美红玫瑰的浪漫
聆听几声雁阵飞过天边的呼喊

开瓶之前，是加利福尼亚
格桑花烂漫
圣盖博山下，野罂粟
如野火盖地铺天

三杯过后，便是青浦梅花香
龙华桃花艳
浦江畔，春色阑珊
晓风残月，柳絮吹绵

今夜，乡愁只在花雕的温度里融化

故乡的云

  今夜,乡愁开出白玉兰一般的花瓣

  不为豪饮后的狂欢
  只缘杯中那琥珀色的涟漪
  能渡我回小街、深巷
  让我举一片春心,三尺竹箫
  再吹一曲《望江南》

  吮干杯底的那一滴
  当年吹箫的少年
  早已浮云万里
  大洋彼岸

  今夜,乡愁醉了

菩提明镜

洞庭月 / 美国

小时候，常坐在门槛上
读海峡那边的乡愁
那是桂花树下执斧的吴刚
那是嫦娥怀里的小白兔
望着远方摩天的山头
念念如何跨过去，去远游

踩着自行车
爬过那山头
背一书包土黄色的倔朴
挤进了电梯里的高楼
却总是跌倒在街道上的旮旯里
时时回去
让故乡舔舐伤口

那一天，去追风
飞过重洋
气冲牛斗

故乡的云

一甩时髦的长发
把父亲"离经叛道"的责骂
和母亲满面流淌的牵挂
甩在身后

这一道宽逾项生乌江的重洋啊
阻了我归程数千
故乡便成了
餐桌上的风味
行囊中的照片
一页一页里的摩挲缱绻
飞鸟远逝
极目夕阳无言

于是,我们手牵手
去看春花开满园
去看海浪接蓝天
去看秋叶山山飞
去看岭雪上云巅
手心里的那一点温热
握成了故乡的丹田

时光如磨
乡思成茧
磨成这尘埃一点点
一次次飞过故园
飞过魂梦里郁郁的菩提树

菩提明镜

总会撒落一些些
在门前的那口水塘里
在这夜夜暗光的镜面

故乡的海

陈灿富 / 美国

(一)

在遥远的海平线上,
荡漾了几叶轻舟,
浪漫的,美好的,
如此的抒情。

一弦又一弦,
如抚弄钢琴上的键,
若隐若现,飘忽而出,
曲韵,实在充实好听。

渔夫深深地陶醉,
村姑久久地迷恋,
毕竟出海好多天啦,
疲惫了,归来歇口气。

一片小船一海情,

明天太阳又是新的,
而希望的日子,
总会在收获季节生长。

(二)

浪花温柔了,
晚霞逐渐消散了,
孩子们的嬉戏玩乐,
轻轻留在渔夫家里。

这里,是海的街市吧?
渔港,不夜天,
一海浪花一港笑,
一港渔火一海灯。`

一海燕鸣一海景,
儿歌,悠悠飘忽;
一海鱼虾一海银,
乡谣,冉冉飞扬。

捧出一支笛子,
渔嫂开心唱出织网歌;
递来一把二胡,
渔哥开怀哼起渔家调。

在渔港流连忘返,

故乡的云

品尝了海边鱼鲜，
一整天，一整夜，
我心里歌声袅袅。

三月杭州（组诗）

王晓露 / 西班牙

"纯真年代"书吧

西湖边有宝石山
宝石山上有"纯真年代"
有精神洁癖的人更富于幻想
称之为杭州的布达拉宫
"看山揽锦绣，望湖问子潮"
莫言的嵌名联如此贴切
书吧男女主人公都成了湖光山色
雨后的院子有些清凉
夜色也早早降临
朱子在讲述她的纯真年代

梅家坞

循着杯子里龙井茶的凝香，
来到这里——梅家坞。
雨后初晴，

故乡的云

漫山遍野的茶树,
我只能找一株交谈。
在这偏僻山谷,
与清风、雨露结下了怎样的缘分?
茶叶托着几颗不愿落地的水珠,
茶水托举不愿沉入杯底的茶叶。
是依恋,还是救赎?
嫩芽哺乳般呼吸山间空气,
吸收山泉、鸟鸣、草木。
一杯热水唤醒它的前生,
舒展的瞬间就把山间精灵吐出。

我坚信世间万物具有感情
坚信谁都会堕入轮回
坚信所有付出的爱和关怀
都会在某个时刻回归

西　湖

如果天地也有情感
杭州就是他们的宠儿
西湖一定是世间最年长的美人
收到过亿万次的赞美
今人到西湖再也无词可赞
柳浪闻莺花港观鱼
南屏晚钟断桥残雪
雷峰夕照三潭印月

景点名字连起来就是一首长诗

超山梅花

梅开十里,游人如织
梅花在今冬的最后一场花事
久违的阳光
风筝应景上了天
我不知道
快乐属于风筝还是放风筝的人
也不知道暖阳中的梅花
是否和风雪中的梅花一样
骨骼清奇,傲视群芳
我只知道
这里有八百多年的宋梅
一千多年的唐梅
母亲常常说起陈年旧事
感慨万千
它们又该有多少事想说

泉水吟

庄雨 / 澳大利亚

看见了！
青石板，柳树荫
来自暗沉的地下
又承受了难言的苦楚
终于涌出
唱出无限欢欣的歌

请听，或温婉，或豪放

饮下一盅这泉水
便也饮下它的音乐
饮下它光一样的透明
饮下它蛰伏的前生

它在岩石间痛苦地冲撞
在地层的缝隙里
艰难地呼吸
一次比一次更纯净

泉水吟

泉水涌入眼睛
又从这窗口抵达心灵
从苦涩至甘醇
如同泉水本身
我们被层层滤清

温婉的,结成水的珠链
浮起在尘世
鱼群亦通了佛性
潜在水底游
仿佛在测量透明和喜悦的深度

豪放的,汇成龙潭明湖
菡萏映碧
生长出莲心
和轻快的小舟

泉水有绝世的温度
落于红尘,又融化了红尘
炎夏时它为清凉甘露
瑞雪初降
它又呈现温泉之氤氲
仿佛仙境

离乡十载,又何曾远离?
清泉浸润柳荫槐香

故乡的云

梦中流淌

它滋养着城市的血脉

更孕育游子的深情!

挺直脊梁

张月琴　/　澳大利亚

那是远去已久的时光
父亲曾身体有恙在榻上躺
眼瞅着春节佳期将至
可我家毫无喜庆的迹象
父亲单位送来三十元人民币
还带来同事们的祝福、吉祥

妈妈把这一切告知父亲
父亲感动得热泪盈眶
三十元在当时可是能帮上大忙
但父亲执意把钱退还
穷也要有志气
饿也要自立自强

妈妈的谦和，爸爸的慈祥
关爱我们幸福成长
人活着必须得有骨气
不管雨雪风霜

故乡的云

困难虽有，但会过去
咬牙站稳，挺直脊梁

父辈谆谆的教诲
激励我们奋发向上
像海绵吸水
吸收知识的力量
书山有路勤为径
搏击长空燃起希望

春夏秋冬日复一日
展开双臂拥抱理想
不管酷暑严冬
还是春暖秋凉
不忘初心默默苦读
在人生征途扬帆启航

那天我披着朝霞晨光
背起书包远离了故乡
恋恋不舍地告别了亲人
自信地插上智慧的翅膀
心里揣着父亲的叮嘱
放飞世界，跨海越洋

不同的国家各异的模样
新的环境不变的方向
披星戴月孜孜不倦

不分昼夜攀登在书山上
学海无涯苦作舟
中国人骨子里就透着坚强

我们如期如愿攻下学位
在辽阔的南半球东奔西忙
积极融入当地的多元文化
时刻牢记把中国文明弘扬
创双语杂志，办中文学校
一马当先为澳洲贡献力量

用西方人的语言
给他们描述斑斓的东方
告诉他们任何艰难困苦
都压不弯我们的脊梁
随着中国的日益强大
如今有多少人把长城向往

几十年光阴稍纵即逝
澳洲已是我们的第二个家乡
中国、澳洲都是我们的最爱
双重使命我们一肩担当
愿成为一颗文化的种子
挺直脊梁的精神处处发扬

版权合同登记号：图字：11-2018-304号

图书在版编目(CIP)数据

故乡的云 / （加）张翎等著. —杭州：浙江文艺出版社，2019.9
ISBN 978-7-5339-5790-2

Ⅰ.①故… Ⅱ.①张… Ⅲ.①散文集—世界—现代②诗集—世界—现代 Ⅳ.①I11

中国版本图书馆CIP数据核字（2019）第176862号

责任编辑　陈　园　罗　艺
装帧设计　吴　瑕
责任印制　张丽敏

故乡的云

[加]张翎　张执任　等　著

出版	浙江文艺出版社
地址	杭州市体育场路347号
邮编	310006
网址	www.zjwycbs.cn
经销	浙江省新华书店集团有限公司
制版	杭州天一图文制作有限公司
印刷	浙江新华印刷技术有限公司
开本	710毫米×1000毫米　1/16
字数	256千字
印张	19.25
插页	1
版次	2019年9月第1版
印次	2019年9月第1次印刷
书号	ISBN 978-7-5339-5790-2
定价	58.00元

版权所有　违者必究
（如有印装质量问题，请寄承印单位调换）